P.B. RYAN

NELL SWEENEY

UND

DIE BLUTROTE WAHRHEIT

Erstausgabe 2005
Überarbeitete Neuausgabe Juni 2019

Copyright © 2019 dp DIGITAL PUBLISHERS GmbH

Made in Stuttgart with ♥
Alle Rechte vorbehalten

Nell Sweeney und die blutrote Wahrheit

ISBN 978-3-96087-785-1
E-Book-ISBN 978-3-96087-785-8

Copyright © 2005 by Patricia Burford Ryan.
Veröffentlicht nach Vereinbarung mit Patricia Burford Ryan.
Titel des englischen Originals: *Death on Beacon Hill*

Copyright © für die deutsche Übersetzung erschienen im
CORA-Verlag in der Reihe HISTORICAL, 2008 by HarperCollins
Germany GmbH, Hamburg.
Dies ist eine überarbeitete Neuausgabe des bereits 2008 bei
HarperCollins Germany GmbH erschienenen Titels
Blutrot wie die Wahrheit.

Dieses Werk wurde vermittelt durch die Literarische Agentur
Thomas Schlück GmbH, 30161 Hannover.

Übersetzt von: Alexandra Kranefeld
Umschlaggestaltung: Annadel Hogen
unter Verwendung von Abbildungen von
© haveseen/shutterstock.com
© Mary Chronis/periodimages.com und
© VJ Dunraven/periodimages.com
Korrektorat: Sofie Raff
Satz: dp DIGITAL PUBLISHERS

Über die Autorin

P.B. Ryan ist das Pseudonym von Patricia Ryan. Sie ist *USA-Today*-Bestsellerautorin von mehr als zwei Dutzend Krimis und Liebesromanen wie dem nationalen Nummer-1-Bestseller *Dunkel wie die Spur des Todes*. Ihre Werke wurden von den Kritikern hochgelobt und in über 20 Ländern veröffentlicht. Sie hat bereits den RITA Award gewonnen (für *Verhängnis des Herzens*) und wurde vier weitere Male nominiert. Außerdem erhielt sie drei Romantic Times Awards und wurde mit *Nell Sweeney und der dunkle Verdacht* – dem zweiten Teil ihrer berühmten Nell-Sweeney-Krimi-Reihe – für den Mary Higgins Clark Award nominiert.

1. Kapitel

Juni 1869
Boston

Was Nell Sweeney an der heutigen Ausgabe des *Daily Advertiser* zuerst auffiel, noch bevor sie die in großen Lettern gesetzte Überschrift las, war die dem Artikel beigefügte Illustration. Mit raschen Strichen hingetuscht zeigte sie das Porträt einer dunkelhaarigen Dame von faszinierender Schönheit: wild lodernde Augen, kühne Wangenknochen und geschminkte Lippen, die leicht geöffnet waren, sodass ihre Zähne weiß hervorschimmerten. Mit beiden Händen hielt sie einen Dolch umklammert, der so groß wie ein Fleischermesser war.

Die Bildunterschrift lautete: *Die verstorbene Mrs Kimball als Lady Macbeth.*

Verstorben? Nell setzte sich an den Küchentisch – eine von langem Gebrauch schon recht abgenutzte Kiefernholztafel, an der bei Bedarf auch alle zwanzig Bediensteten der Familie Hewitt Platz fanden –, stellte ihre Kaffeetasse ab und schlug die Zeitung auf.

SCHRECKLICHES VERBRECHEN
IN BEACON HILL
„Drama des Lebens" nimmt tragisches Ende für
MRS VIRGINIA KIMBALL
Schauspielerin erschossen in ihrem Haus aufgefunden
GANZ BOSTON IN ANGST UND SCHRECKEN

„Lesen Sie gerade den Artikel über die Schauspielerin, die umgebracht worden ist?", fragte Peter, einer der beiden jungen, blau livrierten Lakaien der Hewitts, und sah vom anderen Ende des langen Tisches herüber, wo er sich mit großem Appetit über sein Frühstück hermachte, das aus kaltem Schinken, Hühnerklein und frisch gebackenen Scones bestand.

Mit einem kurzen Blick auf Gracie, die unter der Aufsicht von Mrs Waters, der Köchin der Hewitts, an der großen Herdstelle auf einem kleinen Trittschemel stand und in einem Topf mit Porridge rührte, legte Nell mahnend einen Finger an die Lippen, damit Peter nicht gar so laut von dem Verbrechen sprach. Als Nell das kleine Mädchen das erste Mal im Morgengrauen mit hinunter in die Küche gebracht hatte, damit es sich einmal ansehen konnte, wo ihr Frühstück, das es jeden Morgen oben im Kinderzimmer serviert bekam, eigentlich zubereitet wurde, hatte die schon recht betagte Köchin schiere Zustände bekommen. Angehörige der Herrschaft pflegten keinen Umgang mit den Dienstboten, und bei der Hausarbeit waren sie schon gar nicht behilflich! Erst als Viola Hewitt sich dann persönlich der Sache angenommen und entschieden hatte, dass Gracie ruhig all das lernen sollte, was Nell als ihre Gouvernante für angemessen hielt, hatte Mrs Waters sich schließlich widerwillig gefügt.

„Die Kleine ist doch gerade viel zu beschäftigt, als dass sie mitbekäme, was wir hier reden." Peter deutete mit dem Kinn auf das Bild Virginia Kimballs. „Haben Sie sie mal spielen sehen?"

Nell schüttelte den Kopf, während sie nachdenklich die Porträtzeichnung betrachtete. „Ich dachte, sie hätte sich längst von der Bühne zurückgezogen."

„Hat sie auch. Aber als Kind hab ich sie mal in *Romeo und Julia* gesehen. Also, natürlich nicht in der Vorstellung, nur bei der Probe, aber schon so richtig mit Kostümen. Mein Cousin Liam und ich waren nachmittags ins Boston Theatre geschlichen und haben uns oben im ersten Rang versteckt, ganz vorn, um endlich mal einen Blick auf sie zu erhaschen. Auf Plakaten hatten wir sie ja oft gesehen, aber in Wirklichkeit war sie noch viel schöner als auf den Bildern – glaubt man gar nicht, weil sie ja schon damals nicht mehr die Jüngste war. Sie war da bestimmt schon … hmm, mal überlegen … Also, das war in dem Sommer, als ich elf geworden bin, und wenn da in der Zeitung steht, dass sie achtundvierzig war, als sie gestorben ist, dann müsste sie …" Seine Stirn legte sich in tiefe Falten, während er grübelnd nachrechnete.

„Dann muss sie damals fünfunddreißig gewesen sein", kam Nell ihm zuvor. Dem Künstler, der Mrs Kimball gezeichnet hatte, war es gelungen, das leidenschaftliche Funkeln ihrer Augen so einzufangen, dass sie wie eine Wahnsinnige und eine Verführerin zugleich wirkte.

„Als die Probe schon halb durch war", fuhr Peter fort, „hab ich in einer der Logen kurz ein Licht aufflackern sehen, so als ob jemand sich ein Zündholz anreißen würde. Im Theater gibt es ja ganz vorn an der Bühne so richtig elegante Logen mit roten Samtvorhängen, gleich drei Stück übereinander."

„Proszeniumslogen", sagte Nell. Es waren die teuersten Logenplätze im besten Theater Bostons, vielleicht gar die teuersten Theaterplätze im ganzen Land. Die oberste Proszeniumsloge auf der rechten Bühnenseite war für die Hewitts reserviert.

„Hatte sich 'ne Zigarette angezündet in der Loge", sagte Peter bedeutungsvoll. „Und obwohl es sonst da drin ganz dunkel war, konnte ich bei jedem Zug deutlich sein Gesicht sehen." Vergnügt grinsend tunkte er ein Stück Scone in den milchigen Tee. Sein strohblondes Haar fiel ihm in die Stirn. „Da kommen Sie nie drauf, wer das war."

„William Hewitt", erwiderte Nell.

Verdutzt sah Peter auf. „Woher wissen Sie denn das?"

„Jemand hat mir mal gesagt, dass Will eine ... eine ..."

„Will?", wiederholte Peter und hob fragend die Brauen.

„Ich meinte natürlich Dr. Hewitt. Aber seine Mutter nennt ihn immer Will und deshalb ..." Nell hoffte, dass die glühende Hitze, die ihr langsam den Hals hinaufkroch, nicht zu jenem verräterischen Erröten erblühen würde, das ihr nur zu oft das Leben schwer machte. Doch zum Glück war Peter einer der wenigen Be-

10

diensteten im Hause der Hewitts, den sie zu ihren Freunden zählen konnte. Vor den anderen würde sie sich eine solche Blöße niemals geben dürfen.

„Jemand hat mir mal gesagt, dass Dr. Hewitt eine … eine kleine Romanze mit Mrs Kimball hatte", schloss sie. Es war allgemein bekannt, dass der älteste der vier Söhne der Hewitts, der in England aufgewachsen und zur Universität gegangen war, bei den Besuchen in der Neuen Welt seiner Schwäche für Schauspielerinnen ausgiebig nachgegeben hatte.

Und so lachte Peter nur stillvergnügt, während er sich ein paar dicke Schinkenscheiben in mundgerechte Stücke schnitt. „Sah für mich aber irgendwie nach mehr als einer ‚kleinen Romanze' aus – zumindest von seiner Seite. Den hatte es ganz schön erwischt, wenn Sie mich fragen. Auf dem Sitz neben sich hatte er einen riesigen Strauß weißer Rosen liegen, so einen großen Strauß hatte ich noch nie gesehen, einen ganzen Berg von Rosen! Und wie er sie angesehen hat, während sie da unten auf der Bühne stand … Hoffnungsloser Fall."

„Sie haben damals schon gewusst, wer er ist?", fragte Nell. „Sie sind doch ein Kind gewesen und haben noch gar nicht für die Hewitts gearbeitet. Zudem hat Dr. Hewitt vor dem Krieg nur wenige Wochen im Jahr in Boston verbracht. Manche der Bekannten seiner Eltern wussten ja nicht einmal, dass es noch einen weiteren Sohn gab." Dies mochte zwar mehr als seltsam erscheinen, zumal wenn man die herausragende Rolle bedachte, die die Familie in der Bostoner Gesellschaft spielte, aber Will hatte für diese Welt immer nur Verachtung übrig gehabt und sie während seiner Ferien

11

gemieden. Außerdem hatte er sich mit dem Patriarchen der Familie, dem ehrenwerten August Hewitt überworfen, war ihm eigentlich seit frühester Kindheit ein Dorn im Auge gewesen, weshalb er auch schon in jungen Jahren nach England verschifft worden war. Dort hatten Verwandte den kleinen Missetäter dann untereinander weitergereicht und von einem Internat auf das nächste bis hin nach Oxford verfrachtet. Erst als er sein Leben selbst in die Hand zu nehmen begann, sich dem Willen seines Vaters widersetzte und nach Edinburgh ging, um Medizin zu studieren, war ihm, als hätte auch er einen Platz in der Welt, eine Aufgabe, die seinem Leben Sinn gab. Doch dann kam der Krieg, der alles veränderte.

„Oh, damals wusste ich natürlich nicht, wer er war", erwiderte Peter, „aber er ist mir im Gedächtnis geblieben, wie er da so saß – mit seinem glänzend schwarzen Haar und so elegant gekleidet und ... ich weiß auch nicht. Er hatte so was an sich, eine Ausstrahlung, als ob er schon viel älter wäre, ein richtiger Gentleman, ein Mann von Welt, obwohl er ja damals kaum älter gewesen sein kann als ...", Peter zuckte mit den Achseln und schaufelte sich Hühnerklein auf seine Gabel, „... Mitte zwanzig vielleicht?"

„Er müsste damals einundzwanzig gewesen sein."

„Ich weiß noch, dass ich dachte, er sieht aus wie ein junger Prinz – von der Zigarette mal abgesehen. Eigentlich hab ich immer nur Arbeiter und Taugenichtse rauchen sehen – Leute wie mein Pa und seine Kumpels eben. Also irgendwie passte das gar nicht zusammen, sein Aussehen und die Zigarette – oh, und nicht zu vergessen sein englischer Akzent! Als ich dann ein paar Jahre später anfing, hier zu arbeiten, habe ich ihn gleich wiedererkannt. Trotz der Uniform, die er da anhatte."

Nach Ausbruch des Bürgerkrieges war Will in die Staaten zurückgekehrt, um sich der Unionsarmee als Arzt zu verpflichten. Von den anderen drei Hewitt-Söhnen meldete sich nur Robbie, der Zweitälteste, freiwillig. Harry, drittältester Sohn und stets sich selbst am nächsten, fand gute Gründe, um unbeschadet zu Hause bleiben zu können, und Martin, der Jüngste, war einfach noch zu jung gewesen.

Viola Hewitt hatte Nell vor einiger Zeit einmal eine Fotografie gezeigt, die ihre beiden ältesten Söhne kurz nach deren Aufnahme in das 40. Regiment der berittenen Infanterie von Massachusetts zeigte. In ihren blauen Uniformröcken mit den blank polierten Messingknöpfen und den verwegen aussehenden Schlapphüten hatten Will und Robbie eine recht schnittige Figur abgegeben – insbesondere der hochgewachsene und kantige Will, der über der rotbraunen Schärpe noch einen Offizierssäbel trug, denn sein Dienst als Feldarzt hatte ihm den Rang eines Majors eingebracht. Robbie, der sich als Sergeant gemeldet hatte, war im Februar 1864 gerade zum Captain aufgestiegen, als beide Brüder in der Schlacht von Olustee den Konföderierten in die Hände fielen und nach Andersonville gebracht wurden. Das berüchtigte Gefangenenlager war die Hölle auf Erden gewesen, die Robbie das Leben gekostet und Will bleibende Schäden an Leib und Seele zugefügt hatte.

„Miss Sweeney, schau mal!", rief Gracie und kletterte, eine große Schüssel in den kleinen Händen, von ihrem Schemel herunter. Die viel zu lange Schürze schleifte über den Boden, als das Mädchen herübergeeilt kam. „Schau, den hab ich gemacht. Mit Honig *und* Rosinen! Probier mal!"

Nell probierte von dem Haferbrei, den Gracie ihr erwartungsvoll hinhielt, und zeigte sich sehr angetan. „Oh, das ist aber wirklich lecker, mein Schatz. Das ist gewiss das beste Porridge, das ich jemals gegessen habe. Du wirst ja eine richtig gute Köchin!" Nachdem sie ihrem Lob noch eine Umarmung hatte folgen lassen, kehrte Gracie auf ihren Schemel am Herd zurück, und Nell wandte sich wieder ihrem Gespräch mit Peter zu.

„Ihnen war Dr. Hewitts Akzent aufgefallen?", fragte sie. „Hatte er denn mit Ihnen gesprochen?"

Kauend schüttelte Peter den Kopf. „Nein, mit mir nicht – aber mit ihr, als die Probe vorbei war und sich alle noch mal verbeugt haben. Da ist er aufgestanden und hat laut applaudiert und ihr was zugerufen. ‚Bravo, Mrs Kimball, hervorragend' ... oder so. Danach hat er die Blumen runtergeworfen, und sie landeten genau vor ihren Füßen. Ich dachte ja, sie würde sie aufheben, aber sie hat nur gelächelt und gesagt: ‚Orchideen sind mir lieber, Doc. Ein so kluger Junge wie Sie hätte sich doch eigentlich ein wenig erkundigen können.'"

Die Worte ließen Nell kurz zusammenzucken, erinnerten sie sie doch wieder an das, was sie über Wills vergebliches Werben um Virginia Kimball gehört hatte – dass es da einen italienischen Grafen geben sollte, der ihr das Haus in Beacon Hill und all die diamantenen Geschmeide gekauft hatte, die ihr Markenzeichen geworden waren. Das hatte sie jedoch nicht davon abgehalten, mit Will zu kokettieren, bis dann besagter Graf seinen Besuch ankündigte und sie den in sie vernarrten jungen Arzt wissen ließ, er solle nun ein guter Junge sein und sich trollen und sie nicht länger belästigen.

„Uns, also Liam und mich, hat damals überrascht, dass sie ein bisschen so sprach wie die Leute aus den Südstaaten. Wenn sie auf der Bühne stand und spielte, klang sie wirklich klasse ... Sie wissen schon, ganz vornehm und so ein bisschen eingebildet. Irgendwie englisch. Aber egal. Sie hat die Rosen jedenfalls da liegen lassen und ist mit wallendem Kleid von der Bühne gerauscht, und ihr Gefolge hinter ihr her. Ich dachte mir, der Bursche da drüben mag ja vielleicht aussehen wie ein Prinz, aber sie ist eben die Königin – und das weiß sie auch ganz genau."

„Oh ja, das kann ich mir gut vorstellen", murmelte Nell und wandte sich endlich dem Zeitungsartikel zu.

Durch einen Akt unsäglicher Grausamkeit ist Mrs Virginia Kimball, die auf Bostons Bühnen gefeierte Schauspielerin, dem Leben entrissen worden. Gegen vier Uhr am gestrigen Nachmittag fand sich Mr Maximilian Thurston, selbst ein bedeutender Dramatiker unserer Stadt, in Mrs Kimballs Haus in der Mt. Vernon Street ein. Er und Mrs Kimball, die seit Jahren Nachbarn und gute Bekannte waren, pflegten jeden Tag um diese Zeit miteinander Tee zu trinken. Nachdem er zweimal angeklopft und niemand ihm geöffnet hatte, machte Mr Thurston schließlich die Tür auf und rief: „Virginia! Bist du zu Hause?" Der mittlerweile recht beunruhigte Besucher sah sich zunächst im Erdgeschoss von Mrs Kimballs Stadthaus um und ging dann, nachdem er dort niemanden angetroffen hatte, hinauf in den ersten Stock, wo sich ihm ein Anblick der schrecklichsten und bedauerlichsten Art bot.

Mrs Kimball lag an der Schwelle ihres Schlafzimmers, das Mieder ihres Kleides blutgetränkt, neben ihr auf dem Boden eine Remington-Taschenpistole, welche von Mr Thurston als jene der Schauspielerin identifiziert wurde. Wenngleich tödlich verletzt, regte sich noch ein letzter Lebensfunke in Mrs Kimball, der sie Mr Thurstons Hand ergreifen ließ, bevor sie in seinen Armen verschied. Ein weiterer Schrecken sollte Mr Thurston ereilen, als er am Fuße von Mrs Kimballs Bett den leblosen Leib ihrer jungen Dienerin Fiona Gannon vorfand. Sie war in den Kopf geschossen worden.

Es kursieren bereits zahlreiche Gerüchte und Mutmaßungen über dieses tragische Ereignis, was gewiss nicht verwunderlich ist, bedenkt man den legendären Ruhm der Verstorbenen und die Umstände ihres Todes. Laut einem dieser Gerüchte, dessen Wahrheitsgehalt indes noch zu prüfen bleibt, soll man Miss Gannon mit einigen der berühmten Halsketten ihrer verschiedenen Dienstherrin in Händen aufgefunden haben. Von den zuständigen Behörden wurden Gutachter an den Tatort entsandt, und für heute Nachmittag wurde die amtliche Untersuchung des Todesfalls anberaumt, die zweifellos mehr Licht in diese höchst betrübliche Begebenheit bringen wird.

Angehörige von Mrs Kimball sind nicht bekannt, ebenso wie auch ihr früheres Leben vor ihrer Ankunft in unserer Stadt vor über zwanzig Jahren geheimnisumwittert bleibt. Aus diesem Grund hat ihr Anwalt Mr Orville Pratt von der Kanzlei Pratt & Thorpe die traurige Pflicht auf sich genommen, die letzten Verfügungen seiner Mandantin zu treffen. Nach einem privaten Trauergottesdienst, der morgen Vormittag, den 3. Juni um 10 Uhr von Reverend Dr. Ezra Gannett in der Arlington Street Church abgehalten wird, soll Mrs Kimball auf dem Forest Hills Cemetery in Roxbury beigesetzt werden. Mr Pratt kündigte an, einen Gedenkstein für ihr Grab in Auftrag zu geben. Seines Wissens war Mrs Kimball zum Zeitpunkt ihres Todes 48 Jahre alt, doch wie so viele Umstände ihres Lebens, wird wohl auch dies noch eine Weile Anlass zu allerlei Vermutungen geben.

„Morgen früh soll sie schon beigesetzt werden?" Nell schob die Zeitung so entschieden von sich, als ob dadurch alles weniger wahr, weniger schrecklich würde. „Ist das nicht etwas übereilt?"

„Macht man vielleicht so bei den Unitariern", meinte Peter achselzuckend und stippte mit einem Stückchen Scone den letzten Rest seines Hühnerkleins vom Teller. „Ist nämlich eine Unitarier-Kirche, wo der Gottesdienst stattfindet."

Nell wusste über die Unitarier kaum mehr, als dass der erzfromme Kongregationalist August Hewitt seinen jüngsten Sohn Martin, der in Harvard Theologie studierte, gern bezichtigte, dieser religiösen Strömung zugeneigt zu sein. So sehr lehnte Mr Hewitt jeden auch nur angedeuteten Anflug von Liberalität bei seinem sonntäglichen Gottesdienst ab, dass er kürzlich erst der King's Chapel, die er und Viola seit über dreißig Jahren besuchten, seine Zugehörigkeit aufgekündigt und sich der entschieden kongregationalistischen Park Street Church zugewandt hatte. Dass seine Gemahlin noch immer der King's Chapel die Treue hielt, die dem Namen nach zwar zur anglikanischen Kirche gehörte, für August Hewitt indes „unitaristisch unterwandert" war, gefiel ihm gar nicht – wie sähe das denn aus, hielt er seiner Frau vor, wenn ein Paar ihres gesellschaftlichen Standes verschiedenen Kirchen angehörte? –, aber Viola Hewitt hatte schon immer ihre eigenen Entscheidungen getroffen, und daran würde sich wohl so bald auch nichts ändern. Für Nell, die noch nie die genauen Unterschiede zwischen den verschiedenen protestantischen Glaubensrichtungen verstanden hatte, war dieser eheliche Zwist allenfalls verwirrend bis verwunderlich.

„Mir erscheint es etwas unschicklich, sie keine zwei Tage nach ihrem Tod beizusetzen", meinte Nell. „So bleibt ja kaum Zeit, um jene, die sie kannten, davon in Kenntnis zu setzen, damit sie ihr die letzte Ehre erweisen können."

Lautes Gelächter lenkte Nells Aufmerksamkeit zur Dienstbotentreppe, die Dennis, ebenfalls ein Lakai, doch dunkelhaarig und stämmiger als Peter, soeben heruntergepoltert kam. „Glauben Sie vielleicht, irgendwer in dieser Stadt will dabei gesehen werden, wie er *so einer* die letzte Ehre erweist?", fragte er höhnisch.

Hinter Dennis kam Mary Agnes Dolan, eines der Stubenmädchen, die Treppe herunter. Sie war eifrig damit beschäftigt, sich ihr schwer zu bändigendes rotes Haar, das wild in alle Richtungen stand und schimmerte wie blank polierte Kupferdrähte, unter die weiße Rüschenhaube zu stecken. Dennis und sie nahmen sich zwei Teller und bedienten sich am Herd.

„Sag mal, Denny", rief Peter, „hab ich dich nicht schon frühstücken sehen, als ich vor einer halben Stunde unten war?"

„Stimmt. Ich hab' seitdem aber wieder mächtig Hunger bekommen." Dennis warf Mary Agnes einen vielsagenden Blick zu, die ihm vergnügt zuzwinkerte und ihn mit der Schulter anstubste.

Peter sah kurz etwas irritiert zu Nell hinüber und griff dann rasch nach der Teetasse. Seine Ohren glühten.

Im Vorbeigehen schnappte Dennis sich die Zeitung und reichte sie Mary Agnes, als sie sich nebeneinander an das andere Ende des Tisches setzten. „Hier, von der hab ich dir vorhin erzählt", sagte er und zeigte auf das Bild von Virginia Kimball, spießte dabei mit dem Messer eine Scheibe Schinken auf und schob sie sich in den Mund.

„Wie meinten Sie das eben, als Sie sagten, niemand wolle auf ihrem Begräbnis gesehen werden?", fragte Nell.

Dennis lachte in sich hinein und noch während er mit offenem Mund kaute, sagte er: „Sagen wir mal so: Ich hab da ein paar Sachen gehört, die eine so sittsame kleine Miss wie Sie geradewegs in Ohnmacht fallen lassen würden."

„Alles nur Gerüchte", befand Peter.

Dennis verdrehte die Augen. „Sie war eine *Schauspielerin*, Pete. Du weißt ebenso gut wie ich, was das heißt.

Hure bleibt Hure, und wenn sie sich noch so viele Diamanten ..."

„Pass auf, was du hier vor der Dame sagst", warnte ihn Peter.

„Wenn *die Dame* die Antwort nicht verträgt, sollte sie besser gar nicht erst fragen", entgegnete Dennis.

„Sie könnten zumindest darauf Rücksicht nehmen, was Sie vor Gracie sagen", wies Nell ihn zurecht.

„Und was ist mit *mir?*", beschwerte sich Mary Agnes, den Mund voller Hühnerklein. Sie sah ziemlich beleidigt aus, als niemand es für nötig befand, darauf etwas zu erwidern.

Finster schaute Dennis auf Gracie, die noch immer eifrig in ihrem Porridge rührte, ihnen den Rücken zuwandte und glücklicherweise viel zu beschäftigt war, um von dem Gespräch etwas mitzubekommen. „Also, wenn ihr mich fragt", meinte er, „dann hat dieser kleine Fehltritt hier im Haus gar nichts zu suchen, ebenso wenig wie ..."

„Denny!" Peter sah sich besorgt um. „Was glaubst du eigentlich ...?"

Nell beugte sich zu Dennis vor und konnte ihre Stimme vor Wut nur mühsam beherrschen. „Wenn Mrs Hewitt erfahren sollte, wie Sie dieses Kind soeben genannt haben, würde sie Sie auf der Stelle entlassen – und zwar ohne Referenz." Als Viola Gracie gleich nach deren Geburt vor fünf Jahren adoptiert hatte, hatte sie dem Hauspersonal gegenüber deutlich gemacht, sie wünsche von allen, dass sie das Kind fortan ebenso behandelten wie ihre leiblichen Kinder. Jeder, der auch nur andeutete, dass sie das uneheliche Kind eines einstigen Zimmermädchens war, würde fristlos entlassen.

„Woll'n Sie ihn jetzt vielleicht verpetzen?", fragte Mary Agnes spöttisch.

„Nee, das mach ich schon", murmelte Peter. „Wenn er sowas noch einmal sagt, werde ich es tun. Oh ja, das werde ich", bekräftigte er. „Langsam treibst du es wirklich zu weit, Denny."

„Und du glaub bloß nicht, du könntest *die da* ...", Dennis deutete verächtlich mit dem Kopf auf Nell, „... mit deinem Gerede beeindrucken. Die hat's doch längst schon auf wen anders abgesehen. Dabei kommen wir alle aus demselben irischen Sumpf, aber das vergisst sie halt gern mal, die feine Miss Sweeney."

Die feine Miss Sweeney. Hochnäsig. Eingebildet. Zimperlich. Kleine Aufsteigerin. Das hatte Nell alles schon viel zu oft gehört – und noch ganz anderes dazu.

Gouvernante zu sein, und damit weder eine Bedienstete noch eine Dame von Stand, sondern eine jener unabhängigen, für ihren eigenen Lebensunterhalt arbeitenden Frauen, die meist noch immer als eine exotische Spezies betrachtet wurden, war an sich schon kompliziert genug, da man nie wirklich dazugehörte, weder zur Familie noch zum Personal. Aber eine Gouvernante mit so bescheidenem Hintergrund zu sein, wo doch die meisten Gouvernanten selbst den besseren Kreisen entstammten, war nicht nur ungewöhnlich, sondern stieß oft auch auf ungewöhnlich heftige Ablehnung. Die anderen Bediensteten, zumindest die meisten, lehnten sie schon allein aufgrund der besonderen Behandlung ab, die sie genoss und die sie sich ihrer Meinung nach unrechtmäßig erschlichen hatte. Und was die Familie und deren Freunde anging ... nun, da gab es durchaus erfreuliche Ausnahmen wie Viola und Will, aber die meisten begegneten ihr mit leisem Argwohn und einer gewissen Herablassung; manche gar, wie August Hewitt und sein Sohn Harry, suchten ihre Abneigung erst überhaupt nicht zu verbergen.

Und so gab es im Haushalt der Hewitts – und eigentlich im gesamten Mikrokosmos aus Pomp und Privilegien, in dem die Bostoner Oberschicht sich seit Generationen eingerichtet hatte – niemanden, der so gewesen wäre wie Nell. Keine Nische tat sich in der streng hierarchisch gegliederten Bostoner Gesellschaft für sie auf, es gab keine anerkannten Verhaltensregeln, die für sie zutreffend gewesen wären, es war schlichtweg kein Platz für sie vorgesehen, keine etablierte Rolle. Dies konnte ihr Leben einerseits recht einsam machen, und oft war es das auch. Doch der Mangel an vorgegebenen Konventionen verschaffte ihr auch den Freiraum, eigene Regeln aufzustellen – in gewissen Grenzen, versteht sich –, und mittlerweile war sie sehr versiert darin, die Grenzen dieser Regeln stetig ein wenig zu erweitern.

„Denny hat recht, Pete. Du verschwendest nur deine Zeit." Mary Agnes warf Nell einen hämischen Blick zu. „Ihre Hoheit hat es längst auf was Besseres abgesehen als dich. Weißt du eigentlich schon, mit wem sie sich nachmittags immer im Public Garden trifft?"

Noch während Nell überlegte, was sie darauf erwidern sollte – ob sie *überhaupt* darauf eingehen sollte –, kam Peter ihr auch schon zu Hilfe. „Du solltest nicht auf so dummes Gerede hören, Mary Agnes – ihr beide nicht, egal, ob es nun um Nell oder um Mrs Kimball oder ganz jemand anders geht."

„Insbesondere Mrs Kimball", sagte Nell. „Die arme Dame wurde *ermordet,* Himmel noch mal, und euch fällt nichts Besseres ein, als über sie herzuziehen! Dem Tod eines jeden Menschen sollte mit Respekt begegnet werden, wenn nicht gar mit Trauer. Wenigstens das hat ein jeder von uns verdient."

„Scheint der gute Brady wohl auch zu finden", bemerkte Dennis feixend.

„Was soll denn das nun wieder heißen?", wollte Nell aufgebracht wissen. Brady, der Kutscher der Hewitts, war ihr während ihrer fünf Jahre, die sie nun schon bei der Familie lebte, zu einem guten väterlichen Freund geworden. Auf ihn ließ sie nichts kommen.

Grinsend stopfte sich Dennis die Hälfte seines Scones in den Mund. „Er war vorhin auch hier, als ich gefrühstückt hab – mein *frühes* Frühstück, mein' ich. Na, und da wollt' ich ein wenig mit ihm plaudern, aber er will nur in Ruhe seine Zeitung lesen, aber so isser er nun mal, unser Brady. Und plötzlich ...! Da fällt ihm auf einmal so richtig die Kinnlade runter." Zum besseren Verständnis stieß Dennis einen erstickten Schrei aus und schlug sich entsetzt die Hand vor den Mund. „Ich wollt' wissen, was denn los wär, aber er kriegt das gar nicht mit. Liest einfach weiter. Und als er dann fertig war, also ich könnt' schwören, dass er Tränen in den Augen hatte! Ein erwachsener Mann, so alt wie mein Pa, vielleicht sogar noch älter, und heult wie'n Mädchen." Dennis schüttelte den Kopf. „Wer hätte gedacht, dass er so eine Memme ist?"

„Wo ist er jetzt?", fragte Nell.

„Wo soll er schon sein? Er ist dann gleich weg und hat gesagt, er muss jetzt den Brougham waschen", meinte Dennis achselzuckend.

Sichtlich besorgt sah Nell von Dennis zu Gracie, die noch immer emsig rührte, und wandte sich dann bittend an Peter. „Peter, könnten Sie vielleicht kurz ein Auge auf Gracie haben, während ich ..."

„Klar. Geh'n Sie schon", unterbrach Peter und scheuchte sie mit knapper Geste vom Tisch und zur Hintertür hinaus.

2. KAPITEL

Nell trat in den Hinterhof hinaus, der in den blutroten Schein der aufgehenden Sonne getaucht lag. Es war ein kleiner Hof, unverhältnismäßig klein fast, wenn man Größe und Pracht des „Palazzo Hewitt" bedachte, wie Will das mit Blick auf den Boston Common gelegene Stadthaus seiner Ähnlichkeit mit den italienischen Palazzi der Renaissance wegen gern nannte. Viola hatte auf der winzigen Fläche einen bezaubernd verwilderten Garten im englischen Stil angelegt, der seitlich von efeubewachsenen Gattern und hinten von einem weitläufigen Gebäude mit rot geziegeltem Dach begrenzt war, das wie eine toskanische Villa aussah und als Kutschenhaus diente, oder besser gesagt als Kutschenhaus samt Stallungen. Die eine Hälfte des Erdgeschosses war in Pferdeboxen unterteilt, in der anderen war der Hewittsche Fuhrpark untergebracht und im oberen Geschoss die Unterkünfte der männlichen Dienerschaft.

Vor dem großen, mit schweren Eisenstreben beschlagenen Flügeltor zögerte Nell, denn es war verschlossen, und eigentlich schloss Brady nie das Tor, während er im Kutschenhaus arbeitete, schon gar nicht an einem so herrlich milden Sommermorgen. Sie klopfte und wartete, und als sich drinnen noch immer nichts rührte, klopfte sie noch einmal. „Brady?"

Ganz am Anfang, als sie gerade für die Hewitts zu arbeiten begann, hatte Nell den liebenswerten und ihr wohlgesonnenen Iren einmal als „Mr Brady" angeredet. Daraufhin hatte er gelacht und gesagt: „Einfach nur Brady, Miss – der gute alte Brady." Sie wusste bis heute nicht, ob es sein Vorname oder sein Nachname war, und obwohl sie bald Freunde geworden waren, bestand er noch immer darauf, Nell wegen ihrer gehobenen Stellung im Haushalt der Hewitts als „Miss Sweeney" anzureden.

Mit einem schweren Knarzen zog sie das Tor einen Spalt weit auf und trat in das lang gestreckte hohe Gemäuer des Kutschenhauses. Drinnen war es kühl und dämmrig, denn die wenigen Fenster, die es gab, waren winzig. Außer dem leisen Rascheln ihrer Röcke war kein Laut zu hören. Nach ein paar Schritten vernahm sie dann aber doch aus dem Bogengang, der sich zu ihrer Rechten auftat und in die Stallungen führte, gedämpftes Wiehern. Es roch nach Pferden und Heu. Links standen in doppelter Reihe die im Dämmerlicht nur schemenhaft auszumachenden Kutschen. Ganz hinten sah Nell einen hell strahlenden Lichtschein. Sie blinzelte kurz und war geblendet, erkannte dann jedoch, dass es eine Laterne war, die von einem der Deckenbalken hing.

Während sie dem Licht entgegenging, kam sie an Mr Hewitts einsitzigem Coupé vorbei, an Violas eleganter Victoria-Kutsche, Martins Buggy, dem kleinen Ponywagen, den Gracie letztes Jahr von Viola zu Weihnachten geschenkt bekommen hatte, einem viersitzigen Schlitten für winterliche Ausfahrten, zwei unscheinbaren Gigs, dem Pferdekarren der Dienstboten, und schließlich gelangte sie zum Prunkstück der Sammlung, dem großen Brougham.

Die stattliche Familienkutsche war von glänzenden Wassertropfen bedeckt und schimmerte wie schwarzes Glas, nur der lederne Kutschbock war mit einem Öltuch bedeckt, damit er nicht nass wurde. Wasser tropfte und strömte von der Karosserie und den hohen Rädern und sickerte in das festgestampfte Erdreich; ein Eimer, über dessen Rand ein Putzlappen hing, stand auf einer Bank in der Ecke. Brady, in Hemdsärmeln und mit einer mittlerweile völlig durchnässten Schürze, stand mit dem Rücken zu Nell und rieb mit einem Ledertuch über den Wagen, um ihn wieder auf Hochglanz zu bringen.

Nell wollte gerade erneut seinen Namen sagen, als er innehielt und sich mit dem Ärmel über die Augen fuhr. Ohne sich umzudrehen, sagte er mit breitem irischem Akzent und mürrischer Stimme: „Geh'n Sie schon, Miss. Alles in Ordnung."

„Kannten Sie sie denn?", fragte Nell leise.

Er stieß einen abgrundtiefen Seufzer aus. „Sie war meine Nichte."

Etwas verdutzt fragte Nell nach: „Virginia Kimball war Ihre Nichte?" Doch dann begriff sie. „Ah ... Sie meinen das Dienstmädchen?"

27

„Fee Gannon. Eigentlich Fiona, aber wir haben sie immer Fee genannt. Die Tochter meiner kleinen Schwester." Er schniefte, straffte die Schultern und polierte weiter.

„Oh, Brady ... das tut mir leid." Sie trat zu ihm und ließ ihre Hand auf seinem breiten Rücken ruhen.

Unbeirrt rieb er das Ledertuch über den Brougham, sorgsam darauf bedacht, auch noch die letzten Streifen und Wasserflecken von der schwarz glänzenden Oberfläche zu tilgen.

Dass man ihr in den Kopf geschossen hatte, war schon schlimm genug, dachte Nell. Aber man sollte Miss Gannon mit einigen der berühmten Halsketten ihrer verschiedenen Dienstherrin in Händen aufgefunden haben ...

„Brady ...", begann sie vorsichtig.

„Sie war's nicht." Er sah kurz über die Schulter und begegnete Nells Blick. Seine sonst so freundliche Miene war einem so verweinten und leidvollen Ausdruck gewichen, dass sich ihr das Herz in der Brust zusammenzog. „Sie ist ein gutes Mädchen." Er wandte sich wieder seiner Arbeit zu. „War ein gutes Mädchen. Sie würde niemals ... Sowas *könnte* sie gar nicht ..." Mit der Faust hieb er gegen das Wagenfenster, brummte etwas Verdrießliches vor sich hin und polierte dann mit dem quietschenden Leder über das Glas, um den Abdruck seiner Hand wieder wegzuwischen. „Das stimmt nicht, was da so geschrieben wird. Es stimmt einfach nicht! Die kannten sie ja nicht mal. Nicht so, wie ich sie kannte. Die ha'm doch gar keine Ahnung!"

„Ich weiß."

„Nein, tun Sie nicht!", fuhr Brady sie an. Es war das erste Mal, dass er ihr gegenüber so die Stimme erhob, und es traf sie sehr, beunruhigte sie zutiefst und ließ sie sich ganz verloren fühlen. „Sie können es gar nicht wissen, weil Sie sie nämlich auch nicht kannten." Sein Kinn erzitterte, und wieder traten ihm Tränen in die Augen. „Sie wissen ja nicht ..." Die Worte gingen in einem erstickten Schluchzen unter. Er sank gegen den Brougham, das Polierleder flatterte zu Boden; schützend hielt er sich seine großen abgearbeiteten Hände vors Gesicht.

Nell nahm ihn tröstend in den Arm, führte ihn zu der Bank in der Ecke und stellte den Eimer mit dem Putzlappen auf den Boden. „Setzen Sie sich. Setzen Sie sich, Brady."

Mittlerweile weinte er wirklich und stieß dabei leise Verwünschungen aus, die Nell nicht verstehen konnte. Sie reichte ihm ihr Taschentuch. Er nahm es und verbarg sein Gesicht dahinter, beugte sich vornüber und brach in lautes, heiseres Schluchzen aus, derweil sie ihm den Rücken tätschelte und tröstende Laute murmelte.

Die Minuten vergingen und bis Brady sich wieder gefasst hatte, war es im Kutschenhaus schon ein wenig heller geworden. Durch die Ostfenster schien die Sonne herein und ließ die Wassertropfen auf dem Brougham verdunsten.

„Den kann ich jetzt grad noch mal waschen", stellte Brady mit zitternder und tränenschwerer Stimme fest, als er sich mit Nells Taschentuch die Nase putzte. „Ganz fleckig und streifig wird er sein, wo ich noch nicht poliert hab'."

„Das kann warten." Nell schloss ihren Arm fester um den Mann, der ihr während der letzten fünf Jahre so oft Trost und rettender Fels in der Brandung gewesen war. „Geht es wieder?"

Brady seufzte tief, die Ellenbogen schwer auf die Knie gestützt. „Sie war meine einzige Verwandte. Also hier drüben, meine ich. Die andern sind ja alle noch in der alten Heimat." Er knüllte das feuchte Taschentuch zusammen, wischte sich damit die Augen, strich es dann sorgsam wieder glatt und runzelte die Stirn, als er das kunstvoll gestickte Monogramm in der Ecke entdeckte. „Oh je, schau'n Sie nur, was ich mit Ihrem schönen Taschentuch gemacht habe. Ich weiß noch genau, wann Mrs Hewitt es Ihnen geschenkt hat."

„Das macht nichts."

„Ich lass' es waschen", versprach er und legte es ordentlich zusammen.

„Um mein Taschentuch sorge ich mich wirklich nicht, Brady", versicherte ihm Nell. „Ich mache mir vielmehr Sorgen um Sie. Ich fühle mich so ..." Hilflos. Beunruhigt. Er war tatsächlich wie ein Vater für sie – gewiss mehr, als ihr leiblicher Vater es ihr jemals gewesen war. Brady war immer da, wenn sie ihn brauchte – aufmunternd, unerschütterlich, zuverlässig. Jeden Sonntag fuhr er sie früh im Morgengrauen ins North End, damit sie die Frühmesse in St. Stephen besuchen konnte. Meist nahmen sie dabei eine der kleinen Gigs, damit sie vorn beieinander sitzen und sich unterhalten konnten. Er gab ihr allerlei gute Ratschläge oder erzählte ihr lustige Begebenheiten ... Manchmal sang er ihr sogar etwas vor – Kirchenlieder oder Trinklieder, je nach Laune. Ihn nun so völlig aufgelöst zu sehen ... Ihr war, als verlöre sie selbst jäh allen Halt.

„Ich kann mich erinnern, dass Sie mal von ihr gesprochen haben", sagte Nell. Brady redete nur wenig von sich, aber von Fee hatte er mit großer Begeisterung erzählt. Als sie mit gerade einmal fünfzehn Jahren zur Waise geworden war, hatte er ihr eine Stelle als Dienstmädchen beschafft.

„Aber ich dachte, Sie würde noch für die Pratts arbeiten", meinte Nell. Orville Pratt, einer der reichsten und mächtigsten Männer Bostons, betrieb gemeinsam mit August Hewitts bestem Freund Leo Thorpe eine Anwaltskanzlei.

Brady nickte. „Bei denen hat sie angefangen. Als ihre Eltern gestorben sind, hab' ich sie da als Zimmermädchen untergebracht. Auch schon lange her, 1863 war das. Oder besser gesagt, Mrs Hewitt hat ihr mir zuliebe die Stelle besorgt. Sie ist eine wirklich wunderbare Dame mit einem großen Herzen. So was findet man in den höheren Schichten nicht mehr oft."

„Das stimmt allerdings."

Zitternd holte Brady tief Luft und atmete dann langsam wieder aus. „Fee ist mit den Pratts aber nie gut zurechtgekommen. Meinte, die würden zuviel von ihr erwarten."

„Im Hinblick auf das Arbeitspensum ...?"

„Das auch, und dann, wie sie sich zu verhalten hätte – selbst wenn sie frei hatte."

„Daran ist aber nichts Ungewöhnliches", wandte Nell ein, „vor allem bei einer Familie, die gesellschaftlich so hoch angesehen und bedeutend ist."

Brady blickte düster zu Boden und rieb sich das Kinn. „Aye, aber Fee hat's eben nicht gefallen." Er runzelte die Stirn. „Wissen Sie, meine Schwester und ihr Mann waren ganz einfache und unkomplizierte Leute. Fee hat nie richtig gelernt, sich anzupassen. Sie war beileibe kein schlechtes Mädchen, ganz gewiss nicht, aber sie mochte einfach nicht so tun, als ob sie was wär', was sie nicht ist."

Nell nickte unverbindlich. Sie wusste allzu gut, wie es war, eine Rolle spielen zu müssen, und es bekümmerte sie sehr, dass dieser grundehrliche Mann, mit dem sie sich so gut angefreundet hatte, nicht die geringste Ahnung hatte, wer und was sie in früheren Jahren gewesen war. Will Hewitt war der Einzige – der Einzige in Boston, wohlgemerkt –, der davon wusste.

„Fee hat es nie gemocht, Dienstmädchen zu sein", fuhr Brady fort. „Sie wollte ein Kurzwarengeschäft aufmachen."

„Im Ernst?"

„Oh ja, sie hat ihren ganzen Lohn dafür gespart. Viel war's ja nicht. Die Pratts haben ihr nur anderthalb Dollar die Woche gezahlt. Gott weiß, wie lange sie da hätte sparen müssen, aber sie war nicht davon abzubringen. Das hatte ihr schon immer gefallen, schöner Tand und Firlefanz. Bänder und Spitzen ... Handschuhe und Sonnenschirme, Hauben und Hüte ... Sie wollte auch Meterware verkaufen und ich glaube auch Schreibpapier und so was. Immer wieder und wieder hat sie davon geredet, aber ich kann mich nicht mehr an alles erinnern. Wahrscheinlich hab' ich gar nicht richtig zugehört, weil ich mir dachte, das klappt ja sowieso nich'." Er schloss die Augen und rieb sich das Gesicht.

„Und wann hat sie angefangen, für Virginia Kimball zu arbeiten?", erkundigte sich Nell.

Brady drehte und wendete das feuchte Taschentuch in den Händen. „Erst vor drei Wochen. Manchmal hab' ich sie ja sonntags im Pearson's auf einen Tee getroffen. Es war der erste Sonntag im Mai, als sie mir gesagt hat, dass Mrs Kimball sie von den Pratts abgeworben hätte."

„Abgeworben? Als Zimmermädchen?", fragte Nell ein wenig verwundert.

„Als Mädchen für alles. Es gab da keine anderen Dienstboten – nur sie."

„Oje."

„Ja, dachte ich auch und hab' sie gleich gewarnt, auf was sie sich da einlässt. Ich hab' zu ihr gesagt, wenn es ihr schon bei den Pratts zuviel war, dann soll sie erst mal abwarten, bis sie alles allein machen müsste. Aber sie meinte, das sei es ihr wert, denn immerhin würde sie ja für Mrs Kimball auch als Kammerzofe arbeiten, und da könne sie bestimmt einiges lernen, was sie für ihren Kurzwarenladen gebrauchen könnte. Und außerdem würde sie bei ihr jetzt ganze zwei Dollar die Woche bekommen, weshalb Fee sich ausrechnete, dass sie den Laden entsprechend eher aufmachen könnte. Oh, und ein eigenes Zimmer hätte sie auch. Sie hatte es immer ganz schrecklich gefunden, sich mit all den andern Mädchen die Dachstube der Pratts teilen zu müssen. Alles in allem gesehen würd' sich's aber gewiss nicht lohnen, hab' ich ihr gesagt und sie gebeten, zu den Pratts zurückzugehen, falls die sie noch nehmen würden. Eine der Pratt-Töchter hatte ihr ja geholfen, die Stelle zu bekommen und ..."

„Eines von den beiden Pratt-Mädchen?", fragte Nell. „Doch nicht etwa Cecilia?"

„Nee, die bestimmt nicht. Die andere, die so lange in Europa war."

„Ah, Emily."

„Genau, Emily. Ich sagte zu ihr, vielleicht könnte Miss Emily ja bei ihren Eltern ein gutes Wort für sie einlegen, und wenn das auch nichts bringen würde, könnte ich immer noch Mrs Hewitt um Hilfe bitten, aber Fee wollte nichts davon wissen." Er schüttelte den Kopf und sah auf einmal ganz alt und grau und sehr erschöpft aus.

„So wichtig war es Ihnen, dass sie dort nicht arbeitete?", hakte Nell nach.

„Es war ja nicht nur wegen der Arbeit, sondern wegen ... naja, *für wen* sie arbeitete."

„Für eine Schauspielerin."

„Es gefiel mir gar nicht, dass Fee mit solchen Leuten Umgang hatte. Wissen Sie, ich habe immer gewusst, dass ich doch meiner Schwester gegenüber eine Verpflichtung habe, mich um Fee zu kümmern und aufzupassen, damit sie nicht vom rechten Weg abkommt. Und schauen Sie nur, was jetzt passiert ist ..." Seine Stimme brach. „Sie hat eine Kugel in den ..." Er hielt sich das Taschentuch vor den Mund und war wieder den Tränen nah. „Und jetzt glaubt man auch noch, dass ... Man hält sie für eine Diebin und eine Mörderin und wird sich so an sie erinnern. Heilige Muttergottes, wie hat es nur jemals dazu kommen können?"

Abermals legte Nell ihren Arm um Brady und meinte: „Heute Nachmittag ist eine amtliche Untersuchung angesetzt. Sollte Ihre Nichte unschuldig sein, so ...“

„Sie *ist* unschuldig! Ich hab' Ihnen doch gesagt, dass sie so was nie hätte tun können.“

„Ja, ich weiß. Ich habe mich falsch ausgedrückt.“ Sie versuchte, sich ihre Zweifel nicht anmerken zu lassen und zuversichtlich zu klingen. „Die Geschworenen werden sich den Tatbestand ganz genau ansehen, und wenn sie zu dem Schluss kommen, dass es kein versuchter Raub war, werden sie Fee von allen Anschuldigungen freisprechen.“

„Ihr Name ist schon längst in den Schmutz gezogen worden – vorn auf der Titelseite, unter einer riesigen Schlagzeile, die selbst ein Blinder noch lesen könnte. Wie will man das denn wiedergutmachen? Und warum sollte das überhaupt jemanden interessieren? Denen da oben ist sie doch egal ... nur irgendein irisches Dienstmädchen. Sie wissen ja, was man hier von uns hält. Wir sind für die doch nur Abschaum, fremdes Pack. Denen fällt es im Traum nicht ein, an Fees Schuld zu zweifeln – da können Sie drauf wetten.“

Darauf wusste Nell leider auch nichts zu erwidern, denn wahrscheinlich hatte Brady recht.

Das Kinn kämpferisch vorgereckt schüttelte er dennoch betrübt den Kopf. „Seit mehr als zwanzig Jahren lebe ich jetzt schon in dieser Stadt und in all der Zeit hat sich für uns nichts geändert. Sieht eher so aus, als würd' es immer schlimmer, je mehr von uns rüberkommen. Die Stadträte, die Verwaltung, die Polizei sind doch alle nur drauf aus, uns einzuschüchtern und kurz zu halten. Manchmal frag' ich mich ja schon, was ich hier eigentlich soll und warum ich nicht einfach in der alten Heimat geblieben bin."

„Weil es dort nichts zu essen gab", erinnerte sie ihn und gab ihm einen beschwichtigenden Klaps auf den Rücken. „Und so schlimm, wie Sie sagen, ist es gar nicht. In der Stadtverwaltung sitzen durchaus auch einige Iren und ich kenne sogar einen bei der Polizei."

„Einen irischen Polizisten? Glaub' ich nicht."

„Er heißt Colin Cook", erwiderte sie. „Man hat ihn für die Wache in Fort Hill angeheuert."

„Ach so ... damit er dort die andern Iren in Schach hält, was?"

„Genau. Aber mittlerweile ist er befördert worden und bei der Kriminalpolizei im Rathaus. Er hat es jetzt mit Fällen aus dem gesamten Stadtgebiet zu tun."

„Ein Detective, alle Achtung." Als er sich zu ihr umdrehte, blitzten seine Augen, und zum ersten Mal an diesem Morgen erinnerte er sie wieder an den Brady, der ihr vertraut war. „Wie gut kennen Sie den Burschen denn?"

„Gut genug, um ihn für einen Freund zu halten."

„Ein Detective ist ja schon was anderes als ein Constable", sinnierte Brady. „Die klären doch auch Raubüberfälle und Morde und so was auf, oder?"

„Ja, aber Cook ist nur einer von acht oder zehn Kriminalpolizisten im Rathaus. Ich kann gern mit ihm über den Fall sprechen – darauf wollten Sie doch hinaus, oder? –, aber es kann sein, dass er auch nicht mehr darüber weiß als wir beide. Und wir sollten besser keine allzu großen Hoffnungen darauf setzen, dass er die Unschuld Ihrer Nichte beweisen kann."

„Die beweise ich schon selbst. Aber dafür müsste ich eben genau wissen, was eigentlich passiert ist. Und *irgendwas* wird dieser Cook uns doch wohl sagen können, oder?"

Unter den gegebenen Umständen fiel es ihr zwar recht schwer, doch Brady zuliebe rang Nell sich ein zuversichtliches Lächeln ab. „Ich werde noch heute Abend zum Rathaus gehen und mit ihm sprechen."

Er schien enttäuscht. „Warum erst heute Abend?"

„Weil ich mich um Gracie kümmern muss. Außerdem ist Detective Cook tagsüber ohnehin nicht im Büro. Seine Schicht geht von vier Uhr nachmittags bis Mitternacht." Sie tätschelte Bradys Hand. „Auf ein paar Stunden kommt es nicht an. Und versuchen Sie, bis dahin nicht allzu viel darüber nachzugrübeln."

Seine Augen wurden wieder ganz feucht, als er ihre Hand drückte. „Sie sah ein bisschen so aus wie Sie. Vielleicht nicht ganz so hübsch, aber schon ziemlich hübsch. Auch so rotbraune Haare. Sie sind wirklich eine wunderbare junge Dame, Miss Sweeney, ein richtiger Engel. Und wenn Sie Fees Unschuld beweisen könnten, tun Sie wirklich ein gutes Werk."

Wenn sie Fees Unschuld beweisen könnte. Wie würde Brady es wohl aufnehmen, dachte Nell besorgt, wenn sich herausstellte, dass Fiona Gannon nicht minder schuldig war, als der *Daily Advertiser* sie dargestellt hatte?

3. KAPITEL

„Ich wünschte ja, ich könnte Ihnen helfen, Miss Sweeney. Ehrlich", sagte Detective Cook, nachdem Nell ihn den Grund ihres Besuchs hatte wissen lassen. „Aber Polizeipräsident Kurtz hat Charlie Skinner den Fall zugeteilt. Ich hab' nix damit zu tun."

Cook lehnte sich auf seinem Stuhl zurück, die Füße auf seinem Schreibtisch, und hob hilflos die Hände, um seinen Worten Nachdruck zu verleihen. Er hatte riesige Hände, richtige Bärentatzen, die aber in angemessenem Verhältnis zu seinem auch ansonsten massigen Körperbau standen. Sein Haar und seine Augen waren dunkel und wie so viele Iren war auch er während der großen Hungersnot, die Irland in den Vierzigern heimgesucht hatte, nach Boston gekommen. Colin Cook hatte eine tiefe Stimme und ein irischer Akzent war bei ihm kaum noch herauszuhören. Ganz anders als bei Brady, was daran liegen mochte, dass der Irland erst als Erwachsener verlassen hatte; Cook konnte damals kaum mehr als ein halbwüchsiger

Junge gewesen sein. Und Nell war gerade einmal ein Jahr alt gewesen, als die erste Hungersnot ausbrach. Wenn sie sprach, erinnerte gar nichts mehr an ihre Herkunft, zumal sie sich im Laufe der letzten Jahre die distinguierte Intonation jener Kreise angeeignet hatte, in denen sie nun ihr Zuhause gefunden hatte.

„Dann waren Sie bei der Anhörung heute Nachmittag wahrscheinlich auch nicht dabei", vermutete Nell.

„Das war vor meiner Schicht, und wenn Sie glauben, ich würde für den Lohn, der mir hier gezahlt wird, meine freie Zeit für Fälle opfern, die nicht meine sind …"

„Aber Sie haben doch gewiss etwas darüber gehört." Nell beugte sich sichtlich gespannt auf ihrem Stuhl vor und stützte sich mit behandschuhten Händen auf der Kante von Cooks großem, stets im Chaos versinkenden Schreibtisch ab. „Überschneiden die Schichten sich denn nicht? Und das ist ja zudem kein ganz unerheblicher Fall – die ganze Stadt redet von nichts anderem mehr. *Irgendetwas* werden Sie doch wohl gehört haben!"

„Nun, ich habe gehört, dass es sich um einen ganz eindeutigen Fall handelt: Raubmord durch das Dienstmädchen." Cook schnaubte, nahm ächzend die Füße vom Tisch und strich sich seinen zerknitterten Rock glatt. „Ich weiß, dass Sie was anderes hören wollten, aber das haben Untersuchung und Anhörung ergeben."

Nell versuchte, sich ihre Enttäuschung nicht anmerken zu lassen, und fragte: „Detective Skinner hat nicht zufällig Einzelheiten des Falls mit Ihnen besprochen?"

Cook schnaubte abermals und griff nach seiner Teetasse. „Wenn Charlie Skinner überhaupt mit mir spricht, dann nur, um mich wissen zu lassen, wie satt er uns dahergelaufene Iren hat, die den richtigen Amerikanern die besten Arbeitsplätze wegnehmen, weil wir nämlich allesamt vor Kurtz buckeln und dienern und ihm die Stiefel lecken.“

Genau so dachten auch die meisten der Hewittschen Dienstboten über sie, ging es Nell durch den Kopf – dass sie sich irgendwie Violas Gunst erschlichen habe, damit die ihr eine Stelle gebe, die sie lächerlich weit über das erhob, was ihr eigentlich zustünde. „Ich kann mir beim besten Willen nicht vorstellen“, versicherte Nell dem Detective, „dass Sie jemandem die Stiefel lecken, und sei es der Polizeipräsident höchstpersönlich.“

Cook lachte leise und nahm einen Schluck Tee. „Und Sie wollen wirklich keinen?“, fragte er und deutete auf seine Tasse.

Sie schüttelte den Kopf. „Dann könnte ich nicht schlafen.“ Aber wahrscheinlich würde sie heute ohnehin sehr lange wach liegen und sich darüber den Kopf zerbrechen, wie sie Brady beibringen sollte, dass seine Nichte nun auch offiziell schuldig befunden worden war, eine Diebin und Mörderin zu sein.

„Skinner und seine Leute“, fuhr Cook fort, „also praktisch alle Detectives aus unserer Abteilung würden mir ja nicht mal die Uhrzeit sagen. Dasselbe gilt übrigens auch für die andern hier in der Behörde – den stellvertretenden Präsidenten, die Schreiber, Vollzugsbeamten, Superintendents … Oh nein, stimmt ja gar nicht: Der Superintendent von Pawnbrokers ist in

Ordnung – netter Kerl namens Ebenezer Shute. Bevor ich Mrs Cook geheiratet und mit dem Trinken ganz aufgehört habe, haben wir uns öfter mal zusammen ein Pint genehmigt. Ach ja ... jetzt sehe ich ihn allerdings kaum noch, weil er natürlich tagsüber Dienst hat." Cook seufzte.

„Kurtz selbst muss aber doch sehr viel von Ihnen halten", meinte Nell, „sonst wären Sie ja wohl kaum hier."

„Schon, aber wissen Sie, das macht mich bei den andern auch nicht gerade beliebter. Ach, zum Teufel mit denen!", meinte er und hob seine Tasse. „Im nächsten Leben wird's ihnen vergolten werden."

„War Detective Skinner noch hier, als Sie heute Nachmittag zur Arbeit kamen?", fragte sie.

„Ja, war er. Noch ungefähr eine Stunde. Sein Büro ist ja gleich nebenan." Cook deutete mit dem Kopf linker Hand von Nell. Die Wand, ebenso wie die schmale Tür in der Mitte, waren dicht mit Fotografien, markierten Karten, Zetteln, Flugblättern, vergilbten Zeitungsartikeln und Suchplakaten gepflastert. „Sind keineswegs so dick, wie sie aussehen, diese Wände", bemerkte Cook. „Man hört ganz schön viel von nebenan, weshalb man sich auch kaum noch auf seine Arbeit konzentrieren kann, wenn Skinner da drin mit jemandem spricht."

Nell horchte auf. „Sie meinen, Sie bekommen jedes Wort mit, was da geredet wird?"

„Nein, nein ...", wiegelte Cook ab, „nur, wenn sie ganz laut werden, bei einem Streit oder so. Ansonsten bekomme ich nur gedämpftes Stimmengewirr mit. Verstehen kann ich da nichts. Lenkt aber trotzdem ganz schön ab, kann ich Ihnen sagen."

„Haben Sie zufällig mitbekommen, ob ihn heute Nachmittag jemand aufgesucht hat?", wollte Nell wissen.

„Natürlich. Seine Bürotür vorn auf den Gang raus hat ein Fenster – so wie meine auch. Als ich hier ankam, war gerade dieser Paragrafenreiter, der Mrs Kimball vertritt, bei ihm drin."

„Orville Pratt?"

„Genau der. Und als Skinner mich auf dem Gang vorbeigehen sieht, steht er auf und lässt die Jalousie runter, als hätte er Angst, ich könnte mich hinstellen und ihm jedes Wort von den Lippen ablesen. Elendes kleines Frettchen."

„Konnten Sie denn etwas durch die Wand hören?"

„Nee, die haben ganz leise gesprochen. Soweit ich weiß, war das auch kein außergewöhnlicher Besuch. Pratt war ja nun mal der Anwalt des Opfers. Ich habe nur gestutzt, weil Skinner es so eilig hatte, die Jalousie runterzulassen, als ob da etwas nicht mit rechten Dingen zugehen würde. Bei jedem anderen Anwalt hätte ich mir selbst da wohl noch nichts bei gedacht, aber Orville Pratt war mir noch nie ganz geheuer. Er ist einer der reichsten Männer Bostons – ach was, wahrscheinlich einer der reichsten im ganzen Land –, und da fragt man sich schon, warum er noch immer in seiner Kanzlei rumsitzt. Wenn Sie mich fragen, dann arbeitet er nur deshalb noch, um sich wichtig zu machen. Und ich wüsste wahrlich nicht, was er lieber täte, als überall seinen Einfluss geltend zu machen."

„Mhmm", meinte Nell nachdenklich. „Ich kenne Mr Pratt. Er und Leo Thorpe, mit dem er die Kanzlei betreibt, sind gute Freunde von August Hewitt."

„Leo Thorpe? Der Stadtrat, dessen Sohn …?"

„Genau der", unterbrach ihn Nell. Noch immer erfüllte der Gedanke an Jack Thorpe sie mit Kummer. „Als Jack starb, war er meines Wissens mit Mr Pratts Tochter Cecilia verlobt."

„Oh ja, jetzt erinnere ich mich. Da sollten mit viel Pomp und Getöse zwei Dynastien zusammengeführt werden, nicht wahr?"

„So ähnlich, ja. Der arme Jack wäre mit ihr aber gewiss nicht glücklich geworden. Cecilia Pratt ist eine verwöhnte kleine Prinzessin, wie sie im Buche steht, und er war … nun ja, er hatte durchaus seine Fehler, aber er war ein eher nachdenklicher Mensch und sehr fürsorglich. Er kümmerte sich immer zuerst um die Belange seiner Mitmenschen." Wenn er das nicht getan hätte, würde er jetzt wohl noch leben, dachte sie bei sich. „Emily, die ältere Tochter der Pratts, hätte wahrscheinlich viel besser zu ihm gepasst, aber sie war damals gerade für längere Zeit in Europa – auf Reisen."

„Ah … stimmt, ich hab' da was gehört von einer der Pratt-Töchter und 'nem deutschen Adligen", meinte Cook. „Das müsste dann wohl Emily gewesen sein, oder?"

„Nein, das war wieder Cecilia, und er ist Österreicher. Jack war noch nicht mal unter der Erde, als sie ihn kennenlernte. Er hat einen Titel und sieben Namen, allerdings will mir gerade kein einziger davon einfallen. Als er um sie zu werben begann, schenkte er ihr unvorstellbar prunkvollen, protzigen Saphirschmuck, und auf dem alljährlichen Ball der Pratts Ende April diesen Jahres haben sie die Verlobung bekannt gegeben ...", Nell schluckte und legte eine kurze Pause ein, „... genau ein Jahr nach Jacks Begräbnis."

Cook verzog kurz das Gesicht und schüttelte missbilligend den Kopf. „Aber bei dem Vater überrascht mich eigentlich auch gar nichts."

„Nur Mr und Mrs Thorpe sind der Einladung nicht gefolgt. Der Ball der Pratts ist jedes Jahr der gesellschaftliche Höhepunkt der Frühjahrssaison – das will sich niemand entgehen lassen. Komisch war nur, dass Cecilia die Verlobung gleich am Tag darauf wieder abgeblasen hatte. Und raten Sie mal, wer wenig später angefangen hat, ihr den Hof zu machen?" Nell schmunzelte, denn sie freute sich schon jetzt auf Cooks Reaktion.

Er neigte den Kopf, als wolle er fragen: *Und wer?*

„Harry Hewitt."

„Ach herrje!", rief er und brach in ungläubiges Gelächter aus. „Dieser verwöhnte, unausstehliche, kleine ..."

„Genau der. Ein Traumpaar. Sie werden sich gewiss bestens verstehen und nur ab und an darüber streiten, wer von beiden denn nun hübscher ist."

Noch immer leise vor sich hin lachend trank Cook seinen Tee aus und starrte einen Moment in die leere Tasse, als wolle er aus den Teeblättern lesen. Mit einem Ruck wuchtete er sich dann von seinem Stuhl. „Und Sie wollen noch immer keinen?", fragte er Nell, als er hinter dem Schreibtisch hervorkam. „Der ist

wirklich gut. Ich habe vorhin eine ganze Kanne aufgesetzt."

„Nein, danke."

Als der Detective mit frisch gefüllter Tasse in sein
Büro zurückkehrte, schloss er nicht nur die Tür hinter
sich, sondern ließ zu Nells gelinder Verwunderung
auch die Jalousie hinunter.

„Sagen Sie bloß, draußen auf dem Gang treibt sich
schon wieder ein Lippenleser herum", meinte Nell
belustigt.

Cook schien indes tief in Gedanken versunken und
erwiderte nichts; sein Stuhl knarzte, als er sich schwer
darauf niedersinken ließ. Er nahm einen Schluck Tee,
stellte die Tasse nachdenklich auf seinem Schreibtisch
ab und sah dann zu Nell auf. „Nachdem Pratt gegangen war, tauchte Kurtz nebenan auf, und diesmal
habe ich fast alles mitbekommen, denn wenn Kurtz
auf dem Kriegspfad ist, neigt er dazu zu brüllen."

„Auf dem Kriegspfad? Gegen Skinner?"

„Was ich Ihnen jetzt sagen werde", fuhr Cook ruhig
fort, „haben Sie auf jeden Fall nicht von mir gehört."

Nell hob ihre rechte Hand, als wolle sie einen
Schwur leisten. „Wenn es sein muss, schwöre ich auch
gern auf die Bibel", versicherte sie ihm, froh darüber,
dass Cook sich nun doch bereit zeigte, ihr zu helfen.
Zweifellos veranlassten wohl auch Skinners offensichtliche Abneigung ihm gegenüber und die dadurch
wenig erfreulichen Arbeitsbedingungen ihn dazu, nun
zu reden. Doch Hauptsache, er redete.

Die Ellenbogen auf den Schreibtisch gestützt, beugte
Cook sich vertraulich vor. „Kurtz war ganz außer sich

wegen eines Buches von Virginia Kimball, das plötzlich spurlos verschwunden war."

„Ein Buch? Was für ein Buch?"

Cook hob ratlos die Schultern, lehnte sich wieder zurück und griff nach seiner Tasse. „Sie haben es nur ‚das Rote Buch' genannt. Es muss wohl noch irgendwo im Haus sein oder hätte zumindest da sein sollen. Klang so, als hätte Skinner das ganze Haus auseinandergenommen, um es zu finden. Hat er zumindest behauptet. Kurtz schien zu glauben, dass Skinner es haben könnte und aus irgendeinem Grund nicht damit herausrücken wollte, aber Skinner beharrte darauf, dass dem nicht so sei. Dann wollte Kurtz noch wissen, ob das Rote Buch auch was damit zu tun hätte, dass den ganzen Tag über diese reichen Schnösel sich bei ihm die Klinke in die Hand gegeben hätten."

„Hat er Namen genannt?"

„Ein paar. Einer war Maximilian Thurston, der Dramatiker."

„Er war mit ihr befreundet", sagte Nell und musste an den Zeitungsartikel denken, den sie heute Morgen gelesen hatte. „Er soll die beiden aufgefunden haben. Stimmt doch, oder?"

„Stimmt. Anscheinend hat Thurston hier schon auf Skinner gewartet, als der heute Morgen zur Arbeit erschien. Dann noch Horace Bacon ..."

„Der Untersuchungsrichter? Den habe ich sogar mal getroffen." Auf Violas Bitte hin hatte sie Bacon vor anderthalb Jahren ein nicht unbeträchtliches Bestechungsgeld ausgehändigt, um ihn dazu zu bewegen, das Urteil eines anderen Richters aufzuheben, der Will nach dessen Verhaftung die Freilassung auf Kaution verwehren wollte. Bacon hatte den dicken Umschlag so selbstverständlich entgegengenommen, als seien Bestechungsgelder Teil seiner täglichen Arbeit. „Wer noch?", fragte sie weiter.

„Weyland Swann, der Bankier. Und Isaac Foster ... *Dr. Isaac Foster* – große Nummer in Harvard." Cook rieb sich sein wuchtiges Kinn. „Ich glaub', das war's."

„Und Kurtz war der Ansicht, sie wären alle wegen dieses Roten Buches zu Skinner gekommen?"

„Entweder das, oder dass sie ihn dafür bezahlt haben, damit er den Fall zügig zum Abschluss bringt, ohne dass einer von ihnen zum Verhör vorgeladen wird und sich unangenehmen Fragen stellen muss."

„Was nahelegt, dass sie wohl zumindest einen Teil der Schuld tragen oder zu tragen meinen", überlegte Nell. „Aber gleich vier Schuldige? Und heute Nachmittag dann noch Orville Pratt – macht fünf."

„Wie schon gesagt, Pratt kann auch wegen rein rechtlicher Fragen hier gewesen sein", wandte Cook ein. „Aber was die andern anbelangt ... Eine Sache, die man in meinem Beruf lernt, ist, dass eigentlich jeder *irgendwas* zu verbergen hat."

Wie wahr, dachte Nell, die Cook gegenüber hinsichtlich ihrer eigenen Vergangenheit bislang nicht mitteilsamer gewesen war als gegenüber Brady.

„Kurtz sagte, er vermute, dass Skinners Brieftasche nach dem Besuch dieser Herrschaften wohl um einiges besser gefüllt sein dürfte als am Morgen, da er zur Arbeit kam", fuhr Cook fort, „aber er solle bitteschön nicht vergessen, dass er eigentlich auf der Gehaltsliste der Stadt steht."

„Hat Skinner abgestritten, von diesen Männern Geld bekommen zu haben?"

„Nee", winkte Cook ab. „Für so dumm wollte er Kurtz dann doch nicht verkaufen."

Nell hielt sich mit ihrer Meinung über die korrupten Gepflogenheiten der Polizei zurück. Denn sie wusste, dass auch Colin Cook hin und wieder mal die Hand aufhielt. So war das eben.

„Kurtz gab Skinner Anweisung, das Buch zu finden, und zwar schleunigst", sagte Cook. „Er meinte noch, er wolle nicht, dass es in die falschen Hände geriete und alles weiter verkompliziere. Skinner solle nach Dienstende noch mal zu Mrs Kimballs Haus fahren und dort gründlich suchen. Da meinte Skinner, das würde nicht gehen, weil Orville Pratt schon ein paar Tagelöhner angeheuert hätte, die heute Abend dort aufräumen sollten – den gröbsten Dreck wegmachen, die besudelten Teppiche rausreißen, Blut und das ganze Zeugs von den Wänden schrubben ..."

„Aber es ist doch ein Tatort!", rief Nell entgeistert.

„Genau das hat Kurtz auch gesagt oder vielmehr gebrüllt. Ich kann Ihnen sagen, der hat vielleicht getobt vor Wut. Skinner sagte, das sei doch jetzt egal, da der Fall abgeschlossen sei, aber Kurtz erwiderte, dazu wäre es noch zu früh, und wie sähe das denn aus, und die Abteilung hätte ohnehin schon einen schlechten Ruf und Skinner überhaupt nicht die Befugnis, so etwas anzuordnen und schon gar nicht bei einem Fall wie diesem und ... na ja, er hat sich schier die Lunge aus dem Leib geschrien. Zum Schluss wollte er dann noch wissen, warum Pratt es eigentlich so eilig habe, das Haus instand setzen zu lassen."

„Das würde ich auch gern wissen", meinte Nell.

„Darauf sagte Skinner, dass Pratt ihm erklärt hätte, er sei der Nachlassverwalter von Mrs Kimball und müsse das Haus jetzt so schnell wie möglich verkaufen, um ihre Schulden zu begleichen. Und in dem Zustand, in dem es sich gerade befände, könnte er es ja wohl kaum auf den Markt bringen, mit all dem Blut und so weiter. Kurtz meinte, dass Skinner ziemlich auffällig darauf bedacht sei, Pratt einen Gefallen zu tun."

„Finde ich auch. Und was meinte Skinner dazu?"

„Dass er dachte, Kurtz würde das auch so gewollt haben, da er und Pratt doch demselben Club angehören und in denselben Kreisen verkehren."

„Ah ja", bemerkte Nell. „Die Herrschaften gehören *alle* demselben Club an und verkehren in denselben Kreisen." Die Welt der Bostoner Elite war klein und gut vernetzt. Im Somerset Club handelten die Männer über Roastbeef und Whiskey wirtschaftliche und politische Belange aus, die Damen widmeten sich wohltätigen Zwecken wie der Historischen Gesellschaft von Massachusetts oder unterstützten die Perkins-Blindenschule. Ihre Kinder heirateten fast ausnahmslos untereinander, was den Fortbestand der Bostoner Oberschicht in der nächsten Generation sicherstellte.

„Dieses Argument schien den Polizeipräsidenten zu überzeugen", sagte Cook. „Eine Minute lang war es drüben mucksmäuschenstill, dann fing Kurtz an zu fluchen: ‚Ach, zum Teufel auch, dann soll er doch ...‘ 'Tschuldigung."

„Schon gut."

„Er gab Anweisung, Pratt gewähren und ihn das Haus renovieren zu lassen, aber er solle damit lieber noch ein paar Tage warten, um wenigstens den Schein zu wahren. Und Skinner solle gefälligst heute Abend noch mal nach dem Roten Buch suchen. Und Pratt müsse seiner Putzkolonne eben absagen und das auf später verschieben. Und jetzt ...", Cook hob die Hände, „... wissen Sie ebenso viel wie ich."

„Ich weiß zumindest, dass Recht und Gesetz in dieser Stadt käuflich sind und man darum nicht mal ein großes Geheimnis machen muss. Allen scheint es nur ein müdes Augenzwinkern wert, bevor sie weiter ihren Geschäften nachgehen. Überraschend eigentlich, dass überhaupt eine amtliche Untersuchung stattgefunden hat."

„Tja, da hatten sie gar keine Wahl. Bei jedem gewaltsamen Tod oder unklarer Todesursache muss eine amtliche Untersuchung einberufen werden. Morgen werden Sie alles darüber in der Zeitung lesen können. Bei allen Anhörungen sind immer Reporter des *Daily Advertiser* und des *Massachusetts Spy* anwesend. Meist bekommen sie auch eine Abschrift des Protokolls, das ein Schreiber während der Untersuchung anfertigt."

„Könnte ich mir das Protokoll vielleicht einmal ansehen? Statt der Zusammenfassung irgendeines Reporters würde ich ganz gern selbst lesen, was alles ausgesagt worden ist."

„Ich hab's nicht", erwiderte Cook. „Liegt drüben in Skinners Büro, und es wäre nicht so gut, wenn jemand sieht, wie ich Sie da reinlasse."

Mit Blick auf die Verbindungstür, die unter all den Karten und Zetteln kaum noch auszumachen war, fragte Nell: „Können wir denn nicht einfach ...?"

Einen Moment lang starrte Cook auf die Tür. „Oh, die ... die hätte ich ja fast vergessen. Ich habe Sie, ehrlich gesagt, noch kein einziges Mal benutzt, und ... soweit ich weiß, ist sie auch abgeschlossen."

Nell stand auf und ging hinüber. Prüfend drehte sie den Knauf und warf Cook über die Schulter ein triumphierendes Lächeln zu, während sie die Tür aufstieß. „Was wissen Sie schon?"

Der Detective konnte sich ein Lachen nicht verkneifen, als er sich stöhnend aus seinem Stuhl emporstemmte. „Aber wenn irgendjemand davon Wind bekommt, dass Sie da drin waren, will ich ganz gewiss nichts davon gewusst haben."

In Skinners Büro brannte kein Licht, doch die Rollläden waren zum Glück nicht heruntergelassen, sodass von draußen der Mond hereinschien und es hell genug war, um sich einigermaßen zurechtzufinden. Die Jalousie vor dem Fenster in der Tür zum Gang war hingegen noch immer geschlossen, was sich nun recht gut traf. Zwei große Pappkartons – der eine mit V. KIMBALL beschriftet, der andere mit F. GANNON – standen an der die beiden Büros voneinander trennenden Wand auf dem Boden. Eine mit MORDFALL V. KIMBALL etikettierte Ledermappe lag auf dem auffällig aufgeräumten Schreibtisch, daneben eine kleine vernickelte Pistole sowie ein winziger, in festes braunes Papier gewickelter Gegenstand.

Nell schlug das Papier auseinander und ließ seinen Inhalt – eine abgefeuerte Pistolenkugel – in ihre Hand gleiten. Es war nur schwer zu glauben, dass dieses verformte kleine Klümpchen Blei, das sich viel schwerer anfühlte, als es aussah, einmal eine makellos runde Kugel gewesen sein sollte. Sorgfältig schloss Nell das Papier wieder um die Kugel und legte sie genau so zurück, wie sie sie vorgefunden hatte.

Cook öffnete die Mappe und reichte Nell das zuoberst liegende Dokument – drei Seiten, die von dem armen Schreiber, der die nachmittägliche Anhörung zu protokollieren gehabt hatte, in sichtlicher Hast verfasst worden war. Sie ging damit zur Verbindungstür, durch die das Licht aus Cooks Büro hereinfiel, um besser lesen zu können.

AMTLICHE UNTERSUCHUNG

Mittwoch, 2. Juni 1869, ein Uhr mittags: Einberufung der Geschworenen und Befragung von Zeugen, um Ursachen und Umstände des Todes von Mrs Virginia Kimball zu klären.

Maximilian Thurston, beeidet:
„Vertrauter" der Verstorbenen, trafen sich tägl. zum Tee. Klopfte um vier Uhr nachmittags bei ihr; betrat das Haus; fand sie auf der Türschwelle zum Schlafzimmer im ersten Stock, neben sich neue Hutschachtel und Sonnenschirm, blutende Wunde in der Brust, ihre Remington-Pistole neben ihrer rechten Hand auf dem Boden; Pistole roch nach Schießpulver; Verstorbene verwahrte sie unter ihrem Kopfkissen, immer voll geladen, da schlechte Schützin. Wenn sie zu atmen versuchte, trat Blut aus der Wunde ein und aus. Mr Thurston stand

53

Verstorbener bei, bis sie verschied. Fand im Schlafzimmer Leiche der Fiona Gannon mit Kopfschuss, lag auf ihrer linken Seite, in ungefähr ostwestlicher Richtung; in der Hand Halsketten der Verstorbenen; geöffnete Schmuckkassetten auf der Fußbank am Bett. Diamanten waren allerdings nur Imitate. Am Tag vor dem Mord empfing Mrs Kimball Besuch von Mr Thurston wirkte sehr mitgenommen.

Det. Charles Skinner, beeidet:
Um ca. halb fünf zum Haus der Verstorbenen gerufen. Zwei Leichen, „schreckliche Szene", weitestgehend wie von Mr Thurston beschrieben; Schlafzimmerfenster eingeschlagen, aber außer dem Schmuck nichts Auffälliges. Hat Örtlichkeiten gründlich durchsucht; Mrs Kimballs Remington (aus der kürzlich geschossen worden war, drei Kugeln fehlten) war einzige Waffe im Haus. Eine Kugel im Fensterrahmen sichergestellt; wahrscheinlich Schuss, der sein Ziel verfehlte. „Tathergang eindeutig": Fiona Gannon schoss Mrs Kimball in die Brust, dann feuerte Mrs Kimball mit derselben Waffe Fehlschuss ins Fenster und gab weiteren Schuss auf Miss Gannons Kopf ab.

Samuel Watts, beeidet:
Büchsenmacher (Meister) und seit 17 Jahren Waffenexperte bei der Bostoner Polizei. Nach zwei Testschüssen der beiden verbliebenen Kugeln (in Holz und Wollpolster) „zweifelsfreie" Zuordnung der am Tatort sichergestellten Kugel zu Mrs Kimballs Remington-Taschenpistole – fünfschüssig, Kaliber 31 (Pistole, sicher-

gestellte Kugel und Vergleichskugeln den Geschworenen vorgelegt.)

Orville Pratt, Esq., beeidet:
War seit ca. drei Jahren Anwalt der Verstorbenen; bescheinigt ihr tadellosen Charakter, zog sich vor sechs oder acht Jahren von der Bühne zurück. Fiona Gannon von Febr. 1863 bis April diesen Jahres in seinem (Mr Pratts) Haushalt beschäftigt, danach Anstellung bei der Verstorbenen. Mr Pratt „erleichtert, dass sie gegangen ist", da unverschämt und undiszipliniert; war aus diesem Grund fassungslos, als seine Mandantin sie einstellte.

Erastus W. Baldwin, Coroner von Suffolk County, sagt aus, dass eine Obduktion keine weiteren Erkenntnisse bringen dürfe, da Todesursache in beiden Fällen „auch für einen Laien klar ersichtlich sein sollte".

Im Fall Virginia Kimball: Eintrittswunde konsistent mit Schussverletzung im oberen linken Brustbereich zwischen 4. und 5. Rippenknochen, Kugel verblieb in der Verstorbenen.
Befund: Schussverletzung mit Todesfolge.

Bei Fiona Gannon: Durch Pistolenschuss verursachte Kopfwunde, Kugel dringt durch rechte Schläfe ein und verbleibt im Schädelinneren.
Befund: Schussverletzung mit Todesfolge.

Nach Abschluss aller Zeugenaufnahmen, geduldiger Anhörung und ausführlicher Beratung fanden die Geschworenen zu folgendem Urteil:

Boston, Massachusetts
County of Suffolk, 2. Juni 1869
„Wir, die Unterzeichnenden als die vom Coroner von Suffolk County zur Untersuchung des Todesfalls von Mrs Virginia Kimball einberufenen Geschworenen, gelangen zu dem Urteil, dass genannte Virginia Kimball am Dienstag, dem 1. Juni 1869, gegen vier Uhr Nachmittag in ihrem Haus in der Mt. Vernon Street, Boston durch einen Pistolenschuss zu Tode kam.
Des Weiteren kommen wir, die Geschworenen, zu dem Schluss, dass besagter Pistolenschuss ihr von Fiona Gannon, ihrer Dienerin, beigebracht wurde. Daraus ergibt sich für uns folgender Tathergang: Mrs Kimball überraschte bei ihrer Heimkehr Miss Gannon in ihrem Schlafzimmer beim Diebstahl. Als Mrs Kimball sie zur Rede stellte, nahm Miss Gannon die Pistole, von der sie wusste, dass sie sich unter dem Kopfkissen befand, und schoss ihre Dienstherrin einmal in die Brust. Da sie Mrs Kimball tot glaubte, legte sie die Waffe beiseite, um sich wieder ihrem verwerflichen Tun zu widmen. Mrs Kimball lebte indes noch, konnte die Waffe an sich bringen und schoss zweimal auf Miss Gannon, wobei die erste Kugel den Fensterrahmen, die zweite jedoch Miss Gannon in die rechte Schläfe traf und unverzüglich zu ihrem Tode führte."

Cornelius Bingham, Phineas Ladd, Edward Ackerman, Philip Sheridan, Davis Cavanaugh, Silas Mead und Lawrence Burke

Nell überflog noch einmal die Aussage des Coroners. „Autopsien wurden somit keine vorgenommen?"

„Es liegt immer im Ermessen des Coroners, dem der Fall übertragen wird", sagte Cook, der ihr über die Schulter sah und mitlas. „Er kann beschließen, einen Arzt hinzuzuziehen, oder aber die Leiche – beziehungsweise die Leichen – selbst zu untersuchen und dann seinen eigenen Befund abzugeben. Und selbst wenn er eine Obduktion anordnet, so muss er den Ergebnissen des Arztes keineswegs zustimmen – der letztendliche Befund unterliegt allein seinem Ermessen."

„Aber die Coroner sind doch medizinische Laien!"

„Allerdings."

„Ein Arzt hätte durchaus noch etwas für den Fall Bedeutsames finden können."

„Nun ja ..." Cook nahm ihr das Protokoll aus der Hand und blätterte darin herum. „In manchen Fällen vielleicht. Aber so ungern ich auch mit Skinner einer Meinung bin, so muss ich doch sagen, dass es ziemlich offensichtlich scheint, dass die beiden hier erschossen worden sind. Auch die Zeugenaussagen bestätigen diese Vermutung."

„Aber nur, weil man sie zu so wenigen Punkten befragt hat. Die ganze Untersuchung war doch ein Witz! Es wurde ja gerade mal ein bisschen an der Oberfläche des Falls gekratzt. Ich hätte herauszufinden versucht, mit wem Mrs Kimball befreundet war, mit wem sie –

außer mit Mr Thurston und Mr Pratt – noch verkehrte. Hatte sie Liebhaber, gab es Feinde? Dann wäre da noch der Umstand, dass sie seit Jahren schon nicht mehr auf der Bühne gestanden hatte, dass ihre Diamanten nur Imitate waren, was vermuten lässt, dass sie die Originale verkauft hat. Hatte sie Schulden? Und wenn ja, bei wem? Pflegte sie einen aufwendigen Lebensstil? Hatte sie kostspielige Laster wie Opium oder Glücksspiel? War sie vielleicht pleite, ohne dass jemand davon wusste?"

„Das halte ich für eher unwahrscheinlich", befand Cook, nahm ihr das Protokoll ab und legte es zurück in die Mappe. „Immerhin hat sie sich am Nachmittag ihres Todes noch Hüte und was weiß ich noch alles gekauft."

„Oh, eine finanzielle Notlage hat noch keine Frau davon abgehalten, sich neue Hüte zu kaufen", erwiderte Nell. „Zumindest nicht eine Frau wie Virginia Kimball." Nachdenklich deutete sie auf die durchgestrichenen Worte in Maximilian Thurstons Aussage – *Am Tag vor dem Mord empfing Mrs Kimball Besuch von* – und fragte: „Was meinen Sie, weshalb das gestrichen wurde?"

„Kann ich Ihnen wirklich nicht sagen, denn ich war ja nicht dabei." Cook hob den Deckel des mit V. KIMBALL beschrifteten Kartons und spähte hinein. Dann nahm er einen Damenhandschuh aus feinem elfenbeinfarbenem Leder heraus und schnupperte daran. „Hier … kein Zweifel, Mrs Kimball hat die Waffe eigenhändig abgefeuert."

Nell trat zu ihm und nahm den Handschuh entgegen, dessen Handfläche Blutflecken aufwies. Sie schnupperte. Außer Leder und Blut ließ sich tatsächlich auch der rauchige Geruch von verbranntem Schießpulver ausmachen. Und selbst hier, im milchigen Mondlicht, das schwach in Skinners Büro schien, waren auf dem Handschuh, zwischen Daumen und Zeigefinger, deutlich die gräulichen Schmauchspuren zu erkennen. Schweigend gab sie Cook den Handschuh zurück, damit er ihn wieder in den Karton legen könne.

„Das beweist gar nichts", meinte sie. „Wenn Sie mich fragen, so bezeugt das Untersuchungsprotokoll nur, wie erschreckend nachlässig in diesem Fall vorgegangen worden ist. Es würde mich keineswegs überraschen, wenn der Coroner – wie hieß er gleich noch mal ... Baldwin? –, wenn er bestochen worden wäre, um die Geschworenen zu dem Urteil zu bewegen, zu dem sie letztlich gelangt sind. Wahrscheinlich sind sie allesamt korrupt – Baldwin, Detective Skinner, dieser angebliche Waffenexperte ...“

„Sam Watts?“ Entschieden schüttelte Cook den Kopf. „Ich kenne Sam. Eine ehrliche Haut, oft ehrlicher, als gut für ihn ist. Und es dürfte in der Stadt wohl niemanden geben, der besser über Waffen Bescheid weiß als er. Wenn er sagt, dass die Kugel aus Mrs Kimballs Remington ist, dann ist sie auch aus Mrs Kimballs Remington.“

„Einverstanden", sagte Nell. „Aber was Baldwin und Skinner anbelangt, so vermute ich, dass sie alles untereinander abgesprochen haben und sich dafür weiß der Himmel wie viel haben zahlen lassen. Jemand, beziehungsweise mehrere Jemande, wollen nicht, dass dieser Fall gründlicher untersucht wird.“

„Durchaus möglich", räumte Cook seufzend ein, während er weiter in dem Karton herumstöberte, „aber ich würde da jetzt mal keine voreiligen Schlüsse ziehen. Könnte ja auch sein, dass die Untersuchung einfach nur deshalb so nachlässig war, weil das bei uns eben meist so ist. Könnte gut sein, dass der Fall auch dann nicht ordentlich untersucht worden wäre, wenn gar kein Geld geflossen wäre, weil es bei der Bostoner Polizei nämlich bislang *nicht einen einzigen* Detective gibt, der sich mit der Untersuchung von Mordfällen überhaupt auskennt. Und ich bin da keine Ausnahme."

Ungläubig schaute Nell ihn an. Es machte sie fassungslos, dass ein Kriminalpolizist – noch dazu einer, den sie sehr schätzte – so beiläufig seine berufliche Inkompetenz eingestand und die seines gesamten Berufsstandes gleich dazu.

Cook griff abermals in den Karton und holte ein flottes blaues Bandeau hervor – ein breites Stirnband, das mit allerlei Federn, Schleifen und seidenen Orchideen aufgeputzt war und zudem einen kleinen gepunkteten Schleier hatte. „So was Ähnliches habe ich Mrs Cook letztes Jahr zum Geburtstag gekauft, aber sie meinte, das wäre viel zu schick für sie. Sie hat mich gebeten, es zurückzubringen und ihr etwas Schlichteres zu kaufen. Ich hab' ihr gesagt, hübsche Damen wie sie könnten ruhig auch hübschen Kopfputz tragen, aber sie meinte, das wäre nicht hübsch, sondern protzig."

„Klingt, als sei Ihre Frau mit einem beneidenswert guten Geschmack gesegnet." Als Nell vor fünf Jahren für die Hewitts zu arbeiten begonnen hatte, war sie von den maßgeschneiderten Kleidern, die Viola ihr hatte anfertigen lassen, gleichermaßen begeistert und enttäuscht gewesen. Begeistert, weil Nell bis dahin nur fadenscheinige, abgenutzte Sachen aufgetragen hatte, und enttäuscht, weil die neuen Kleider so schlicht waren. Im Laufe der Jahre hatte sie diese schlichte Eleganz dann zwar sehr zu schätzen gelernt – aber sie hatte es eben erst lernen müssen.

„Ich versuche, mein Bestes zu geben, Miss Sweeney", versicherte ihr Cook, als er das Bandeau wieder im Karton verstaute, „aber die Wahrheit ist doch, dass wir paar Detectives hier nur deshalb an diese Arbeit gekommen sind, weil wir uns bei der Aufklärung von Diebstählen so gut bewährt hatten. Als ich jung war, gab's in Boston vielleicht einen Mordfall im Jahr, manchmal auch gar keinen. 1860 hab ich als Constable bei der Polizei angefangen. Raten Sie mal, wie viele Menschen seitdem in dieser Stadt umgebracht worden sind."

Nell dachte nach, aber sie kam gar nicht dazu, eine Schätzung abzugeben.

„Siebzig!" Er knallte den Deckel auf den Karton, stemmte die Hände in die Hüften und sah sie erwartungsvoll an. „Siebzig Mordfälle in den letzten neun Jahren."

„Mein Gott."

„Einundsiebzig, Mrs Kimball mitgezählt. Aber noch immer gilt: Wenn in dieser Stadt jemand umgebracht wird und nicht gleich ganz klar ist, wer's war, bleibt die Sache wohl auf immer ungelöst. Einen Mord aufzuklären, ist eine schwierige Angelegenheit, und meines Wissens gibt es bei uns niemanden, der wirklich Erfahrung damit hat. Was wir aber machen – und das machen die Polizisten der meisten großen Städte so –, ist, den Bürgern eine Belohnung für Informationen zum Fall oder dafür auszusetzen, dass sie den Schuldigen bei uns melden."

„Und das funktioniert?", fragte Nell zweifelnd.

„Längst nicht gut genug, wie ich finde. Ich versuche Kurtz ja schon eine ganze Weile davon zu überzeugen, dass wir endlich raus aus unseren Büros und uns draußen selbst die Hände schmutzig machen müssen, uns nicht nur darauf verlassen dürfen, dass jemand den Täter verpfeift – zumal die, die uns was zutragen, meist keinen Deut besser sind als jene, die sie lauthals beschuldigen. Wir müssen uns selbst ein paar gute Strategien überlegen, wie wir solch mörderischem Gesindel auf die Schliche kommen wollen. Und wenn diese Schurken dann erst mal am Strang hängen, soll'n sie nicht mehr unsere Sorge sein – dann Gnade ihnen Gott und Ruhe ist."

„Meinen Sie denn, dass Kurtz auf Ihren Rat hört?", fragte Nell.

„Nee! Wie denn auch, wenn die andern ihm andauernd stecken, wie blöd ich bin? Insbesondere Skinner. Er glaubt, dass wir einfach nur höhere Belohnungen aussetzen müssten, und die Sache sei erledigt. Fauler Hund, will sich nur vor seiner Arbeit drücken." Cook wies zurück in sein Büro. „Sieht so aus, als wären wir hier drin fertig."

Nell zögerte und warf noch einmal einen Blick auf die beiden Kartons, die am Boden standen. „Dort sind sämtliche Kleider drin, die Mrs Kimball und Miss Gannon zum Zeitpunkt ihres Todes getragen haben, nicht wahr?"

„Die Kleider und alle persönlichen Gegenstände, die sie bei sich hatten." Der Detective verschränkte die Arme vor seiner breiten Brust und schaute Nell mit einem Blick an, der keinen Zweifel daran ließ, dass er ganz genau wusste, worauf sie nun schon wieder hinauswollte. „Was meinen Sie wohl, wie Skinner reagieren würde, wenn er herausfände, dass ich eine neugierige junge Dame – und eine *irische* noch dazu – in seinem Beweismaterial hab' rumschnüffeln lassen?"

„Er wird es nicht herausfinden. Ich lege alles wieder genau so zurück, wie ich es vorgefunden habe. Außerdem scheint mir, dass es nur dann Beweismaterial wäre, wenn es auch zur Aufklärung des Falls verwendet würde, was aber ganz offensichtlich nicht so ist, da der Fall ja als gelöst und somit abgeschlossen gilt und gar nicht mehr vor Gericht kommt. Und Skinner findet doch, dass die Polizei auf die Mithilfe der Bürger setzen sollte, um die Mordfälle in unserer Stadt aufzuklären." Mit einem triumphierenden Lächeln breitete sie die Arme aus. „Bitte schön, ich bin eine Bürgerin dieser Stadt und gern bereit, der Polizei zu helfen!"

Wortlos trug Cook die beiden Kartons hinüber in sein Büro und stellte sie auf dem einzigen Fleck ab, an dem der Boden nicht mit Büchern, Aktenordnern und alten Zeitungen bedeckt war. Nell kniete sich daneben und nahm den Deckel von dem mit V. KIMBALL beschrifteten Karton, legte Handschuhe und Bandeau beiseite und holte ein gehäkeltes Retikül hervor, das ein ordentlich gefaltetes Taschentuch enthielt, eine silberne Puderdose und ein emailliertes Döschen für Rouge, ein perlmuttes Etui mit einigen Visitenkarten darin und eine Geldbörse aus geprägtem Leder, die allerdings leer war.

„Sieht so aus, als hätte Skinner sich auch hier schon bedient", meinte sie.

„Könnte aber auch sein, dass sie bei ihren Einkäufen alles ausgegeben hat", gab Cook zu bedenken, der an seinen Schreibtisch gelehnt dastand und sie beobachte. „Oder vielleicht hatte sie ja gar kein Geld dabei und hat sich alles anschreiben lassen."

„Ich gehe aber sicher richtig in der Annahme, dass Detective Skinner den Schlüssel zu ihrem Haus hat."

Cook nickte. „Hängt an so 'nem schicken silbernen Schlüsselring, den er jetzt immer in seiner Westentasche mit sich herumträgt."

Es folgten zwei weiße Baumwollstrümpfe, ein Strumpfhalter, eine spitzenbesetzte Unterhose, zwei Unterröcke und eine zerknautschte stahlgerippte Krinoline. Als Nell zu Mrs Kimballs restlichen Unterkleidern gelangte, musste sie erst einmal tief durchatmen. Chemise, Korsett und Leibchen starrten von getrocknetem Blut und wiesen allesamt auf der linken Seite ein kleines, scharf umrissenes Loch auf, ebenso das Oberteil des sehr modischen, blau-weiß gestreiften Kleides. Ganz unten im Karton fand Nell einen mit Rüschen besetzten Seidenschirm, ein Paar schwarze Seidenstiefeletten mit silbernen Absätzen und aufgenähten Sternen sowie ein Knäuel ineinander verhedderter Diamantketten.

Sie hob den Schmuck hoch und betrachtete blinzelnd die im Licht hell funkelnden Steine. „Und das sollen bloß Imitate sein?"

„Müssen wohl", meinte Cook. „Ich kann den Unterschied aber nicht erkennen."

„Ich auch nicht."

„Und Fiona Gannon wohl auch nicht, könnte ich mir vorstellen."

Diese Bemerkung überhörte Nell geflissentlich und wandte sich dem mit F. GANNON beschrifteten Karton zu, der ein schlichtes Kleid aus schwarzem Webstoff enthielt, eine mit Blutspritzern übersäte weiße Baumwollschürze, eine Garnitur recht schäbiger Unterkleider, abgestoßene schwarze Schnürstiefel und, ganz unten vergraben, die Überreste einer berüchten Haube. Mit spitzen Fingern fasste Nell sie vorsichtig an dem einzigen noch weißen und unversehrten Zipfel – das Linnen war nämlich nicht nur mit Blut besudelt, sondern auch rußgeschwärzt – und hielt sie in die Höhe.

„Pulverspuren", murmelte sie. „Ziemlich deutliche Pulverspuren sogar. Und völlig zerfetzt ist sie auch."

Cook streckte die Hand danach aus.

„Sie wissen, was das bedeutet", sagte sie.

Seufzend begutachtete nun auch er die traurigen Überreste der Dienstmädchenhaube.

„Es bedeutet", fuhr Nell fort, „dass die Mündung der Pistole, mit der Fiona Gannon ermordet wurde ..."

„... direkt an ihrer Schläfe aufgesetzt war", beendete Cook ihren Satz. „Und woher weiß eine so nette junge Dame wie Sie derlei Dinge?"

„Aus Büchern", log sie rasch und ohne mit der Wimper zu zucken, denn sie wollte nicht, dass er auch nur ahnte, wie vertraut sie selbst einst mit Pistolen und Messern gewesen war – und auch damit, welchen

65

Schaden solche Waffen anrichten konnten. „Sagen Sie mir ruhig, dass ich mich täusche", forderte sie ihn heraus. „Sagen Sie schon, dass dieser Schuss aus einiger Entfernung abgegeben worden ist und die Geschworenen mit ihrem Urteil recht haben."

Schweigend untersuchte Cook die Haube und sah dabei recht mürrisch drein.

„In seiner Aussage hat Baldwin diese Pulverspuren mit keinem Wort erwähnt", stellte Nell fest. „Er hat es nicht getan, weil es die offizielle Lösung des Falls infrage gestellt hätte."

Cook sah aus, als wolle er etwas sagen, überlegte es sich dann aber doch anders. Er hockte sich neben Nell, legte die Haube zurück in den Karton und begann, auch die anderen Sachen zusammenzusuchen. „Jetzt wollen wir das aber mal wieder so wegräumen, wie wir es vorgefunden haben, damit Skinner nicht merkt, dass wir darin herumgestöbert haben."

„Aber Sie stimmen mir wenigstens zu, oder?", beharrte sie. „Das Ergebnis der Untersuchung ist völlig abwegig."

„Und selbst wenn es das ist, so heißt es noch lange nicht, dass Fiona Gannon unschuldig zum Sündenbock gemacht wurde. Das würden Sie zwar gern glauben, weil das Mädchen Irin war und weil Sie ihren Onkel mögen, aber ich sag Ihnen mal was: Meiner Erfahrung nach sind jene, die ein so gewaltsames Ende finden, meist selbst nicht ganz unschuldig daran."

„Aber dass sie Irin ist, dürfte es Skinner und Baldwin deutlich erleichtert haben, den Geschworenen ihre Version der Ereignisse zu verkaufen", meinte Nell, als sie die Kleider sorgsam wieder so in den Karton zurücklegte, wie sie sie vorgefunden hatte. „Fiona Gannon passte gut ins Bild – schon wieder so eine unverschämte irische Diebin und eine Mörderin noch dazu! Wie gut, dass Virginia Kimball es dem Commonwealth of Massachusetts wenigstens erspart hat, sie für ihr verwerfliches Tun auch noch hängen zu müssen!"

„Falls Sie denken, ich würde den Fall deswegen noch mal untersuchen", sagte Cook, „da brauchen Sie sich gar keine Hoffnungen zu machen. Das ist Charlie Skinners Fall, und für ihn und alle anderen hier in der Abteilung gilt er als gelöst. Kurtz würde mich niemals mit irgendwelchen Nachermittlungen beauftragen, da er ganz genau weiß, dass Skinner dann an die Decke geht. Und wenn Sie wüssten, wie viele eigene Fälle ich derzeit zu bearbeiten habe, könnten Sie sich ausrechnen, dass ich zudem überhaupt keine Zeit habe, diese Sache hier zu klären."

„Aber wenn Sie die Zeit *hätten*", fragte sie ihn, als sie den Deckel wieder auf den Karton setzte, „was würden Sie dann tun?"

Cook erhob sich mit knackenden Gelenken und half Nell auf. „Zuerst würd' ich dann morgen zu Mrs Kimballs Beerdigung gehen. Manche Mörder wollen gern mit eigenen Augen sehen, wie ihrem Opfer das letzte Geleit gegeben wird. Ist allerdings nicht immer der Fall – eigentlich eher selten. Aber es wäre zumindest mal ein Anfang."

„In der Zeitung stand aber, dass nur ein privater Gottesdienst stattfindet", wandte Nell ein. „Gewiss werden nur die Familie und Freunde willkommen sein."

„Ach, niemand wird Ihnen dumme Fragen stellen, wenn Sie einfach so tun, als würden Sie mit dazugehören. Was nicht heißt, dass ich Ihnen dazu rate", fügte er augenzwinkernd hinzu, „aber da Sie eine so aufmerksame und hilfsbereite Bürgerin sind ..."

„Oh nein, warten Sie mal", sagte sie. „Ich kann ja gar nicht! Morgen ist Donnerstag. Ich werde mich um Gracie kümmern müssen."

„Meinten Sie nicht mal, es gäbe noch eine Kinderfrau, mit der Sie sich die Arbeit teilen können?"

„Oh, Miss Parrish ist steinalt. Die Nachmittage verschläft sie meist."

„Die Beerdigung findet aber am Vormittag statt."

„Wird Detective Skinner auch dort sein?", wollte sie wissen.

„Er hatte nicht vor hinzugehen, aber dann hat Kurtz ihn dazu verdonnert – würde schon einen guten Eindruck machen, gerade wo Mrs Kimball doch so berühmt war und so weiter und so fort."

Nell seufzte belustigt. „Ich werde mal sehen, was ich tun kann."

„Verhören Sie die Trauergäste, schauen Sie, ob Ihnen irgendetwas merkwürdig vorkommt."

„Verhören? Auf einer Beerdigung?"

„Wenn Sie es richtig anstellen, wird niemand merken, dass er eigentlich verhört wird. Plaudern Sie ein wenig. Stellen Sie einfach eine bedeutsame Frage, und dann halten Sie den Mund. Sie ahnen ja gar nicht, was einem die Leute alles so erzählen, nur damit kein peinliches Schweigen entsteht."

4. KAPITEL

Als sie am nächsten Morgen kurz vor zehn die Arlington Street Church betrat, war Nells erster Gedanke, dass sie sich wohl in der Zeit vertan haben musste, denn dies konnte doch unmöglich Virginia Kimballs Beerdigung sein, oder? Es waren viel zu wenige Gäste da. Gerade einmal zwei Dutzend Häupter waren in den zumeist leeren Bankreihen, die sich lang vor ihr erstreckten, auszumachen – kaum das, was man beim Begräbnis einer so berühmten Persönlichkeit erwartete.

Und dann fiel ihr Blick auf den Sarkophag vor dem Altar. Aus dieser Entfernung, denn Nell stand noch immer im hinteren Teil der Kirche, um sich unbemerkt umschauen zu können, sah es zumindest aus wie ein Sarkophag – ein großer, kunstvoll dekorierter Sarg, wie sie dergleichen zuvor nur in Büchern über das alte Ägypten gesehen hatte. Und als wäre das nicht schon wunderlich genug, war er auch noch weiß gestrichen, eine Farbe, die eigentlich den Särgen von Kindern vorbehalten war.

Eine Gruppe von fünf weiteren Gästen, einem Gentleman und vier Damen, huschte schweigend an ihr vorbei, den langen Mittelgang hinab in Richtung Altar. Allesamt trugen sie schwarze Trauerkleidung, wie auch Nell, deren schlichtes Kleid mit dem modischen, über eine Krinoline gebauschten Prinzessrock, den Kleidern dreier der Damen recht ähnlich war. Die vierte hingegen trug ein Gewand, das von hinten so aussah wie einer jener wallenden, nur mit einem Stoffgürtel lose zusammengehaltenen Morgenmäntel, die eine Dame allenfalls in ihren privaten Gemächern trug. In der Öffentlichkeit hatte Nell dergleichen noch nie gesehen.

Das Grüppchen blieb vor dem so wunderlich anmutenden Sarg stehen, und einer nach dem anderen gingen sie geneigten Hauptes an der Verstorbenen vorbei. Als sie sich umdrehten und in der ersten Bank Platz nahmen, erkannte Nell sie wieder: Orville Pratt mit seiner korpulenten, kleinen Gemahlin, seinen beiden hübschen blonden Töchtern und einer älteren Dame, die Nell nicht recht einordnen konnte. Die in das seltsam wallende Gewand Gekleidete war Emily, kürzlich erst von einer ausgedehnten Europareise nach Hause zurückgekehrt. Es verstand sich von selbst, dass ein bekannter Anwalt wie Orville Pratt mitsamt seiner Familie im Schlepptau die Beerdigung seiner einstigen Mandantin besuchte – und sei es nur um des guten Anscheins willen. Wie sähe das denn auch aus, wenn er sich nicht blicken ließe? Zumal er sich bei der gestrigen Anhörung ja noch so überaus anerkennend über den untadeligen Charakter der Verstorbenen ausgelassen hatte, eine Lobpreisung, die es sogar bis in den heutigen *Daily Advertiser* geschafft hatte.

Gleich auf der Titelseite standen die Ergebnisse der amtlichen Untersuchung in Worten zusammengefasst, die keinen Zweifel an der Schuld der „faulen, aber höchst findigen" Fiona Gannon ließen, die „mit der ihr eigenen Arglist von Anfang an darauf aus gewesen war", sich Virginia Kimballs berühmte Diamantgeschmeide anzueignen.

Als Nell Brady heute früh im Kutschenhaus aufgesucht hatte, war der noch verzweifelter gewesen als am Tag zuvor. „Das hat man ihr nur angehängt", beharrte er, „und jeder glaubt's einfach, weil sie Irin war. Und was soll das denn heißen, ‚mit der ihr eigenen Arglist'? Dass wir alle so sind – Sie, ich, alle aus der alten Heimat? Oh nein, ich werd' keine Ruhe geben, bis meiner Fee nicht Gerechtigkeit widerfahren ist."

Er hatte Fionas Leichnam zu einem Bestatter in der Pearl Street bringen lassen, wo er sie gestern Abend aufgebahrt gesehen hatte. „Das Schlimmste, was ich je hab' sehen müssen", versicherte er Nell mit Tränen in den Augen. „Sie war so ein hübsches junges Ding gewesen, gerade mal einundzwanzig geworden, und sie nun so zu sehen, ihr Kopf ganz ..." Die Worte erstarben ihm in der Brust, seine Schultern bebten. „Bei Gott, ich wollte, dass es stattdessen mich erwischt hätte."

Um sich zu vergewissern, dass Fiona tatsächlich aus nächster Nähe erschossen worden war, wie sie vermutete, hatte Nell Brady dazu bewegt, die Kopfverletzung seiner Nichte etwas ausführlicher zu beschreiben. Die Wunde an der rechten Schläfe, wo die Kugel sie getroffen hatte, sei nur ganz klein gewesen, hatte er ihr berichtet, war aber von einem schwarz gesprenkelten, dunklen Fleck umgeben gewesen, der sich bis auf Fionas Wange erstreckte. Die Austrittswunde hingegen war ein tief klaffender Krater – ein furchtbarer Anblick. Die linke Gesichtshälfte sei ihr praktisch ganz weggeschossen worden.

Feierlich getragene Musik erklang nun von der wohl prächtigsten Orgel, die Nell je gesehen hatte, mit Pfeifen, die sich hoch zur tonnengewölbten Decke des Kirchenschiffs hinaufschwangen. Es war überhaupt eine sehr schöne Kirche, befand sie, mit zwei langen Reihen hoher weißer Säulen, die das Hauptschiff von den kleineren Seitenschiffen und den Emporen abteilten. Ein würdevoller Herr um die sechzig in geistlichem Gewand – somit vermutlich Reverend Gannett – saß auf einem einfachen Stuhl mit hoher Lehne am Altar und blätterte in seinen Aufzeichnungen. Da sie nie zuvor einen Fuß in eine protestantische Kirche gesetzt hatte, kam Nell sich hier furchtbar fehl am Platz vor und meinte gar, wenngleich das natürlich völlig unsinnig war, sie müsse in dieser Umgebung gewiss ganz besonders irisch-katholisch wirken.

Ein Mann schlenderte an ihr vorbei den Mittelgang hinab und blieb am Sarg stehen, eine Hand in der Hosentasche, in der anderen einen Bowler, den er eben erst abgesetzt hatte und nun mit enervierender Geste leicht, doch beständig, gegen sein rechtes Bein schlug. Kurz darauf drehte er sich wieder um und ließ seinen Blick durch die Kirche schweifen, wobei er sein Augenmerk auf die Trauergäste richtete und sie der Reihe nach taxierte. Er war von eher schmächtiger

Gestalt, mit raspelkurzem grauem Haar – vorzeitig ergraut, wie Nell aus den glatten Zügen seines scharf geschnittenen, spitzen, ja, wirklich ein wenig frettchenhaften Gesichts schloss. Anders als die anderen der anwesenden Herren, trug er keinen schwarzen Frack, sondern einen aschgrauen Anzug, darunter eine karierte Weste und an den Füßen einfache braune Budapester.

Nell hegte nicht den geringsten Zweifel, dass dies niemand anderes als Detective Charlie Skinner sein konnte. Sie lächelte, insgeheim belustigt. *Einen Bullen erkenne ich noch immer aus zehn Meter Entfernung.*

Das Lächeln verging ihr indes rasch wieder, als Skinner sie auf einmal mit seinen blassen Augen fixierte und seinen Blick für eine kurze, aber durchdringende Bestandsaufnahme auf ihr ruhen ließ. Auf diese Weise von einem Polizisten angestarrt zu werden, und sei es noch so beiläufig und aus noch so sicherer Entfernung, weckte den Impuls in ihr, sich abzuwenden und flugs zur Tür hinauszurennen.

Schier unbezwingbar wurde dieser alte Reflex, als der Detective nun zielstrebigen Schrittes auf sie zukam, immer näher, doch als er zwanzig Fuß von ihr entfernt war, schwenkte er jäh ein und schlüpfte in eine der hinteren Bankreihen. Nell atmete leise auf, straffte die Schultern und lief nun auch den Gang hinab in Richtung Altar. Kurz vor dem Sarg hielt sie inne und ging etwas langsameren Schrittes als zuvor weiter. Der Sargdeckel bestand aus einer großen Glasplatte, die einem einen letzten Blick auf die Verstorbene gewährte. Nell fühlte sich ein wenig an den gläsernen Sarg erinnert, in den die Zwerge Schneewittchen gebettet hatten, nachdem es von dem vergifteten Apfel gegessen hatte. Der Sarg selbst war aus weiß lackiertem Schmiedeeisen, das so gefertigt war, dass es wie aus Tüchern drapiert wirkte.

Von den zahllosen Toten, die Nell im Laufe ihres sechsundzwanzigjährigen Lebens schon hatte sehen müssen, bot Virginia Kimball gewiss den bemerkenswertesten Anblick. Ihr offenes Haar, das so tiefschwarz war, dass es entweder eine Perücke oder aber gefärbt sein musste, ergoss sich in sanft fließenden, dunklen Wellen über das weiß schimmernde Satinkissen, auf das ihr Haupt gebettet lag. Auch nach ihrem Tod war sie noch herrlich anzusehen, mit dramatisch geschwungenen Augenbrauen, edlen Wangenknochen und pudrig blasser Haut. Nun fiel Nell auch auf, dass sie wie für einen ihrer Bühnenauftritte geschminkt war, einschließlich des dicken schwarzen Lidstriches, auf den sie nie verzichtete. Auf den ersten Blick sah sie daher viel jünger aus als achtundvierzig – bis man ihren faltigen Hals und die schlaffe Kinnpartie bemerkte, die Krähenfüße um die Augen und die tiefen Falten zu beiden Seiten ihrer karminrot geschminkten Lippen.

Doch nicht nur ihre Schminke war theatralisch, sondern auch ihre Robe. Die tote Schauspielerin trug ein schmal geschnittenes Gewand aus silbrig-weiß schimmerndem Satin mit weit fließenden Ärmeln und einem reich verzierten goldenen Gürtel – ein mittelalterlich anmutendes Kostüm, das zu dem Märchenmotiv passte, welches bereits in dem gläsernen Sarg anklang. Aus Gänseblümchen geflochtene Blütenketten und Kränze aus Wiesenblumen lagen über sie gestreut, um sie herum ein Meer aus Lotusblüten, sodass es fast aussah, als treibe sie still im Wasser dahin.

Nell sog hörbar den Atem ein, als sie es endlich begriff. Sie war gar nicht Schneewittchen. Sie war Ophelia.

Selbst der Tod konnte Virginia Kimball nicht davon abhalten, eine Rolle zu spielen, die einst wohl zu ihren liebsten gezählt hatte, jene der jungen Ophelia, deren Liebe zu Hamlet sie in Wahnsinn und Verzweiflung treibt. Nell konnte sich kaum vorstellen, dass ein Bestatter von selbst auf diese wahnwitzige Idee gekommen war, und ebenso unwahrscheinlich war es wohl, dass der Vorschlag von dem alten Banausen Orville Pratt gekommen war. Mrs Kimball musste diese Inszenierung beizeiten selbst geplant haben.

„Allmächtiger!", hauchte Nell und bekreuzigte sich rasch, entsetzt darüber, so blasphemisch gesprochen zu haben – und noch dazu in einer Kirche! Ihr glühten die Wangen, als sie merkte, dass Dr. Gannett sie von seinem Platz beim Altar beobachtete. Protestanten bekreuzigten sich nicht. Er schenkte ihr ein beruhigendes Lächeln, bevor er sich wieder seinem Manuskript zuwandte.

Vor dem Sarg lag kein Kniekissen, weshalb Nell einfach nur ihre behandschuhten Hände faltete und ein leises Gebet für Virginia Kimballs Seele sprach. Da sie trotz ihres Unbehagens aber doch nicht ganz auf die Gepflogenheiten ihres eigenen Glaubens verzichten wollte, bekreuzigte sie sich abermals – was diesmal jedoch hinterrücks von einem kurzen, glasklaren Kichern kommentiert wurde. Als Nell sich umdrehte, sah sie, dass Cecilia Pratt sie beobachtete und dabei ihrer Mutter etwas ins Ohr flüsterte.

Etwa in der zehnten Reihe setzte Nell sich auf einen Platz gleich links vom Mittelgang, von wo aus sie alle anderen Gäste gut beobachten konnte – außer Skinner, der sich ganz nach hinten gesetzt hatte. Sie holte einen kleinen, in Perlmutt gefassten Fächer aus ihrem am Gürtel hängenden Handbeutel, klappte ihn auf und fragte sich, warum es ausgerechnet heute, da sie sich von Kopf bis Fuß in schwarze Wolle hatte kleiden müssen, so verflixt heiß sein musste. Der Chor erhob sich und sang „Näher, mein Gott, zu Dir", danach stand Reverend Gannett auf und trat gemessenen Schrittes an den Altar.

„Ewiger Vater", hob der Pfarrer an, „Gott des Lichtes und der Liebe, geheiligt sei Dein Name, der Du uns diese herrliche Welt geschenkt hast. Wir preisen Dich für die Liebe unserer Familien, für den Frieden unserer Gemeinden, und unter Tränen preisen wir Dich auch für den Engel des Todes, den Du beizeiten jedem von uns schickst ..."

So sehr Nell auch die traditionelle, auf Latein gehaltene Totenmesse vermisste, so fand sie es zur Abwechslung doch recht erfrischend – eine ketzerische Regung, gewiss –, endlich einmal zu verstehen, was gesagt wurde. Es war ein ziemlich langes Gebet, das mit einem recht kläglich klingenden „Amen" der wenigen Trauergäste schloss. Eine männliche Stimme indes war laut und klar und ganz deutlich zu vernehmen, doch kam sie keineswegs aus den vorderen Reihen, wie vielleicht zu vermuten gewesen wäre, sondern von oben links. Als Nell den Kopf hob und hinauf blickte, entdeckte sie einen gut aussehenden, schwarzhaarigen Mann, der auf der Empore gleich über ihr in der vordersten Bank saß. Seine Arme ruhten auf der Balustrade, und sein Blick war nicht auf Reverend Gannett, sondern auf sie gerichtet. Nells Fächer verharrte reglos.

Will.

Ihr stockte förmlich der Atem. Wie lange war er diesmal fort gewesen? Wochen. Nein, über einen Monat gar. Im April hatte sie ihn das letzte Mal gesehen.

Mit einem kaum merklichen Lächeln neigte Will leicht den Kopf. Er schien erfreut, sie wiederzusehen, wenngleich auch etwas verwundert, sie hier anzutreffen. Sie erwiderte seinen Gruß mit einem dezenten Nicken und fragte sich, ob er wohl absichtlich direkt über ihr Platz genommen hatte.

Sie hätte sich eigentlich denken können, dass William Hewitt der Schauspielerin, in die er einst so vernarrt gewesen war, die letzte Ehre erweisen würde. Er hatte sie zwar seit bestimmt dreizehn Jahren nicht mehr gesehen, aber so war er nun mal. Er konnte seine Vergangenheit – wie er selbst einmal gewesen war, und die Leute, die er früher gekannt hatte – nicht einfach ablegen, sie feinsäuberlich in Schachteln einsortieren, die dann forträumt und deren Inhalt vergessen wurde. Es war oft keineswegs zu seinem Besten, aber er konnte Menschen und Ereignisse nicht einfach hinter sich lassen und so weitermachen, als sei nie etwas gewesen. Es war eine Eigenschaft, die ihm schon viel Leid bereitet hatte, doch Nell hoffte noch immer, dass er irgendwann lernen würde, mit seiner

Vergangenheit zu leben, ohne sich von ihr aufzehren zu lassen.

Sie musste sich fast zwingen, ihren Blick von Will abzuwenden und ihre Aufmerksamkeit wieder auf die anderen Trauergäste zu richten. Soeben hatte Dr. Gannett den tröstlich vertrauten 23. Psalm angestimmt. Orville Pratt riskierte einen kritischen Blick auf seine Taschenuhr, derweil seine Gemahlin immer hektischer mit ihrem Fächer auf die stickige Luft eindrosch. Cecilia prüfte den Sitz ihres Hutes, einer schicken kleinen Kreation aus schwarzen Seidenschleifen und Straußenfedern. Die ältere Dame starrte wie gebannt auf den so wunderlich anzusehenden Sarg. Die einzige Pratt, die dem Trauergottesdienst Beachtung zu schenken schien, war Emily, die einen schlichten Chapeau Chinois aus schwarzem Strohgeflecht trug.

Auf der anderen Seite des Mittelgangs, ein paar Reihen vor Nell, saß ein Gentleman um die sechzig, schlank, mit glatt pomadisiertem grauem Haar und einem grau melierten Kinnbart. Er hatte den Kopf Dr. Gannett zugewandt und bot Nells Blicken so seine hohe Stirn und aristokratische Nase dar. Es war ein Profil, das nur darauf zu warten schien, mit einer guten, feinen Stahlfeder und raschen Tuschestrichen festgehalten zu werden. Über dem Schoß hatte er einen Spazierstock liegen, dessen Griff – die gebogene Sprosse eines Hirschgeweihs – auf der Armstütze der Bank ruhte.

Nell widerstand der Versuchung, abermals zur Empore hinaufzublicken und richtete ihr Augenmerk stattdessen auf den Rest des so spärlich gesäten Publikums. Drei der Gäste waren allem Anschein nach Zeitungsleute, da sie sich fortwährend Notizen machten oder bereits an ihren Artikeln schrieben. Dem Äußeren nach zu urteilen – den schicken, teils auch recht gewagten Kleidern der Damen, die allesamt dem Anlass wenig angemessen geschminkt waren, und der dandyesken Garderobe der Herren –, vermutete Nell in den anderen Gästen Leute vom Theater oder begeisterte Theatergänger.

Dr. Gannett war derweil vom 23. zum 84. Psalm übergegangen – einer von Nells liebsten –, den er sehr schön rezitierte, ohne auch nur einmal in seine Aufzeichnungen sehen zu müssen. „Wie lieblich sind deine Wohnungen, oh Herr der Heerscharen ...“

Der dritte Vers erfüllte Nell stets mit melancholischem Sehnen. „Der Sperling hat ein Haus gefunden und die Schwalbe ein Nest für ihre Jungen ...“

So dankbar Nell auch für das Leben war, das ihr während der letzten fünf Jahre zuteilgeworden war, so änderte dies doch nichts daran, dass sie nicht in ihrem eigenen Haus lebte, sondern in dem der Hewitts. Und ihr Kind, das einzige Kind, das sie jemals würde lieben und großziehen dürfen, war in einer Nacht während des Krieges, da sie beide einsam und verzweifelt gewesen waren und des Trostes bedurft hatten, von William Hewitt mit einem der Zimmermädchen seiner Eltern gezeugt worden.

Gracie hatte zu weinen begonnen, als Nell sie heute Morgen in Edna Parrishs Obhut zurückgelassen hatte. Sie hatte gebettelt, mit ihr kommen zu dürfen, und als Nell ihr zu erklären versuchte, dass eine Beerdigung nichts für kleine Kinder sei, hatte Gracie erst recht darauf beharrt, dass sie mitkommen wolle. Sie hatte ein für alle Mal klargestellt, dass sie die schusselige alte Miss Parrish überhaupt nicht leiden könne, und erst recht konnte sie es nicht leiden, dass Nell sie jetzt sogar mitten in der Woche allein ließ. Nell erging es ähnlich, und insgeheim bereute sie es schon längst, jetzt nicht bei Gracie zu sein und sich stattdessen Brady zuliebe auf dieses gewiss völlig hoffnungslose Unterfangen eingelassen zu haben.

Beobachtete Will sie noch immer? Der Gedanke machte sie ganz benommen, obwohl das auch an der Hitze liegen konnte. Auf einmal sah sie sich selbst mit den Augen eines anderen – mit Wills Augen –, der sie von oben herab beobachtete, wie sie hier so saß in ihrem schlichten schwarzen Trauerkleid und dem Kapotthut, die Wangen erhitzt und gerötet, obwohl sie sich stetig Luft zufächelte.

Es sah Will ähnlich, sich so jäh und heimlich, fast wie ein Geist, wieder in ihr Blickfeld zu schleichen, just dann, als sie sich zu fragen begonnen hatte, wann sie ihn wohl jemals wieder zu Gesicht bekäme. Letzten Herbst, als sie gemeinsam aufzuklären versuchten, was mit Bridie Sullivan geschehen war, hatten sie sich häufig gesehen, aber seither nur noch gelegentlich. Hin und wieder war er ohne jede Vorwarnung während ihrer nachmittäglichen Ausflüge mit Gracie im Common oder Public Garden aufgetaucht und hatte ihnen Gesellschaft geleistet, nur, um dann wieder für zwei Tage oder auch zwei Monate sonst wohin zu verschwinden.

Nell fragte ihn nie, wo er gewesen war. Sie wollte nicht von all den Städten hören, die er besuchte, den Faro- und Pokerspielen, die er gewonnen und verloren hatte. Wenngleich er mittlerweile hier in Boston ein Zimmer im Revere House hatte, in dessen Stallungen er auch seine Pferde und den Phaeton unterstellte, verdiente er sich seinen Lebensunterhalt doch immer noch mittels der Karten und nicht der Medizin, und dazu gehörte eben auch, dass er stets dorthin reisen musste, wo mit den höchsten Einsätzen gespielt wurde.

Und gewiss würde ein Mann von William Hewitts Aussehen und seiner charismatischen Ausstrahlung an all diesen Orten auch viele attraktive Frauen kennenlernen. Exotische Schönheiten, dunkel, geheimnisvoll und ein wenig gefährlich – so, wie Will es auch war. Von diesen Abenteuern wollte Nell schon gleich gar nichts hören. Schlimm genug, dass sie überhaupt daran dachte.

Wann immer Will wieder in ihr Leben spaziert kam, geschah es mit einer sehr britischen Nonchalance, als habe man nur auf ihn gewartet. Und Gracie würde sich dann auch sogleich mit einem hellen Freudenschrei in die weit ausgestreckten Arme von „Onkel Will" werfen, der tatsächlich ja ihr Vater war, was sie aber nicht wusste. Er würde Nell anlächeln, während er seine Tochter umarmte – die mehr oder minder auch ihr Kind geworden war –, und einen kurzen flüchtigen Augenblick lang würde es sein, als wären sie eine richtige Familie, eine kleine, glückliche Familie, wie Nell sie nie gehabt hatte und wohl auch nie haben würde.

Und nach der Umarmung gäbe es das Geschenk, denn Will kam nie zurück, ohne nicht irgendeine Kleinigkeit für Gracie dabeizuhaben: ein Büchlein mit

Ausschneidepuppen, ein Paar Haarkämme, ein Säckchen Murmeln, einen Holzkreisel ... Manchmal fragte Nell sich, wo er all die Sachen wohl herhatte, so beispielsweise, als er Gracie nach seiner bislang längsten Abwesenheit ein kleines Teeservice aus Porzellan mitbrachte, das sehr hübsch mit Szenen aus „Rotkäppchen" bemalt und mit französischen Texten versehen war. Hatte es ihn wieder nach Übersee gezogen? Nell wusste mittlerweile, an welch düsteren Orten er sich oftmals herumgetrieben hatte und welche Gefahren dort lauerten, in den engen dunklen Gassen und den Opiumhöhlen, in denen ein Menschenleben nicht sonderlich viel galt. Viel hatte Will ihr aus jener Zeit zwar nie erzählt, aber immer noch genug, um sich manchmal zu sorgen – wenngleich sie ja wusste, dass sie sich doch eigentlich nicht um ihn zu sorgen brauchte.

Aber wie sollte sie das nicht? Ihre Beziehung zu William Hewitt war zwar keineswegs von jener unmoralischen Art, auf die Mary Agnes so gern anspielte, doch verband sie eine tiefe Freundschaft, die während der letzten anderthalb Jahre stetig gewachsen war. Zwischen ihnen bestand eine Geistesverwandtschaft, wie Nell sie nie für möglich gehalten hätte, als sie Will das erste Mal begegnet war – schmutzig und blutverschmiert und mit dem jähen Opiumentzug ringend. Wie könnte es ihr jemals gleich sein, was mit ihm geschah? Wie sollte sie sich nicht um ihn sorgen?

Den Psalmen folgten einige Passagen aus dem Matthäus- und dem Johannesevangelium, der Chor sang ein weiteres Lied, und dann kehrte Dr. Gannett wieder an den Altar zurück. „Wir haben uns heute hier eingefunden, um Mrs Virginia Evelyn Kimball die letzte Ehre zu erweisen. Ihre Zeit auf Erden ist vergangen, wie sie – beizeiten – für jeden von uns vergehen wird. Keine Rollen wird sie mehr spielen, seien sie nun von Menschenhand oder dem himmlischen Vater geschrieben. Keinen Verurteilungen wird sie sich mehr stellen müssen, keinen Versuchungen und keinen Zwistigkeiten mehr ausgesetzt sein. Das Spiel ihres Lebens hat sein Ende gefunden, der Vorhang sich gesenkt ..."

Und nun, schloss Dr. Gannett seine Andacht, freue er sich sehr, „Mrs Kimballs ältestem und wertestem Freund, Mr Maximilian Thurston" das Wort übergeben zu dürfen.

Der Herr mit dem grau melierten Kinnbart erhob sich und trat auf seinen Stock gestützt an den Altar. Er lehnte den Stock an das Rednerpult und holte ein säuberlich zusammengefaltetes Blatt Papier aus seinem Rock, einem tadellos maßgeschneiderten schwarzen Frack, zweireihig und mit in Seide gefasstem Samtrevers, das ein kleines Veilchenbukett schmückte. Unter dem Rock schimmerte eine Weste aus schwarz-violettem Brokat hervor, deren Farben auf jene seines Einstecktuches und des paisleygemusterten Schals abgestimmt waren, den er sich prächtig gebunden um seinen spitzflügeligen Hemdkragen geschlungen hatte. Eigentlich eine dem Anlass wenig angemessene Aufmachung, befand Nell, die bei ihm aber wohl keineswegs als despektierliche Geste zu verstehen war. Mr Thurston war eben Dramatiker und neigte anscheinend wie so viele Künstler dazu, sich über Konventionen hinwegzusetzen.

Er nahm das goldene Monokel zur Hand, das er an einer Kette um den Hals trug, und klemmte es sich vor sein rechtes Auge. Dann strich er sein Manuskript glatt und räusperte sich. „Zweifle an der Sonne Klarheit", las er mit dem betont britischen Akzent, der für Bostons kulturelle Elite so typisch war. „Zweifle an der Sterne Licht. Zweifle, ob lügen kann die Wahrheit … Nur an meiner Liebe nicht."

Er schaute auf und sagte: „So schrieb es Hamlet der wunderschönen Ophelia. Und so wie er seine geliebte Dame verehrte, so verehrte auch ich meine liebe …" Thurstons Stimme brach. Er hielt inne, Tränen schimmerten in seinen Augen, und zittrig rang er nach Luft, bevor er weitersprach: „Meine liebe, liebste Virginia. Von jenem Augenblick an, da ich sie vor nunmehr bald einundzwanzig Jahren das erste Mal sah, bin ich von ihr fasziniert gewesen."

„Es war im Howard Athenaeum", fuhr er fort zu erzählen, „kurz nachdem man es damals umgebaut hatte und alles dort noch schön und sehr elegant war. Wir waren dabei, die Rollen für mein Stück *Fröhliche Verfehlungen* zu besetzen – an das manche von Ihnen sich vielleicht noch erinnern werden. Eine junge, gänzlich unbekannte Schauspielerin, noch dazu neu in der Stadt, war gekommen, um für die Rolle der jungen Naiven vorzusprechen. Zunächst wollte ich sie nicht einmal den Text lesen lassen, da man mir gesagt hatte, sie sei dunkelhaarig, und ich die Figur doch ganz bewusst als blond angelegt hatte. Aber sowie Virginia Kimball dann an jenem Nachmittag die Bühne betrat, wusste ich, dass ich meine Gwendolyn gefunden hatte …"

In dieser Manier schwelgte Mr Thurston noch eine Weile in Erinnerungen und lieferte praktisch eine nicht gar so kurze Zusammenfassung von Virginia Kimballs schauspielerischer Laufbahn – unter besonderer Hervorhebung der von ihm verfassten Bühnenstücke –, ergänzt um einige persönliche Beobachtungen und Anekdoten. Vor einigen Jahren, so sagte er, habe sich Mrs Kimball von der Bühne zurückgezogen, da sie des Rampenlichts und des Wirbels um ihre Person überdrüssig geworden war und sich fortan ganz ihrem Garten und der Wohltätigkeit widmen wollte.

„Dass dieses gütige, friedvolle Leben nun auf so grausame Weise ein vorzeitiges Ende finden musste ...“ Mr Thurston schüttelte den Kopf. „Nein, ich werde es nie verstehen. Mein einziger Trost besteht darin, dass die am meisten gefeierte und verehrte Schauspielerin unserer Stadt ihren letzten Auftritt nun als tragische Heldin haben darf. Ich glaube, dass ihr dies eine gewisse Genugtuung bereitet hätte. Und so will auch ich versuchen, es hinzunehmen. Wie schon der trauernde Laertes um seiner geliebten verstorbenen Schwester willen sprach: ‚Zuviel des Wassers hast du, arme Ophelia, und drum halt ich meine Tränen auf.‘“

Langsam faltete Mr Thurston das Manuskript zusammen und steckte es in seinen Frack zurück. Dann nahm er sein Monokel ab, griff nach seinem Spazierstock und schritt die Stufen vom Altar hinab. Doch statt sogleich wieder an seinen Platz zurückzukehren, trat er an den Sarg, berührte mit den Lippen seine Fingerspitzen und legte sie dann sachte auf das Glas über Virginia Kimballs Gesicht.

„Legt sie ins Grab", sagte er mit rauer, bebender Stimme, „und aus der schönen unbefleckten Hülle sollen Veilchen wachsen."

Er nahm sich das Bukett vom Revers und legte es an die Stelle, die er eben berührt hatte. „Süßes der Süßen. Lebe wohl, Virginia."

Als er wieder aufschaute, ließ er seinen Blick über die Trauergäste schweifen und verweilte auf Orville Pratt. Seine von ungeweinten Tränen schimmernden Augen gefroren in so blankem Hass, dass es Nell den Atem verschlug. Mit fragender Miene wandte Winifred Pratt sich ihrem Gatten zu, der Mr Thurstons Blick indes nicht erwiderte, sondern starr geradeaus sah. Eine Spur leiser Verachtung huschte über Mr Thurstons Züge, bevor er sich schließlich abwandte und langsamen Schrittes an seinen Platz zurückkehrte.

Der kaum merkliche Zwischenfall hatte wohl keine zwei, allenfalls vielleicht drei Sekunden gedauert, doch es hatte sich wie eine Ewigkeit angefühlt.

Ungefähr zehn Minuten später, während der Chor sich gerade durch ein besonders langes und schwermütiges Lied quälte, nahm Nell oben auf der Empore eine Bewegung wahr. Sie schaute hinauf und sah Will in den hinteren Teil der Kirche gehen, Richtung Ausgang.

Wegen der alten Schussverletzung im Bein lief er ein wenig steif und ungelenk, doch schon deutlich besser als noch letzten Winter, wo er, nachdem er aufgehört hatte, sich der Schmerzen wegen Morphium zu injizieren, wieder stark zu humpeln begonnen hatte. Vielleicht war sein Körper mittlerweile daran gewöhnt, ohne Opiate auszukommen, oder aber es lag einfach am warmen Wetter. Nell wollte nur hoffen, und sie hoffte es wahrlich inständig, dass Will nicht zu seinen einstigen Gewohnheiten zurückgekehrt war.

Nachdem er die Treppe hinunter verschwunden war, wartete sie noch einen Moment, bevor sie sich umdrehte und den langen Mittelgang hinab zur Kirchentür schaute. Und dort stand Will, eine große, im Gegenlicht der nun blendend hellen Mittagssonne dunkel umrissene Gestalt. Er zündete sich eine Zigarette an und schnippte das Streichholz aus. Dann schien es, als mache er eine auffordernde Geste in ihre Richtung. Vielleicht spielte ihr aber auch nur das gleißende Licht einen Streich?

Detective Skinner drehte sich gleichfalls um, da er wissen wollte, was ihre Aufmerksamkeit so sehr fesselte. Mit dem rasch kombinierenden Blick des Polizisten schaute er von Will zurück zu ihr, seine Augen funkelten. Will war derweil hinaus ins helle Sonnenlicht verschwunden.

Nell drehte sich wieder um und schaute nach vorn zum Altar. Sie holte ihr Taschentuch aus ihrer Gürteltasche, um ihr erhitztes Gesicht abzutupfen, besann sich dann jedoch eines Besseren. Eilig steckte sie ihren kleinen Fächer zurück in die Tasche, die sie wohlweislich geöffnet ließ, erhob sich und begann den Gang Richtung Kirchtür zu laufen. Einmal blieb sie kurz stehen, stützte sich auf eine der Banklehnen und tupfte sich den Schweiß von der Stirn. Sie merkte, wie Skinner sie beobachtete.

In der einen Hand das Taschentuch, die andere in einer leidenden Geste auf den Bauch gepresst, ging sie

mit langsamen und etwas unsicheren Schritten weiter.

„Miss?", sprach Skinner sie an, als sie ihn fast erreicht hatte. „Geht es ...?"

Sie schaute vage in seine Richtung und begann unmerklich zu schwanken. „Ich ... ich ..."

Schwach streckte sie die Hand nach der nächsten
Lehne aus, griff ins Leere und sank zu Boden.

5. KAPITEL

Skinner sprang jäh hoch und fing Nell auf, noch bevor sie zu Boden stürzte. „Keine Sorge, Miss ... ich habe Sie."

Sie klammerte sich an seiner Jacke fest, als er ihr wieder auf die Beine half. „Entschuldigen Sie vielmals, ich ... ich brauche einfach nur ein wenig frische Luft." Seine Kleider rochen nach billigem Tabak, sein Atem nach Rum und Lakritz.

„Hier entlang", sagte er und führte sie etwas unbeholfen bis zur Treppe vor dem Portal. „Setzen Sie sich", drängte er sie und half ihr vorsichtig auf die oberste Stufe, die vom Schatten des Kirchendachs vor der grellen Sonne geschützt lag. Für Nells Empfinden ließ er bei dem ganzen Prozedere seine Hände länger als unbedingt erforderlich auf ihr ruhen.

Kutschen, Kaleschen und auch einige Mietdroschken standen wartend am Straßenrand. Zwischen dem Leichenwagen und einem eleganten Landauer, dessen Verdeck zurückgeschlagen war und der zweifelsohne den Pratts gehörte, entdeckte Nell auf der gegenüberliegenden Straßenseite Will. Er hatte gerade den Public Garden erreicht, doch sowie er sie sah, warf er seine Zigarette weg und rannte zurück.

„Nell!" Will riss sich den Hut vom Kopf und ließ sich auf die Stufe zu ihren Füßen sinken. „Was ist passiert?"

„Muss die Hitze sein", meinte Skinner. „Sie war eben ganz schön wacklig auf den Beinen. Einen Augenblick länger und sie wär' mir ohnmächtig umgekippt."

„Es geht mir wieder gut, wirklich", beharrte sie.

„Beug deinen Kopf vornüber", sagte Will zu ihr und unterstrich seine Aufforderung, indem er sie sanft am Nacken fasste und ihren Kopf nach vorn zog.

„Sie kennen die Dame?", fragte Skinner.

„Ja, und ich stehe zutiefst in Ihrer Schuld, Sir." Das Gesicht halb in schwarzem Wollstoff vergraben, sah Nell aus dem Augenwinkel, wie Will ihm die Hand reichte. „William Hewitt."

„Detective Charles Skinner, Bostoner Kriminalpolizei. Haben Sie Hewitt gesagt? Sie sind aber nicht mit Mr August Hewitt aus der Colonnade Row verwandt, oder?"

„Doch, ich bin der Sohn, über den nicht gesprochen wird." Will streichelte Nells Rücken, bis die Haut unter ihrem Korsett zu prickeln begann. „Und diese recht eigensinnige junge Dame ist Miss Cornelia Sweeney."

Skinner zögerte kurz – vielleicht, um sich der Tatsache bewusst zu werden, dass sie Irin war –, bevor er schließlich mit verhaltener Höflichkeit erwiderte: „Angenehm Sie kennenzulernen, Miss Sweeney."

„Ganz meinerseits", murmelte sie in ihre Röcke hinein.

„Nichts für ungut, Hewitt", fuhr Skinner an Will gewandt fort, „aber wenn Sie August Hewitts Sohn sind, warum reden Sie dann wie ein Engländer?"

„Weil er mich als Kind nach England geschickt hat", erwiderte Will lakonisch. „Wie Sie sehen, habe ich allerdings wieder zurück nach Hause gefunden – Pech für ihn."

„Es geht mir schon viel besser", sagte Nell. „Ich kann mich jetzt wieder gerade hinsetzen."

„Ich bin hier der Arzt", entgegnete Will. „Und deshalb bestimme ich, wann es dir besser geht."

„Sagten Sie Arzt?", fragte Skinner. „Dann haben Sie also ... äh ... die Situation im Griff, oder?"

„Aber gewiss", meinte Will. „Danke für Ihre Hilfe."

Nell wandte den Kopf zur Seite, um sich zu vergewissern, dass Skinner auch wirklich wieder in der Kirche verschwand. Durch die offene Tür konnte sie den Chor hören, der endlich das trübselige Stück zum Abschluss brachte, und gleich darauf war abermals die hier draußen nur leise und undeutlich zu verstehende Stimme von Reverend Gannett zu vernehmen, der die Trauergemeinde einlud, mit ihm gemeinsam das Vaterunser zu sprechen.

„Für eine Dame, die nach eigenem Bekunden nie in Ohnmacht fällt, hast du aber eine recht anfällige Konstitution", befand Will.

„Habe ich nicht."

„Und was sollte das dann eben?"

Noch immer vornüber gebeugt, kramte Nell in ihrer geöffneten Gürteltasche herum, bis sie gefunden hatte, woran sie unter so mühseligem Einsatz gelangt war.

„Was ist das?", fragte Will, als sie ihm ihre Beute reichte.

„Virginia Kimballs Schlüssel. Ich habe sie gerade Detective Skinner entwendet."

Will war so verdutzt, dass er seine Hand von ihrem Nacken nahm und sie sich endlich aufsetzen konnte. Ungläubig schaute er auf den silbernen Schlüsselring, von dem vier Messingschlüssel baumelten. Als er Nell wieder ansah, meinte sie in seinen Augen Bewunderung und Belustigung miteinander ringen zu sehen. „Du machst Witze."

Sie schüttelte den Kopf, höchst erfreut darüber, den so unerschütterlichen William Hewitt dermaßen aus der Fassung gebracht zu haben, wenngleich sie, um ganz ehrlich zu sein, fast ebenso schockiert war wie er über ihre unglaubliche Dreistigkeit – entsetzt gar, aber dennoch auch ein wenig stolz. Nach all den Jahren, die sie nun schon ehrlich und anständig lebte, konnte „Cornelia Cutpurse", wie sie einst genannt worden war, doch immer noch ihr fingerfertiges Talent unter Beweis stellen.

„Du hast einen Polizisten beklaut?", vergewisserte er sich.

„Nicht so laut", flüsterte sie und warf einen raschen Blick zur Kirche. „Nur so konnte ich an Mrs Kimballs Hausschlüssel gelangen."

„Was soll man dazu sagen?", murmelte Will und rieb sich nachdenklich den Nasenrücken. „Nun gut, wollen wir für einen Augenblick mal die Frage beiseite lassen, was ... nun ja, all die vielen Fragen, die das aufwirft, aber davon ganz abgesehen: Hast du dir auch Gedanken darüber gemacht, wie Skinner reagieren wird, wenn er merkt, dass du ihm das hier entwendet hast?"

„Er wird niemals darauf kommen, dass ich es war", erwiderte sie ruhig und nahm Will die Schlüssel ab. „Sie waren in seiner Westentasche, und nachdem ich sie ihm abgenommen hatte, habe ich seine Jacke wieder zugeknöpft. Irgendwann wird er zwar merken, dass die Schlüssel weg sind, aber er wird kaum vermuten, dass sie ihm gestohlen wurden, und schon gar nicht von einer so netten, jungen ..."

„Moment mal." Will legte den Kopf zur Seite, als habe er gerade nicht richtig gehört. „Du hast seine Jacke wieder zugeknöpft?"

„Ja, natürlich."

„Woraus sich folgern lässt, dass du sie erst hast *aufknöpfen* müssen, bevor du den Schlüsselbund klauen, in deiner Tasche verstecken und Skinners Jacke wieder zuknöpfen konntest – und all das, während du auch noch einen Ohnmachtsanfall vorgetäuscht hast."

Sie lächelte. „Ja, ich war mal richtig gut." Niemand in Boston außer Will wusste über das Leben Bescheid, das sie früher geführt hatte, wusste von den Dingen, die sie getan hatte –, wer sie gewesen war. Sollte jemand anders jemals davon erfahren, wäre sie ruiniert.

„Mir scheint", meinte er belustigt und zog eine flache Dose *Turkish Orientals* aus seinem Frack, „dass du noch immer ... nun, ich weiß nicht, ob ich es auch als *gut* bezeichnen würde. Sagen wir, dass du noch immer sehr *talentiert* bist. Beunruhigend talentiert, geradezu brillant. Macht es dir etwas aus?", fragte er, als er die Dose aufspringen ließ und eine Zigarette herausnahm.

„Nein, mach nur. Du wirst dich nun gewiss fragen, was ich damit vorhabe", meinte sie und hielt den Schlüsselbund hoch.

Er strich ein Zündholz an. „Ist es denn nicht ganz offensichtlich?", erwiderte er. „Du schnüffelst herum ... *wieder einmal*", setzte er ernst hinzu, „und noch dazu in einer sehr heiklen Angelegenheit, die dich nun wahrlich nichts angeht."

Und da fing Nell an, ihm von ihren Bemühungen zu erzählen, Brady zuliebe die Unschuld seiner Nichte zu beweisen. Sie musste sich recht kurz fassen, da sie Dr. Gannett bereits den Segen sprechen hörte. Aber sie hob die Bedeutung des „Roten Buches" hervor, wahrscheinlich ein Tagebuch oder dergleichen, und erwähnte die Pulverspuren auf Fiona Gannons Gesicht und ihrer Haube – entscheidende Hinweise auf den tatsächlichen Tathergang, die den Geschworenen vorenthalten worden waren. „Es heißt, Fiona habe auf Virginia Kimball geschossen, die daraufhin zu Boden stürzte, scheinbar tot, der es dann aber doch noch gelang, nach der Pistole zu greifen und Fiona in den Kopf zu schießen. Demnach müsste sie den Schuss von der Tür her abgegeben haben, wo man sie später fand, aber wenn dem so war, wie kann es dann sein, dass Fionas Haube und ihr Gesicht so schrecklich zugerichtet sind?"

„Das beweist nun aber keineswegs, dass Fiona Gannon sich nichts hat zuschulden kommen lassen", meinte Will und wiederholte damit unwissentlich Detective Cooks Vorbehalte.

„Es beweist aber durchaus, dass die Morde sich nicht so zugetragen haben können, wie es dem offiziellen Gutachten nach gewesen sein soll. Ich möchte mich gern selbst in Mrs Kimballs Haus umschauen, mit eigenen Augen das Zimmer sehen, in dem die beiden Frauen gestorben sind. Ich bezweifle, dass der Tatort überhaupt gründlich untersucht worden ist. Skinner ist es ziemlich gleichgültig, was tatsächlich geschehen ist. Er war froh, alles auf Fiona Gannon abwälzen und nebenbei noch ordentliche Bestechungsgelder einstreichen zu können."

Will drückte seine Zigarette aus und legte seine Hand auf Nells Arm. „Nell ... hör zu. Ich weiß, wie viel dir Brady bedeutet, aber bist du dir sicher, dass du so einen Wirbel um diesen Fall machen willst? Die Sache könnte sich wirklich als äußerst heikel erweisen. Immerhin gibt es wohl einige sehr einflussreiche Männer, die die ganze Angelegenheit schnellstens unter den Teppich kehren wollen."

Ganz ruhig und sachlich fragte sie ihn: „Will, warum warst du heute hier?"

Er runzelte die Stirn und hob etwas ratlos die Schultern, als sei die Antwort doch ganz offensichtlich. „Weil ich Virginia Kimball kannte. Es gab einmal eine Zeit, da war ich sehr ... nun ja, sehr vernarrt in sie. Sie war für mich der Inbegriff weiblichen Zaubers und romantischer Liebe. Und sie war tatsächlich eine bemerkenswert talentierte Schauspielerin – dafür habe ich sie bewundert. Für sie war ich allerdings nie mehr als ein kurzweiliges Amüsement. Nicht einmal ihre Wange durfte ich küssen und habe sie dennoch nie vergessen."

„Und trotzdem stört es dich gar nicht", meinte Nell, „dass der Mord an ihr wohl nie aufgeklärt werden wird?"

Will bedachte Nell mit einem recht erbosten Blick, um ihr zu verstehen zu geben, dass er sich nicht so leicht manipulieren ließ. Und doch hörte sie zumindest eine Andeutung ehrlichen Interesses heraus, als er fragte: „Wenn Fiona Gannon sie nicht umgebracht hat, wer soll es dann gewesen sein?"

„Ich weiß es nicht", erwiderte sie. „Aber ich weiß, dass bei den Ermittlungen nachlässig vorgegangen wurde, und dass das Urteil der Geschworenen eine Farce ist. Die offensichtlichen Fragen hat niemand gestellt, weil niemand die Antworten darauf hören wollte. Ich würde diese Fragen aber gern stellen."

„Wem?"

Nell zuckte die Achseln. „Orville Pratt, Maximilian Thurston ... Ich wüsste gern, wie Mrs Kimball wirklich gewesen ist, mit wem sie Umgang hatte, in welchen Verhältnissen sie lebte. Natürlich möchte ich auch mehr über Fiona Gannon erfahren. Und über die Männer, die Detective Skinner bestochen haben. Ich will wissen, was sie sich zu kaufen glaubten."

„Nell, Nell, Nell", stöhnte Will und rieb sich den Nacken. „Diese Männer werden deine Nachforschungen nicht gutheißen. Du würdest eine Bedrohung für sie darstellen und dementsprechend werden sie auch gegen dich vorgehen."

„Meinst du vielleicht, ich sei nicht zur Diskretion fähig?"

„Natürlich bist du das. Aber derlei Männer haben Mittel und Wege, sehr schnell zu erfahren, wenn jemand seine Nase in ihre Angelegenheiten steckt."

Aus der Kirche erklang Orgelmusik und einsetzende Betriebsamkeit. Nell wandte sich zur Tür und sah, wie Mrs Kimballs eiserner Sarkophag von acht Männern den Mittelgang hinunter getragen wurde. Will erhob sich und half Nell auf.

Während sie sich den Straßenstaub von ihrem Rock klopfte, sagte sie leise: „Es kursieren bereits die ersten Gerüchte über uns."

„Wunderbar", befand Will und setzte sich seinen flachen Zylinder wieder auf. „Wie langweilig wäre doch das Leben, wenn es keine Gerüchte mehr gäbe!"

„Du hast gut reden. Für mich als Gouvernante wäre schon der Ruch eines Skandals verhängnisvoll. Du solltest vielleicht nicht ..." Oh, wie sehr ihr das zuwider war! Nell schlug die Augen nieder und rieb mit dem Daumen über den großen silbernen Schlüsselring. „Du solltest dich besser nicht mehr mit mir und Gracie im Park treffen."

Will schaute sie an – sah sie eigentlich zum ersten Mal an diesem Morgen wirklich an. Seine Augen, überschattet von seiner mächtigen Stirn, blickten düster, und das Kinn reckte er auf jene unwirsche Weise vor, wie er es manchmal tat, wenn er sehr ungehalten war. Seine scharf geschnittenen Züge, die so ansprechend und vornehm aussahen, wenn er freundlich gestimmt war, konnten jäh einen finster bedrohlichen Ausdruck annehmen. „Du würdest uns ein solches Opfer abverlangen – nur, um dieses dumme Gerede zum Verstummen zu bringen?"

„Will …"

„Aber für mich scheint das Opfer auch größer zu sein als für dich. Es bedeutet mir sehr viel, Gracie sehen zu können und …" Er blickte beiseite und schüttelte den Kopf. Als er wieder in ihre Richtung sah und merkte, dass die Trauerprozession fast bei ihnen angelangt war, senkte er die Stimme und flüsterte eindringlich: „Willst du mir das wirklich nehmen?"

„Würdest du *mir* Gracie nehmen wollen?", erwiderte sie verzweifelt. „Denn genau das wird geschehen, wenn ich wegen dieser Gerüchte, die dich so überaus amüsieren, meine Anstellung verliere." Mit etwas sanfterer Stimme fügte sie hinzu: „Es tut mir leid, Will. Ich … mir bedeuten diese Nachmittage auch sehr viel … mehr als du ahnst, aber …" Hilflos zuckte sie die Schultern.

Will nahm Nell beim Ellenbogen und zog sie ein wenig beiseite, als nun der Sarg aus der Kirche herausgetragen wurde. Die Sargträger blinzelten, von dem hellen Sonnenlicht geblendet, nur der alle um Haupteslänge überragende Orville Pratt mit seinem silbergrauen Haar schaute mit finsterer Miene starr geradeaus, seine Augen klar und kalt wie Gletscherseen. Er hat ja Schmutz im Gesicht, dachte Nell entgeistert, bis sie jäh erkannte – und dies schockierte sie fast noch mehr –, dass es ein Bluterguss war, der sein linkes Augenlid und die Haut über dem Wangenknochen in ein schwaches, fleckiges Violett färbte. Die Verletzung mochte, der Verfärbung nach zu urteilen, wohl zwei oder drei Tage alt sein. Manch anderer Gentleman würde mit einem blauen Auge gewiss auch ein eher klägliches Bild abgegeben haben, doch Orville Pratt ließ es nur noch imposanter erscheinen.

Hinter dem Sarg traten die Damen Pratt aus der Kirche. Winifred, das schweißnasse Gesicht unter der schwarzen Kräuselhaube weiß und aufgedunsen wie ein Hefekloß, fächelte sich noch immer wie wild Luft zu, während Cecilia sichtlich vergnügt mit ihrer Schwester und der älteren Dame plauderte. Letztere, hager und mit knochenbleichem Gesicht, schien indes tief in Gedanken versunken, während sie den Männern dabei zusah, wie sie den schweren Sarg die Treppe hinunterschleppten.

„Tante Vera!", fuhr Cecilia sie an. „Du hörst mir ja gar nicht zu!"

„Entschuldige, Liebes. Was sagtest du doch gleich?"

Nell konnte ihren Blick kaum von Emilys Kleid abwenden. Ein schlichtes, form- und schmuckloses Gewand, an der Taille lose gebunden, war es Mrs Kimballs mittelalterlich inspiriertem Totenkleid nicht unähnlich, wenngleich weiter und wallender und aus fließendem schwarzen Webstoff. Der weich fallende Rock ließ keinen Zweifel daran, dass sich keine formgebende Krinoline darunter befand, und das blusig flatternde Oberteil und die sich darunter abzeichnenden Konturen machten auch ein Korsett höchst unwahrscheinlich. Cecilia hingegen trug jene geschnürte Taille zur Schau, die ein Mann mit beiden Händen umfassen konnte, wobei sich aller Wahrscheinlichkeit nach sogar noch seine Fingerspitzen berühren würden. Zu einer großen Rubinbrosche hatte sie die passenden Ohrringe angelegt, womit sie nicht nur gegen die dem Begräbnis angemessene Etikette verstieß,

sondern auch jenes ungeschriebene Gesetz missachte-
te, nach dem man Schmucksteine nicht zur Tagesgar-
derobe trug.

Cecilia, Emily und Tante Vera schritten gemeinsam
die Stufen vor der Kirche hinab und sahen zu, wie der
Sarg mühsam auf den Leichenwagen gehoben wurde.
Ihre Mutter wollte sich gerade zu ihnen gesellen, als
sie einen kurzen Blick zur Seite warf und Will entdeckte. „William? William Hewitt?" Sie legte den Fächer an ihre zu einem massigen Wulst geschnürte
Brust und schaute fragend zu Will auf, der sie um
einiges überragte.

„Schuldig", bekannte Will, zog seinen Hut und verneigte sich leicht. „Wie schön, Sie wiederzusehen, Mrs
Pratt."

„Ach, du liebe Güte!", rief sie mit hell zwitschernder
Stimme. „Ja, ist es denn zu glauben? Ich kann mich gar
nicht mehr daran erinnern, wann ich dich das letzte
Mal gesehen habe."

„Es müsste an Weihnachten '63 gewesen sein", meinte er.

„Stimmt", sagte sie. „Stimmt genau. Deine Eltern hatten uns zu sich eingeladen, zusammen mit den Thor-
pes. Du hattest Urlaub von der Armee, du und … Robbie." Ihr Lächeln schwand jäh dahin. Nell wusste, dass
dies Robbies letzter Besuch zu Hause gewesen war.

Sollte Will die Erinnerung an seinen verstorbenen
Bruder traurig stimmen, so ließ er es sich nicht an-
merken. Mit einem Blick zu Nell fragte er. „Kennen die
Damen einander bereits?"

Winifred Pratt betrachtete Nell mit einem Blick va-
gen, verwunderten Wiedererkennens. „Waren Sie

letzten Monat nicht auch bei dieser reizenden Dinnerparty auf der Yacht der Cabots?"

„Nein, Ma'am", erwiderte Nell. „Wir haben zwar schon einmal zusammen zu Abend gegessen, aber das ist schon anderthalb Jahre her und war bei den Hewitts. Ich bin ihre Gouvernante."

„Ah ja." Die beleibte Mrs Pratt schaute Nell aus verwirrt blinzelnden Augen an. „Was Sie nicht sagen. Ja … ja, natürlich. Jetzt erinnere ich mich wieder. Miss …?"

„Sweeney. Nell Sweeney."

„Miss Sweeney. Natürlich. Aber natürlich! Wie dumm von mir, das zu vergessen. Ich habe wohl wirklich ein Spatzenhirn, wie Mr Pratt immer sagt. Ja, wohl wahr." Mrs Pratts Blick fiel auf Wills Hand, die noch immer Nells Arm umfasst hielt. Ihr Lächeln war bemüht, ihre Augen wissend. „Nun, welch eine Freude, Sie beide wieder einmal gesehen zu haben, auch wenn die Umstände ja eher betrüblich sind. Ich nehme an, dass Sie Mrs Kimball … ähm … wohl kannten?", erkundigte sie sich und schaute sie abwechselnd fragend an.

„Ich kannte sie vor einigen Jahren", sagte Will.

„So?" Winifred Pratts eben noch so bemühtes Lächeln wurde nun leicht süffisant. Da sie gut mit den Hewitts befreundet war, wusste sie gewiss auch von Wills Faible für Schauspielerinnen. Nachdem sie sich wieder gefasst hatte, meinte sie mit ernster Miene: „Eine schreckliche Sache, ganz schrecklich, was da mitten in Beacon Hill passiert ist. Mittlerweile ist man ja leider daran gewöhnt, mit derlei Dingen in … nun ja, in bestimmten Gegenden zu rechnen. Aber hier bei uns, in *Beacon Hill?*"

„Das ist wahr", erklärte Will diplomatisch.

„Aber Beacon Hill ist eben auch nicht mehr das, was es einmal war", fuhr sie fort. „Und nicht nur wegen der schrecklichen Sache, die Mrs Kimball zugestoßen ist. Neulich Abend erst ist mein Mann nur wenige Straßen von unserem Haus in der Beacon Street von Straßengesindel belästigt worden, das eigentlich nur aus ... eigentlich kann ich mir nur denken, dass solche Leute aus dem North End hierher kommen oder vielleicht aus Fort Hill. Mr Pratt hat seine Brieftasche natürlich nicht hergeben wollen, und da geht dieser Schurke doch tatsächlich mit seinem Knüppel auf ihn los! Hast du sein Auge gesehen? Das hast du doch gesehen, oder?"

„Habe ich", versicherte William ihr. „Ich finde, es lässt ihn irgendwie verwegen aussehen."

„Oh, mein lieber William", kicherte sie. „Du bist noch immer so ein durchtriebener Schlingel wie früher! Darf ich denn hoffen, dass du nun in Boston bleibst? Deine werte Mama würde sich so darüber freuen."

Er zögerte, und Nell spürte, wie seine Finger sich einen Moment lang fester um ihren Arm schlossen. „Wir werden sehen, was die Zukunft bringt."

„Oh! Da habe ich gleich eine ganz wunderbare Idee." Mrs Pratt gab Will mit ihrem Fächer einen Klaps auf die Brust. „Du musst morgen Abend zu uns zum Essen kommen. Mr Pratt hat nämlich irgendeinen Mandanten eingeladen, dem er gestern zufällig über den Weg gelaufen ist, und da wüsste ich nicht, warum er dich nicht ebenfalls einladen kann. Zumal deine Eltern und Harry auch kommen."

„Was Sie nicht sagen."

„Aber ja, und Martin kommt natürlich auch, wenn er nicht zu viel lernen muss – du weißt ja, wie er ist. Immer den Kopf in irgendwelchen Büchern. Ich hoffe aber sehr, dass er kommt. Er und Emily haben sich ja so gut verstanden, als sie noch klein waren. Meinst du nicht auch, dass die beiden wie füreinander geschaffen sind?"

„Äh ..."

„Oh, du musst kommen! Es wäre herrlich, alle Hewitts wieder einmal gemeinsam an einem Tisch versammelt zu sehen. Und ich würde gewiss vor Enttäuschung sterben, wenn du nicht dabei wärst."

„Nun, darauf wollen wir es natürlich nicht ankommen lassen", meinte Will trocken. Und zu Nells ungläubigem Entsetzen, bedachte man, wie sehr er sich mit seiner Familie entzweit hatte, fügte er hinzu: „Es macht Ihnen doch nichts aus, wenn ich Miss Sweeney mitbringe, oder?"

Sowohl Nell als auch Winifred Pratt starrten Will einen sich qualvoll hinziehenden Augenblick lang an. „Aber ... nein. Nein, ganz und gar nicht", erwiderte Mrs Pratt schließlich, ihr Lächeln wieder fest im Gesicht verankert. „Natürlich nicht. Eine wunderbare Idee. Ganz wunderbar. Wollen wir sagen um sieben Uhr?"

„Aber gern doch", meinte Will.

„Ja, gut. Sehr gut. Ich ... äh ... verabschieden werden wir uns ja gewiss später. Sie kommen doch auch beide noch mit zur Beerdigung, oder?"

„Leider nein", erwiderte Will rasch, bevor Nell die Frage bejahen konnte. „Miss Sweeney fühlt sich unwohl. Die Hitze, müssen Sie wissen."

„Oh je! Sie Arme, aber natürlich", meinte Mrs Pratt und ließ ihren Fächer abermals aufflattern. „Ist es denn zu glauben? Diese entsetzliche Hitze. Nun denn. Wie erfreulich, Sie beide wieder einmal gesehen zu haben. Wirklich sehr erfreulich. Bis morgen dann."

Sie wandte sich bereits ab, während Will sich noch verbeugte und ihr versicherte: „Die Freude ist ganz unsererseits."

„Erwarte bitte keinen Dank dafür, dass du für mich gesprochen hast", ließ Nell ihn wissen, sobald Mrs Pratt außer Hörweite war. „Es war durchaus meine Absicht, mit auf den Friedhof zu gehen. Ich hatte bislang nämlich noch keine Gelegenheit, mit Mr Pratt oder mit Maximilian Thurston zu sprechen. Oder ..."

„Es sollte nicht allzu schwierig sein, ein andermal mit Mr Thurston ins Gespräch zu kommen, scheint er die Kunst der Konversation doch sehr zu lieben. Und was Orville Pratt anbelangt – morgen Abend bist du ja bei ihm zu Gast und kannst dann mit ihm reden."

Während sie zuschaute, wie der Kutscher der Pratts seiner korpulenten Herrin in den eleganten Landauer half, fragte Nell: „Was hast du dir eigentlich dabei gedacht, sie zu fragen, ob ich auch kommen könne?"

„Kann Miss Parrish es nicht übernehmen, Gracie morgen Abend ins Bett zu bringen?"

„Das meinte ich nicht. Bist du dir gar nicht bewusst, wie das aussieht?", fragte sie ihn. „Alle werden denken, ich wäre deine ... dass wir ..."

Will schüttelte den Kopf und lächelte milde. „Meine arme Cornelia, wie konventionell du doch bist. Immer noch um die Meinung anderer besorgt."

Mit einem tiefen Seufzer meinte sie: „Genau davon sprach ich vorhin. Du hast an deinen Ruf nie einen Gedanken verschwendet, weshalb du überhaupt nicht zu begreifen scheinst, wie wichtig *mein* guter Ruf für mich ist – was alles davon abhängt."

„Nell, die Gerüchte, um die du dich sorgst, sind nur entstanden, da die Leute glauben, wir würden uns deshalb auf so verstohlene Weise treffen, weil wir eine heimliche Beziehung unterhalten, die von, nun ja, sagen wir mal unkeuscher Natur ist. Aber wenn ich dich ganz offen hofieren würde ..."

„Mich *hofieren?*" Hofiert zu werden schloss die Aussicht auf Heirat zumeist mit ein, was für Nell indes völlig ausgeschlossen war, hatte sie doch bereits mit sechzehn einen charismatischen Heißsporn geheiratet, der zurzeit die ersten neun Jahre einer dreißigjährigen Haftstrafe verbüßte, die ihm ein bewaffneter Raubüberfall mit schwerer Körperverletzung eingebracht hatte. Duncan Sweeney geheiratet zu haben, war wohl der größte Fehler ihres Lebens – nicht nur, aber auch deswegen, da Nell schon vor geraumer Zeit erfahren hatte, dass die Kirche eine Annullierung der Ehe ablehnte. Und eine Scheidung kam für sie nicht in Betracht, da ihr bei erneuter Heirat die Exkommunikation drohte. Und so blieb Nell nur, weiterhin die Ehefrau eines verurteilten Verbrechers zu sein und dieses Geheimnis gut zu wahren, während man sie in Boston, von Will einmal abgesehen, für eine gottesfürchtige irische Katholikin hielt, eine junge Dame mit makelloser Vergangenheit.

„Was ich damit sagen will", meinte er, „ist, dass ich *so tun würde,* als hofierte ich dich. Wir könnten zusammen gesehen werden, so oft es uns gefiele, ohne dass jemand daraus falsche Schlüsse zöge. Oder besser gesagt", fügte er hinzu, als Nell ihn gerade auf das doch wohl Offensichtliche hinweisen wollte, „sie würden daraus natürlich falsche Schlüsse ziehen, aber eben nur solche, die wir ihnen nahelegen. Wir könnten gemeinsam zur Dinnerparty der Pratts gehen oder zu irgendeiner anderen Veranstaltung und bräuchten uns nicht länger um das Getuschel der Leute zu scheren. Wir könnten uns zusammen in der Öffentlichkeit zeigen, so oft wir wollten und müssten uns nicht um deinen guten Ruf sorgen. Niemand wird dich schief ansehen, wenn alle denken, ich mache dir offen und ehrlich meine Aufwartung."

„Ein Hewitt, der *mir* seine Aufwartung macht?", wandte sie ein. „Ich glaube, dafür würden mich einige Leute *sehr* schief ansehen."

„Nun komm schon, bestimmt hast du auch wenigstens einen dieser geistlosen Gouvernantenromane gelesen. Endet es denn nicht immer damit, dass sich die Heldin am Ende mit dem Sohn ihres Dienstherrn verheiratet?"

„Oder aber mit jemandem, der noch viel reicher und bedeutender ist", ergänzte sie, denn natürlich hatte sie als junges Mädchen auch eine Phase gehabt, in der sie derlei Bücher geradezu verschlungen hatte. „Aber die Gouvernanten in diesen Romanen stammen ausnahmslos alle aus denselben gesellschaftlichen Kreisen wie die Familien, in denen sie angestellt sind. Es sind wohlgeborene junge Damen in finanzieller Bedrängnis – nicht irgendwelche armen irischen Mädchen, denen der Zufall unverschämt viel Glück beschert hat. Wir beide …" Sie schüttelte den Kopf. „Das glaubt uns niemand."

Ein kurzes Knallen von Zügeln erklang, gefolgt vom Geklapper der Pferdehufe auf dem granitenen Pflaster. Sie drehten sich beide um und sahen, wie sich der Trauerzug die Arlington Street hinabbewegte und hinter der nächsten Straßenecke verschwand. Als Nell wieder zu Will sah, schaute er sie mit jener ihm eigenen, ruhigen Eindringlichkeit an.

„Natürlich wird man uns glauben", entgegnete er zuversichtlich. „Du solltest wissen, dass du weithin bewundert wirst, und zwar nicht nur von meiner Mutter. Niemand hält dich nur für irgendein armes irisches Mädchen, das sein Glück gemacht hat."

„Dein Bruder Harry schon."

Will lächelte. „Sagt er. In Wahrheit schüchterst du ihn ganz schön ein."

Nell stieß ein ungläubiges Lachen aus.

„Nein, im Ernst", meinte Will. „Bislang hat noch jede Begegnung mit dir – oder mit jemandem, dem dein Wohlergehen am Herzen liegt – ihm mindestens eine neue Narbe eingebracht. Er weiß ganz genau, dass er dir nicht gewachsen ist. Das würde er zwar niemals zugeben, aber insgeheim weiß er es."

„Dass er *dir* nicht gewachsen ist, meinst du wohl." Denn sie hatte es vor allem Will zu verdanken, dass Harry sie in letzter Zeit mehr oder minder in Ruhe gelassen hatte. Höchst aufgebracht darüber, dass Harry letztes Jahr versucht hatte, Nell zu nötigen, hatte Will seinem Bruder nicht nur ein blaues Auge und eine gebrochene Nase verpasst, sondern auch gedroht, ihm beide Arme zu brechen, sollte er Nell jemals wieder zu nahe kommen – eine Drohung, die ihre Wirkung bislang nicht verfehlt hatte.

„Harry wird morgen Abend auch bei den Pratts sein", sagte sie. „Ich kann dir versichern, dass ich herzlich wenig Lust auf seine Gesellschaft verspüre."

„Und ich wage zu behaupten, dass es ihm ganz genauso ergeht. Wahrscheinlich wird er dich nicht einmal eines Blickes würdigen."

„Deine Eltern werden auch dort sein", fuhr sie beharrlich fort. „Es überrascht mich, dass du auf einmal bereit bist, einen ganzen Abend mit ihnen zu verbringen."

„Ich werde ihnen kaum für immer aus dem Weg gehen können und deine Anwesenheit macht es mir erträglicher, mit ihnen zusammen zu sein."

Einen Moment sah Nell beiseite, da sie fürchtete, er könne ihr sonst anmerken, wie sehr es sie freute, dass ihre Gesellschaft ihm so viel bedeutete. „Ich verstehe aber noch immer nicht, warum du das alles tust", meinte sie. „Du findest derlei Abende grässlich, du magst die Pratts nicht sonderlich, du findest deine Eltern unerträglich, du hast es längst aufgegeben, aus Harry einen besseren Menschen machen zu wollen ..."

„Meinen kleinen Bruder Martin mag ich aber eigentlich ganz gern."

„Dann könntest du dich ebenso gut auch nur mit ihm treffen."

„Oh, das tue ich sogar. Wenn ich in der Stadt bin, essen wir manchmal in Cambridge zusammen zu Mittag."

„Warum dann also überhaupt zu dieser Dinnerparty gehen?", wollte sie wissen.

„Vielleicht, weil du mich davon überzeugt hast, dass ich es Mrs Kimball schuldig bin, die Wahrheit über ihren Mord herauszufinden."

Ist das alles?, hätte sie ihn am liebsten gefragt. Oder war es nicht vielmehr möglich, dass er glaubte, sie brauche seinen Schutz, da sie plante, sich mit so mächtigen Männern anzulegen? Und dann diese wunderliche Strategie, ihr den Hof zu machen! Einerseits sträubte sie sich dagegen, allen etwas vorzuspielen, doch andererseits: Tat sie das nicht ohnehin? Wenn sie diese Farce mitmachte, könnte Will sich immerhin nicht nur mit ihr in aller Öffentlichkeit treffen, sondern auch mit seiner Tochter.

„Deiner Mutter werde ich aber nichts vorspielen", meinte sie und seufzte resigniert. „Das kann ich einfach nicht – nach allem, was sie für mich getan hat."

„Das verlange ich auch gar nicht. Und es würde wohl ohnehin kaum funktionieren, denn erwartet sie nicht von dir, dass du, während Gracie noch klein ist, nicht heiratest? In dieser Hinsicht könntest du sie ja zumindest ein wenig beruhigen."

Eine heimlich seit Jahren verheiratete junge Gouvernante, die ihrer Dienstherrin versicherte, dass sie keineswegs vorhabe zu heiraten, wenngleich sie aus rein praktischen Gründen vorgeben wolle, mit ihrem Sohn verlobt zu sein? Nell rieb sich die Stirn. „Das ist schlichtweg verrückt."

„So ist das Leben nun mal." Er betrachtete lächelnd ihr züchtiges schwarzes Kleid. „Habe ich dir eigentlich schon von dieser seltsamen Neigung erzählt, die ich für hübsche junge Damen in Trauerkleidung verspüre?"

„Ja, hast du." Nell spürte glühende Wärme ihren Hals hinaufkriechen. Sie schlug die Augen nieder und spielte mit den Schlüsseln, in der Hoffnung, dass die Krempe ihres Hutes ihr Erröten vor Wills Blicken verbergen würde.

„Auch der Ohnmachtsanfall war durchaus charmant", meinte er und berührte leicht ihre Hände. Durch die schwarze Seide ihrer Handschuhe hindurch spürte sie warm seine Finger auf den ihren und sah sich außerstande, Widerstand zu leisten, als er nun seinen Finger durch den Schlüsselring steckte und den Bund sachte ihrem Griff entwand. Die Schlüssel in der einen Hand, die andere noch immer um ihren Arm gelegt, geleitete er sie die Kirchentreppe hinunter. „Wollen wir?"

„Willst du mich nach Hause bringen?", fragte sie, als er sie zu seinem Gespann führte, einem schwarzen Phaeton mit zurückgeschlagenem Verdeck, das auf der gegenüberliegenden Straßenseite stand.

Er nickte. „Allerdings erst, nachdem wir einen kleinen Umweg über die Mount Vernon Street gemacht haben."

Erstaunt sah sie ihn an. „Fahren wir nun doch zu Mrs Kimballs Haus?"

Will lächelte und meinte beiläufig: „Mir scheint, wir sollten es uns lieber ansehen, bevor Mr Pratts Putzkolonne dort war."

6. KAPITEL

„Ganz schön groß für eine Person", befand Nell, nachdem Will die Tür zu Mrs Kimballs äußerst ansehnlichem viergeschossigem Stadthaus aufgeschlossen hatte und sie hineinbegleitete.

Die Eingangshalle war prachtvoll und sehr weitläufig, mit Böden aus rosa Marmor und Kassettenwänden. Will hängte seinen Hut an eine verspiegelte Garderobe, auf deren Ablage allerlei Briefe und Visitenkarten lagen, manche indes waren zu Boden gefallen. Ein Schirmständer aus Porzellan war umgekippt und zerbrochen. Neben den Scherben lagen zwei rüschenbesetzte Sonnenschirme und ein Herrenstock mit goldenem Knauf. Am Ende des langen Flures flankierten zwei gedrechselte Mahagonipfosten eine mit Teppich beschlagene Treppenflucht.

„Die beiden Leichen wurden zwar oben im ersten Stock gefunden", sagte Nell, „aber ich glaube, ich würde mich erst noch ein wenig hier unten umsehen wollen."

111

Vom Foyer gelangte man in einen großen zweigeteilten Salon. Eine Reihe vergoldeter Säulen trennte den vorderen Raum vom hinteren Bereich. Goldgefasste Spiegel und Gemälde, auf denen zumeist Mrs Kimball in ihren diversen Rollen zu sehen war, lehnten an den Wänden. Die Wandhaken darüber ließen vermuten, dass sie kürzlich erst abgenommen worden waren. Zwei Sofas und einige blattvergoldete Beistellstühle waren umgestürzt und die Polster an der Unterseite aufgeschlitzt worden; die Rosshaarfüllung lag überall auf dem persischen Teppich verstreut. Ein kleines Tischkabinett mit elfenbeinernen Intarsien war ebenfalls zu Boden geworfen worden und eine seiner beiden Türen aus den Scharnieren gerissen. Selbst die Holzscheite waren aus dem sauber gekehrten Kamin geräumt und auf den Kaminvorleger geworfen worden.

„Hier dürfte Detective Skinner Hand angelegt haben, als er nach dem Roten Buch gesucht hat", vermutete Nell.

„Sollte er es in die Finger bekommen, wäre er zweifellos ein gemachter Mann."

Der Rest des unteren Geschosses – Speisezimmer, Küche, Vorratskammer und Wasserklosett – bot einen ähnlich verwüsteten Anblick. Um sicherzugehen, dass nicht doch Einbrecher ins Haus gedrungen waren, prüften sie die Hintertür, den Lieferanteneingang und die Fenster, doch nichts deutete darauf hin, dass jemand sich gewaltsam Zutritt zum Haus verschafft hätte.

Sie gingen die Treppe hinauf in den ersten Stock und blieben einen Moment im Flur stehen, an dessen

Wänden eine Reihe gerahmter Ambrotypien und *cartes de visites* von Virginia Kimball hingen, die sie für verschiedene Rollen kostümiert zeigten, sowie zahlreiche Theaterplakate, auf denen ihr Name in übergroßen Lettern prangte. Warm und stickig war es hier oben. Nells Nasenflügel weiteten sich, als nähmen sie unwillkürlich Witterung auf, sowie der süßliche, an erlegtes Wild erinnernde Geruch sich an der Luft zersetzenden Blutes zu ihr drang.

Will deutete auf eine undeutliche Spur braun-roter Schuhabdrücke auf dem Aubusson-Teppich. „Ich gehe einfach mal davon aus, dass diese Spuren von Polizisten stammen, die hier recht unbefangen durch den Tatort spaziert sind."

„Hätte es bei Skinners Eintreffen schon Fußspuren gegeben", wandte Nell ein, „wären sie ihm wegen des gemusterten Teppichs vielleicht gar nicht aufgefallen. Und selbst wenn – nun, da der Fall ‚gelöst' ist, würde er niemals mehr zugeben, welche entdeckt zu haben. Warum unnötig Verwirrung schaffen, wo doch alles so klar ist?"

Rechter Hand, zur Straßenseite hinaus, standen drei Türen offen, die in eine Bibliothek, einen weiteren Salon und ein großes Badezimmer führten; die Räume waren allesamt ebenso verwüstet wie jene im Erdgeschoss. Der Boden der Bibliothek war ein einziges Meer aus Büchern.

Links gab es nur eine Tür, die ebenfalls weit offen stand und in ein sehr geräumiges, buttergelb getöntes Schlafzimmer führte. Durch die beiden Südfenster, die auf einen üppig blühenden Blumengarten hinausgingen, strömte warmes Sonnenlicht herein. Je näher sie dem Zimmer kamen, desto stärker roch es nach Blut. Auch ein leise anschwellendes Summen war nun zu hören, das Nell die Haare zu Berge stehen ließ, wusste sie doch, was es bedeutete.

Von der Türschwelle aus konnte man auf ein großes Himmelbett blicken, das an der den Fenstern gegen-überliegenden Wand stand. Die Matratze war aufge-schlitzt worden, das Bettzeug lag achtlos auf den Bo-den geworfen inmitten durchwühlter Kleiderhaufen, auf die sich die Daunenfedern aus der Matratze wie frisch gefallener Schnee gelegt hatten. Der orchideen-gemusterte Teppich musste nach Maß gefertigt wor-den sein, denn er passte wie angegossen bis in den letzten Winkel des großen Zimmers. Gleich bei der Tür, keinen Schritt von der Schwelle entfernt, kreisten bläulich schimmernde Fliegen über einigen getrock-neten Blutflecken. Manche der Flecken waren kaum mehr als kleine Spritzer und Schmierspuren, doch in deren Mitte war eine große, dunkle Lache tief in den Teppich gesickert.

„Hier ist Mrs Kimball gestorben", sagte Nell.

Mit ernster Miene begutachtete Will die Flecken. „Sieht mir nicht so aus, als hätte sie sich, nachdem auf sie geschossen wurde, noch von der Stelle bewegt. Allenfalls ein wenig zur Seite gedreht mag sie sich haben."

„Bei der Anhörung hat Mr Thurston ausgesagt, dass er sie genau hier, gleich an der Türschwelle, vorge-funden und dann in seinen Armen gehalten habe, bis sie gestorben war."

Will nickte. „Sie wollte gewiss nicht gern allein ster-ben."

„Wer will das schon?"

„Mir wäre es wohl lieber, dabei allein zu sein. Zumindest glaubte ich das bislang."

Nell sah ihn fragend an, doch er wich ihrem Blick aus.

Stattdessen betrat er das Zimmer, stieg vorsichtig über die Blutflecken hinweg und reichte Nell die Hand, damit sie es ihm nachtun konnte. Kreuz und quer über den Teppich verliefen noch mehr blutige Fußspuren. Kleiderschrank und Wäschetruhe standen offen, der Inhalt lag überall verstreut. Aus der Frisierkommode und dem Schreibtisch waren die Schubladen herausgerissen und auf dem Boden ausgeleert worden.

Eine gelb seidene Polsterbank, die wohl am Fußende des Bettes gestanden hatte, war praktisch in ihre Bestandteile zerlegt worden. Nicht weit davon lag eine Lackschatulle mit aufgesperrtem Deckel. Das mit rotem Samt bezogene Schmuckfach war leer. Nell hob den Boden der Lade heraus, doch auch das Fach darunter war leer. Sie drehte und wendete die Schatulle, suchte nach einem Geheimfach, doch es gab keines.

„Sieh dir das an", meinte Will da, als er die Vorhänge des linken Fensters beiseite zog. Auf der rechten Seite wies der Rahmen eine tiefe Einkerbung auf, als sei dort ein Stück Holz herausgebrochen – oder herausgeschossen – worden. Auch einige der Glasscheiben waren zu Bruch gegangen, wodurch nicht nur sehr angenehm frische Luft in das Zimmer drang, sondern auch der Straßenlärm von unten herauf klang: auf dem Kopfsteinpflaster ratternde Räder, Pferdegewieher und ein Zeitungsjunge, der lauthals rief: „Mrs Kimball von ihrem Dienstmädchen ermordet! Fiona Gannon des Mordes schuldig!"

„Das ist gewiss die Stelle, wo die erste der von Mrs Kimball abgefeuerten Kugeln sichergestellt wurde."

„Hier muss auch Fiona zusammengebrochen sein." Nahe der westwärtigen Wand deutete Will auf eine große Blutlache, die schwarz war von Fliegen. Und es war keineswegs nur eingetrocknetes Blut dort auf dem Boden, wie Nell bei näherer Betrachtung entsetzt feststellen musste, sondern allerlei undefinierbares Gesudel – wahrscheinlich Knochensplitter und Gehirnmasse. Daneben, an die Wand gelehnt, stand ein großformatiges Ölgemälde, das wohl auch kürzlich erst abgenommen worden war, tat sich doch dahinter ein Wandtresor auf, der weit offenstand und gleichfalls leer war. Das Gemälde zeigte Virginia Kimball, wie sie als Odaliske posierte, ihre Blöße nun bedeckt von einem grausigen Gemisch aus Blut und anderen menschlichen Überresten.

„Das Bild hing noch an der Wand, als auf Fiona geschossen wurde", stellte Nell fest und zeigte auf den feinen Blutschleier, der sich rings um das von dem Bild ausgesparte makellose Rechteck auf die Wand gelegt hatte. Sie musste die Augen schließen und tief durchatmen, doch der durchdringende Geruch nach Blut und die erdrückende Hitze taten ein Übriges, um auf einmal den Boden unter ihren Füßen bedrohlich schwanken zu lassen.

Will packte sie rasch bei den Armen. „Soviel dazu, niemals in Ohnmacht zu fallen."

Sogleich öffnete sie die Augen wieder, um ihren Blick durch das verwüstete Zimmer schweifen zu lassen. „Danke, es geht schon. Ich dachte mir nur gerade ...“ Sie schüttelte den Kopf. „Es ergibt alles keinen Sinn.“

„Das tun wohl die wenigsten Morde.“

„Das meinte ich nicht. Ich wollte sagen, dass die Kugel, die Fiona Gannon getötet hat, unmöglich im Schädel verblieben sein kann, wie der Coroner es behauptet hat, wenn die Austrittswunde so verheerend war, wie sie allem Anschein nach gewesen sein muss. Brady hat sie als einen ‚Krater‘ beschrieben. Er meinte, dass ihre linke Gesichtshälfte praktisch völlig weggeschossen war. Erst dachte ich ja, dass er vielleicht übertreibt, und dass ich mir den Leichnam wohl besser selbst ansehen sollte, um Gewissheit zu haben, aber wenn ich mich hier so umschaue ...“

„Er hat nicht übertrieben“, sagte Will sachlich. „Eine direkt am Kopf aufgesetzte Pistole vermag durchaus beträchtlichen Schaden anzurichten.“

„Aber wenn dem so ist, müsste dann nicht die Kugel mit ... mit all dem anderen auch wieder ausgetreten sein? Würde sie dann nicht hier in die Wand eingeschlagen sein?“

Will lächelte Nell auf die ihm eigene, freimütige Weise an. „Eine der Freuden an deiner Gesellschaft ist, dass man nie das Offensichtliche erklären muss. Ja, man sollte meinen, dass Blut und Schädelpartikel bei einer so massiven Austrittswunde denselben Weg nehmen wie das Geschoss. Eine Beobachtung, die einem schon der gesunde Menschenverstand nahelegt, und die wohl weder dem Coroner noch Detective Skinner entgangen sein kann.“

117

„Nun ... Wollen wir Skinner einfach mal zugestehen, dass er es wirklich nicht besser wusste ...“

„Oh, da sind wir aber heute sehr nachsichtig gestimmt, was?“, spottete Will.

„Vielleicht glaubt er ja wirklich, dass der Tathergang so war, wie von ihm dargelegt – dass Mrs Kimball Fiona auf frischer Tat ertappte, von ihr angeschossen wurde und dann, tödlich getroffen, noch zwei Schüsse auf Fiona abgab. Vielleicht hat er tatsächlich nach dem zweiten Geschoss gesucht, das aus Fionas Schädel wieder ausgetreten sein muss – entsprechend der Mordwaffe eine abgefeuerte Kugel Kaliber 31. Das wäre eindeutiges Beweismaterial, das er den Geschworenen präsentieren könnte. Er hat also das Gemälde von der Wand genommen, doch statt eines Einschussloches kam dahinter nur der Tresor zum Vorschein.“ Nachdenklich betrachtete sie die Stelle, an der das Bild gehangen hatte; die Wand schien unversehrt zu sein.

Will ging in die Hocke und besah sich die blutige Patina genauer, mit der das Gemälde mittig überzogen war. „Doch wer suchet ...“ Er deutete auf einen Riss in der Leinwand, der einem wohl gleich ins Auge gefallen wäre, wäre das blutige Gesudel nicht gewesen. „Fast ein Volltreffer.“

Beide sahen sie zu dem Punkt an der Wand auf, wo die Kugel hätte einschlagen müssen.

„Der Tresor“, meinte Will und stand vorsichtig wieder auf, unmerklich darauf bedacht, sein verletztes Bein zu schonen.

Nell schloss die Tür des Tresors, eine braun lackierte Stahlplatte, auf die mit goldener Schrift DIEBOLD

SAFELOCK CO. – CANTON OH. eingraviert war. Die Oberfläche war glatt und unversehrt, bis auf eine münzgroße Stelle über dem Schloss – kein Zahlenschloss, sondern eines, das sich mit einem Schlüssel öffnen ließ –, wo die braune Farbe abgesplittert war. Nell fuhr mit dem Finger über die leichte Einbuchtung. „Könnte eine Kugel von einunddreißig Kaliber denn solch einen Einschlag verursacht haben?"

„Durchaus. Aber auch jedes andere Geschoss. Und man sollte eigentlich meinen, dass Skinner dies aufgefallen ist."

„Und er dann nach dem Geschoss gesucht hat."

Will hob das Gemälde an, um sich die Rückseite ansehen zu können, und stellte es dann vorsichtig wieder ab. Als Nächstes krempelte er beide Hosenbeine hoch, kniete sich auf den Boden und begutachtete den Teppich mit einem Ausdruck höchster Konzentration. „Die Kugel muss auf dem Tresor aufgeschlagen sein, wurde durch das Loch in der Leinwand zurückgeschleudert und ist dann irgendwo hier auf dem Boden gelandet, wahrscheinlich ein paar Fuß von der Wand entfernt."

„Wenn dem so wäre", wandte Nell ein, „würde Skinner sie denn dann nicht gefunden haben?"

„Dass er sie nicht gefunden hat, heißt keineswegs, dass dem nicht so ist. Pistolenkugeln lösen sich unter der Wucht des Aufpralls nicht einfach in Luft auf." Mit methodischen Handbewegungen strich Will über den Teppich und arbeitete sich so langsam von der Wand aus vor. „Je nachdem, welche Art von Geschoss es war und wo es aufschlägt, kann es entweder zersplittern, aufpilzen oder sich anderweitig verformen, aber es wird niemals einfach so verschwinden. Es kann sogar fast unbeschadet bleiben. Wie sah denn die Kugel aus, die du bei Mrs Kimballs Sachen gefunden hattest, die aus dem Fensterrahmen?"

„Unförmig. Wie ein kleines Klümpchen Fichtenharz, nachdem man eine Weile darauf herumgekaut und es dann ausgespuckt hat." Nell beugte sich vor, um gleichfalls den blumig gemusterten Teppich abzusuchen – zwei Paar Augen sahen schließlich mehr als nur eines.

„Dann wissen wir ja so ungefähr, wonach wir suchen." Will reckte sich etwas, um die Stelle zu begutachten, wo Fionas Kopf gelegen hatte, nachdem sie zu Boden gestürzt war. Das Blut und diverse kleine Bröckchen, über die man besser nicht genauer nachdachte, waren zu einer schrecklich anzusehenden Masse geronnen – ein Anblick, den selbst Nell mit ihrem eigentlich recht robusten Magen nur schwer zu ertragen fand.

„Die Schmeißfliegen waren ja ganz schön fleißig", meinte Will, als er die gummiartige Masse mit den Fingern untersuchte. „Da drin sind bestimmt schon Hunderte Larven im ersten Stadium."

Nell schluckte schwer. Es überraschte sie zwar nicht, dass Will scheinbar gar nichts dabei fand, in solch entsetzlicher Substanz herumzustochern, war er als Feldarzt im Bürgerkrieg doch an weitaus schlimmere Anblicke gewöhnt und mit noch schrecklicheren Dingen in Berührung gekommen. Aber hätte Skinner sich wohl dazu überwinden können? Das konnte sie sich kaum vorstellen.

„Tja ... wie es scheint, hat der Detective den Tatort nicht gründlich genug untersucht", stellte Will denn auch fest und hielt mit blutverschmierten Fingern etwas kleines, matt metallisch Schimmerndes hoch. „Wäre er bereit gewesen, sich seine Hände ein bisschen schmutzig zu machen, würde er es gefunden haben. Das wusste er wohl auch. Er muss gewusst haben, dass das Geschoss wieder ausgetreten ist und hier irgendwo sein muss. Die Indizien sind ja offensichtlich."

„Aber er konnte sich einfach nicht dazu überwinden", schloss Nell. „Da er das bei der Anhörung aber kaum zugeben konnte, behauptete er einfach, die Kugel sei in Fionas Schädel verblieben. Und hat sogar den Coroner dazu bekommen, ihm seine Version zu bestätigen."

Um dieses neue Stück Beweismaterial besser betrachten zu können, hockte Nell sich zu Will auf den Boden, sorgsam darauf bedacht, ihre Röcke von den grausigen Spuren der Tat fernzuhalten. Es war ein Geschoss, das schon. Aber anders als jenes, das im Fensterrahmen sichergestellt worden war, hatte es keinerlei Ähnlichkeit mit einem zerknautschten kleinen Kügelchen. Dieses Geschoss, wenngleich nun etwas verbeult und zerschrammt, war zudem nicht rund, sondern von eindeutig konischer Form.

„Wie gut kennst du dich mit Munition aus?", fragte Will sie, während er das kleine Projektil begutachtete.

Nell zuckte mit den Schultern. „Ich weiß, dass es zwei verschiedene Arten gibt – Rundkugeln und kegelförmige Geschosse wie dieses da. Und dass sie verschiedene Maße haben können; die Größe richtet sich nach dem Innendurchmesser des Pistolenlaufs."

„Und wird in Kaliber gemessen, womit einige Hundertstel eines Inch gemeint sind. Dieses Geschoss hat mindestens vierzig Kaliber, wahrscheinlich mehr. Es ist absolut unmöglich, dass es aus einer Remington-Taschenpistole, Kaliber 31 abgefeuert wurde." Bedächtig fuhr er mit seinem blutverschmierten Daumen darüber, als wolle er es polieren. „Ich werde das mal kurz abwaschen gehen. Bin gleich zurück."

Während er fort war, suchte Nell in den vom Schreibtisch auf den Boden geworfenen Sachen nach etwas, worauf sie zeichnen könnte. Schließlich fand sie ein weißes Blatt feinstes Bütten, auf das oben mittig mit karminroter Tinte *Mrs Virginia Kimball* eingeprägt war, sowie einen Federkiel und eine silberne Schreibgarnitur. Nachdem sie den Stuhl mit dem Rücken zum Fenster an den Tisch gerückt hatte, um von da aus einen guten Blick über das ganze Zimmer zu haben, begann sie, einen ungefähren Grundriss des Tatortes zu skizzieren, in dem sie auch die Lage der beiden Leichen einzeichnete.

Als Will zurückkam, waren seine Hände wieder sauber und er wickelte das Projektil in sein Taschentuch. „Was machst du da?" Er trat zu ihr und schaute ihr über die Schulter, als Nell gerade grübelnd ihre Zeichnung betrachtete.

„Ich versuche zu verstehen, was hier passiert ist."

„Du meinst, einen Gegenentwurf zu der Version, wie es sich laut Detective Skinner und dem Coroner zugetragen haben soll?"

Nell gab einen tiefen Seufzer von sich. „Der offiziellen Version nach ist Mrs Kimball vom Einkaufen nach Hause gekommen und traf Fiona Gannon dabei an, wie die ihren Schmuck durchwühlte. Fiona schnappte sich daraufhin die Pistole unter dem Kopfkissen, oder vielleicht hatte sie auch vorausgedacht und trug die Waffe bereits bei sich, schoss damit quer durchs Zimmer und traf Mrs Kimball in die Brust."

„Dass aus großer Entfernung auf sie geschossen wurde, dürfte relativ sicher sein", fand Will. „Hast du mir nicht gesagt, dass das Oberteil von Mrs Kimballs Kleid ein kleines, scharf umrissenes Einschussloch und keinerlei Pulverspuren aufwies?"

„Könnten Pulverspuren aber nicht auch von dem Blut verdeckt worden sein, das aus der Wunde austrat?"

Nun war es an Will, schwer zu seufzen. „Auf jeden Fall ist Mrs Kimball dort drüben zu Boden gestürzt." Er deutete auf die blutbefleckte Türschwelle.

„Fiona denkt, dass sie tot ist, aber tatsächlich ist sie noch ziemlich lebendig. So sehr, dass es Mrs Kimball irgendwie gelingt, die Pistole an sich zu bringen und …"

Aber wie?", fragte er. „Die Frau liegt mit einer blutenden Brustwunde am Boden und ringt mühsam nach Atem. Fiona müsste die Waffe schon sehr nah bei ihrem Opfer abgelegt haben, vielleicht vorn an der Bettkante oder gar irgendwo auf dem Boden …", überlegte Will und zeigte anhand von Nells Skizze auf die möglichen Stellen, „… andernfalls kann ich mir wirklich nicht erklären, wie Mrs Kimball an die Pistole gelangt sein soll. Doch warum sollte Fiona die Waffe

123

in Reichweite der Person ablegen, auf die sie eben erst geschossen hat?"

„Wahrscheinlich ging sie davon aus, dass sie tot war."

„War sie aber nicht."

„Fiona dachte es aber wohl. Manchmal lässt sich das nicht zweifelsfrei feststellen, auch dann nicht, wenn man über den arteriellen Puls Bescheid weiß. Aber die meisten Leute prüfen ohnehin nur, ob die Person noch atmet. Und du weißt ja selbst, wie wenig zuverlässig diese Methode ist."

Will sah keineswegs überzeugt aus. Nell teilte seine Zweifel zwar voll und ganz, aber den möglichen Sachverhalt in Worte zu fassen, half ihr dabei, klarer zu denken.

„Mr Thurston hat ausgesagt, dass er die Remington neben Mrs Kimballs Hand gefunden hat", fuhr sie fort, „und wir wissen zudem, dass die Kugel im Fensterrahmen aus dieser Waffe stammte. Ich habe ja selbst gesehen, dass auf ihrem Handschuh Schmauchspuren waren."

Will verzog zweifelnd das Gesicht und rieb sich den Nacken.

„Ich versuche lediglich, die offizielle Version des Tathergangs nachzuvollziehen", verteidigte sich Nell. „Demnach hätte Mrs Kimball irgendwie der Remington habhaft werden und damit einen Schuss abfeuern müssen, der sein Ziel allerdings weit verfehlt." Sie zeichnete eine gestrichelte Linie ein, die von der rechten Hand der am Boden liegenden Mrs Kimball zu jenem Punkt führte, wo die Kugel im Fensterrahmen sichergestellt worden war. „Dann drückt sie noch mal ab. Der zweite Schuss ...“

„Der zweite Schuss“, unterbrach Will sie in recht ungehaltenem Ton, „wurde überhaupt nicht aus der Remington abgegeben. Er wurde ...“

„... aus einem großkalibrigen Revolver abgegeben. Ich weiß. Der offiziellen Version nach verbleibt die Kugel in Fiona Gannons Schädel. Tatsächlich jedoch wissen wir, dass das Geschoss wieder austrat, das Gemälde durchschlug, am Tresor abprallte und in ein paar Fuß Entfernung von der Wand zu Boden fiel – genau an der Stelle übrigens, wo Fiona kaum eine Sekunde später mit dem Kopf aufgeschlagen sein muss, als sie zu Boden stürzte.“

„Aller Wahrscheinlichkeit war sie da bereits tot“, ergänzte Will und hockte sich auf die Schreibtischkante, um Nell bei ihrer Arbeit zuzusehen.

„Das kann man nur hoffen.“

„Kopfverletzungen jener Art, wie Fiona sie erlitten hat, ziehen in der Regel den sofortigen Tod nach sich“, meinte er. „Bei Brustverletzungen kann es eine Weile dauern, was bei Mrs Kimball eindeutig der Fall gewesen war. Wenn also wirklich nur zwei Personen an dem Verbrechen beteiligt gewesen wären ...“

„Dann *muss* zuerst auf Mrs Kimball geschossen worden sein“, schloss Nell, „und erst dann auf Fiona.“

„Was mit der offiziellen Version des Tathergangs übereinstimmt.“

„*Wenn* nur zwei Personen daran beteiligt waren.“

„Wir wissen bereits, dass zumindest mehr als eine Waffe im Spiel war. Macht es dir etwas aus?“, fragte Will, als er Zigaretten und Streichhölzer hervorholte.

„Warum fragst du überhaupt noch? Du weißt doch, dass ich ohnehin immer antworte, nein, es macht mir nichts aus."

„Wäre ich ein Gentleman, würde ich gar nicht erst fragen." Er zündete sich eine Zigarette an und nahm ein kleines Kristallschälchen vom Boden auf, um es als Aschenbecher zu benutzen. „Ich würde es mir versagen."

„Warum tust du es dann nicht?", neckte sie ihn. „Es ist ein Zeichen von Respekt und ich bin immerhin eine Dame."

„Aber eine Dame, die – so will ich doch hoffen – nicht solch alberner Gesten bedarf, um sich meiner Wertschätzung gewiss zu sein." In seiner so leichthin gesagten Bemerkung schwang eine Spur von Belustigung mit, aber auch die Andeutung von etwas anderem, halb verborgen hinter den scherzhaften Worten, eine leichthin leise geflüsterte Anzüglichkeit.

Ohne weiter auf diese Andeutung, diese Einflüsterung, diese trügerische Verlockung einzugehen, meinte Nell: „Da er das zweite Geschoss gar nicht erst gefunden hat, wird Skinner auch nicht gewusst haben, dass eine weitere Waffe mit im Spiel war. Wahrscheinlich glaubt er wirklich, dass der Tathergang so war, wie von ihm in der amtlichen Untersuchung dargelegt."

„Da wäre ich mir nicht so sicher. Dürfte ich mal sehen?", fragte Will und zog Nells Skizze zu sich heran. „Wenn wir nur genau wüssten, wie Fiona nach ihrem Sturz gelegen hat."

„Ich glaube, sie muss in etwa so gelegen haben, wie ich es hier eingezeichnet habe. Anhand der Blutflecken auf dem Teppich lässt sich zumindest sicher sagen, wo ihr Kopf sich befand. Mr Thurston hat zudem ausgesagt, dass sie auf ihrer linken Seite lag, in ungefähr ostwestlicher Richtung, und Skinner hat dem nicht widersprochen."

„Das hieße also, dass sie in dem Augenblick, da sie erschossen wurde ..."

„... ungefähr da gestanden haben müsste, wo auf meiner Skizze ihre Füße sind", schloss Nell. „In der Mitte dieser freien Fläche vor uns. Sie muss auf die Nische zwischen Bett und Tür geschaut haben."

„Ihr ist aus nächster Nähe in die rechte Schläfe geschossen worden, und sie ist dann nach links gefallen, auf die Seite. Was bedeutet, dass, wer immer sie erschossen hat, hier rechts neben ihr gestanden haben muss." Will zeigte auf einen Punkt ein kleines Stückchen rechts von der Stelle, an der Fiona gestanden haben musste.

„Hätte Mrs Kimball von der Tür aus auf Fiona geschossen, wäre sie nach hinten gefallen, in Richtung des Fensters. Und die Kugel müsste sie in die Stirn statt in die Schläfe getroffen haben – es sei denn, Fiona hätte nach links auf das Gemälde geschaut."

„Mir kommt da gerade eine Idee ...", meinte Will. „Was, wenn es tatsächlich irgendeinen Eindringling gegeben hätte – beispielsweise einen Juwelenräuber?"

„Am helllichten Tag?"

„Ich denke nur laut. Als Mrs Kimball und Fiona nach Hause kommen, ertappen sie ihn auf frischer Tat. Er hingegen hat bereits festgestellt, dass die berühmten Diamantengeschmeide nur wertlose Imitate sind, was ihn recht verdrießlich stimmt."

„Vielleicht war es ja gar kein Dieb", wandte Nell ein. „Es könnte einer der Herren gewesen sein, die Skinner bestochen haben, oder irgendein dafür angeheuerter Gauner. Und er war gar nicht hinter den Diamanten her, sondern suchte das mysteriöse Rote Buch. Vielleicht hat er es ja gefunden, vielleicht aber auch nicht. Der offene Tresor lässt jedoch vermuten, dass er fündig geworden ist."

Will ging zum Tresor hinüber und probierte einen der Schlüssel, die an dem großen silbernen Ring hingen. Er passte nicht, doch schon der nächste tat es perfekt. „Der Tresor könnte auch erst von Skinner geöffnet worden sein, nachdem er an den Tatort gerufen worden war", meinte Will. „Vielleicht ist er ja derjenige, der das Rote Buch gefunden hat."

„Vielleicht."

„Aber wir eilen unseren Gedanken voraus", sagte Will. „Wir waren bei dem Eindringling stehen geblieben – entweder ein Dieb oder ein einflussreicher Mann, der etwas zu verbergen hat. Am Ende erschießt er beide Frauen ..."

„Warum?"

„Damit sie ihn nicht anzeigen können. Oder vielleicht auch, weil Mrs Kimball ihn mit ihrer eigenen Pistole bedroht hat. Nachdem er die beiden erschossen hat, lässt er es auf jeden Fall so aussehen, als sei das Dienstmädchen von seiner Herrin auf frischer Tat ertappt worden."

Nell nickte langsam, während sie darüber nachsann. „Doch wie ist der Eindringling ungesehen in das Haus gelangt? Er wird gewiss nicht zur Vordertür hereinspaziert sein, aber auch die anderen Türen wiesen allesamt keine Anzeichen eines Einbruchs auf."

Grübelnd rieb Will sich bestimmt eine Minute lang das Kinn, bevor er schließlich meinte: „Also gut, nehmen wir mal an, dass zu Beginn alles so gelaufen ist, wie Skinner es vermutet – Fiona hat es auf Mrs Kimballs Schmuck abgesehen, doch sie hat zudem eine eigene Waffe dabei."

„Mit einem Kaliber von vierzig oder mehr."

„Genau. Mrs Kimball kommt nach Hause, zückt ihrerseits die Remington-Pistole und droht Fiona, sie ins Gefängnis zu werfen. Fiona gerät außer sich und schießt auf Mrs Kimball. Aus Entsetzen über ihre Tat und aus Furcht vor den Konsequenzen richtet sie dann die Waffe gegen sich selbst."

„Aber wo ist sie dann?", fragte Nell.

„Fionas Waffe?"

„Ja. Müsste man sie nicht in ihrer Hand oder unmittelbar neben ihr gefunden haben?"

Will runzelte die Stirn. „Vielleicht hat Detective Skinner sie an sich genommen."

„Warum sollte er das getan haben, wenn dadurch nur noch schwerer zu beweisen wäre, dass außer Fiona und Mrs Kimball niemand in die Morde verwickelt war? Eine Waffe bei Fiona zu finden, müsste ihn doch geradezu gefreut haben."

Mit einem verdrießlichen Seufzer gab Will sich geschlagen. „Apropos Skinner – auf mich machte er eigentlich einen ganz cleveren Eindruck. Er muss gewusst haben, dass Fionas Mörder zum Zeitpunkt der Tat neben ihr stand und nicht vom anderen Ende des Zimmers her geschossen hat."

„Und er wird auch gewusst haben, dass Mrs Kimball, tödlich verletzt wie sie war, nicht aufgestanden sein und sich unbemerkt an Fiona herangeschlichen haben kann, um ihr die Pistole an die Schläfe zu setzen. Er wusste ganz genau, dass seine Version der Ereignisse hinten und vorn nicht stimmt. Wahrscheinlich hat er von Anfang an vermutet, dass eine dritte Person beteiligt war. Aber was soll er tun, der arme Mann, wenn fast jeder reiche Schnösel Bostons ihm sein Geld hinterherwirft ...?"

„Wie viele waren es denn?"

„Vier, soweit ich weiß – Orville Pratt nicht eingerechnet. Mr Thurston, Horace Bacon ..."

„Der Name kommt mit bekannt vor. Seine Gattin ist mit meiner Mutter befreundet."

„Dann noch ein Bankier namens ..." Nell musste kurz nachdenken. „Swann. Weyland Swann. Und ein Dr. Foster aus Harvard."

„Isaac Foster?"

„Ja. Kennst du ihn?"

„Nicht direkt, aber ich habe viel von ihm gehört. Er stammt aus einer der ältesten Familien Bostons, Arzt in dritter Generation." Will zog an seiner Zigarette und sah sich im Zimmer um. „Entweder müssen die werten Herren sich an jenem Nachmittag hier fast auf die Füße getreten sein oder sie haben andere Sünden als Mord zu verbergen."

„Auf jeden Fall", meinte Nell, „hat Skinner das Geld eingesteckt und den Geschworenen eine Geschichte aufgetischt, die Fiona als einzig Schuldige ausmachte und den Verdacht von seinen ... äh ... seinen Wohltätern ablenkte."

„Kein Wunder, dass er so beflissen war, Orville Pratt hier gründlich aufräumen und alle Beweise vernichten zu lassen", sagte Will und fügte lächelnd hinzu: „Gott bewahre, dass der Tatort von einer kleinen irischen Gouvernante durchsucht würde, die einfach nicht davon lassen kann, mit Unschuldsmiene und vor Eifer rosigen Wangen ihre Nase in Mordfälle zu stecken, die sie nichts angehen."

„Ganz zu schweigen von einem gewissen verwegenen Glücksspieler, den dieselbe höchst seltsame Unsitte umtreibt."

„So, so." Will grinste und warf seine Zigarette durch das zerbrochene Fenster hinaus. „Du findest mich also verwegen?"

Nell verdrehte die Augen. „Lass uns hier weitermachen. Ich muss bald wieder nach Hause zu Gracie."

Sie durchsuchten noch die beiden oberen Stockwerke, fanden sie jedoch fast bar aller Möbel vor, bis auf ein Zimmer im dritten Stock, das offensichtlich von Fiona bewohnt gewesen war. Es war ein anheimelndes Zimmer mit einem kleinen Kamin, Spitzengardinen vor den beiden Fenstern und einem zwar schon sehr abgenutzten, aber dennoch schönen blumengemusterten Teppich auf dem Dielenboden. Früher einmal, in finanziell besseren Zeiten, dürfte es wohl das Zimmer eines der höher stehenden Bediensteten gewesen sein, das der Haushälterin oder des Butlers vielleicht. Fiona indes hatte es sich anscheinend dadurch verdient, dass sie alle Dienstboten in einer Person war.

Aus Modezeitschriften herausgerissene Seiten waren mit Reißzwecken an die Wand gepinnt. Dutzende solcher Seiten hingen da, die meisten aus *Godey's Lady's Book*, auf denen sich die neuesten Accessoiremoden illustriert fanden. Fächer waren zu sehen, Pantoletten, Umlegetücher und Schals, Kragen, Handschuhe und Retiküle, doch hauptsächlich schien Fiona an Hüten interessiert gewesen zu sein. Viele der Abbildungen wiesen hastig mit Bleistift darauf gekritzelte Vermerke auf: *Filz, Samt und Moleskin für den Hut, lange Straußenfeder und Pompom für den Putz; Litze und Plumage, vielleicht nur gefiederte Quaste; Rosetten und Federn plus Tüll oder Band, lang den Rücken hinab.*

Auch dieses Zimmer war ganz offensichtlich durchsucht worden, aber weniger gründlich als der Rest des Hauses. Kleider lagen überall verstreut, eine alte Schiffstruhe war umgekippt worden, doch das schmale Bett war unberührt. Skinner hatte anscheinend nicht ernsthaft damit gerechnet, das geheimnisvolle Rote Buch ausgerechnet im Zimmer der Dienerin zu finden.

Nell und Will sahen gemeinsam den Inhalt der Schiffstruhe durch: einige Groschenromane, stapelweise Zeitschriften, die mit fester Schnur zusammengebunden waren, ein Notizbuch mit den Namen und Anschriften von Großhändlern, ein weiteres mit Schnittmustern für Hauben sowie sieben dicke Schreibhefte voller sorgfältig eingeklebter Modezeichnungen. Den Daten auf den Zeitschriften nach zu urteilen, musste die einundzwanzigjährige Fiona bereits im Alter von zwölf begonnen haben, diese Hefte zu führen.

Langsam traten Nell und Will den Rückzug an, diesmal mit besonderem Augenmerk auf den Schriftstücken, die überall im Haus verstreut herumlagen – Briefe, Rechnungen, Einkaufszettel ... Doch da auch diese keine plötzlichen Offenbarungen versprachen, und Nell zudem schon spät dran war und dringend zurück in die Colonnade Row musste, schloss Will schließlich die Haustür wieder hinter ihnen ab und geleitete Nell die Vordertreppe hinunter.

„Wirst du mit Gracie heute Nachmittag wieder in den Public Garden gehen?", fragte er.

„In den Common", erwiderte sie. „Sie möchte ihr Spielzeugboot im Froschteich segeln lassen."

„Ausgezeichnet. Ich habe nämlich auch ein neues Boot für sie – eine chinesische Dschunke."

Nell blieb jäh am Fuße der Treppe stehen und wandte sich zu ihm um. Einst war er sehr oft in Hongkong und Shanghai gewesen. Und so ungern sie ihn auch nach seinen Reisen fragte ... „Du warst doch gerade mal einen guten Monat fort. Das dürfte kaum reichen, um einmal nach China und wieder zurück zu reisen."

Will lachte. „Das stimmt allerdings. Von Boston aus braucht man allein für die Hinreise mindestens hundert Tage. Von San Francisco aus schafft man es allerdings in der Hälfte der Zeit – dort habe ich übrigens auch die kleine Dschunke gekauft."

„Wirklich?" Die Fahrt von der Ostküste gen Westen, ob nun per Schiff oder über Land, war bislang ebenfalls sehr umständlich und zeitaufwendig gewesen. Aber letzten Monat hatten die Eisenbahngesellschaften Central Pacific und Union Pacific ihre Streckennetze zusammengeführt, was mit viel Jubel begrüßt worden war.

Er lächelte. „Ich wollte unbedingt an Bord des ersten Zuges sein, der von Omaha nach San Francisco fährt. In vier Tagen vom Missouri River zum Pazifik – nicht schlecht, was?"

„Du konntest wohl der Versuchung nicht widerstehen, an der Historie teilzuhaben?"

„Ich konnte der Versuchung nicht widerstehen, an einem Pokerspiel mit legendär hohen Einsätzen teilzuhaben, zu dem ich von ein paar reichen Kaliforniern eingeladen worden bin, die glücklicherweise nie wissen, wann sie es beim Spiel besser gut sein lassen."

„Ah ja. Natürlich." Nell wünschte, sie hätte ihrem Instinkt gehorcht und Will nicht danach gefragt, wo er gewesen war. San Francisco war geradezu berüchtigt für Verwerfliches aller Art – Raub und Mord, Glücksspiel, Prostitution und, natürlich, Opium. Entlang der Barbary Coast sollte die Luft geschwängert sein von Opium, so hieß es, ebenso wie im Chinesenviertel der Stadt. Und es hatte einmal eine Zeit in Wills Leben gegeben, wo er auch dieser Versuchung nicht hätte widerstehen können.

Wahrscheinlich hatte er ihr jeden Gedanken vom Gesicht ablesen können, denn nun meinte Will, ruhig und aufrichtig: „Ich habe mich sehr verändert, seit ich dich kennengelernt habe. Du hast ..." Er schlug die Augen nieder und runzelte die Stirn, als wisse er auf einmal nicht mehr weiter. Als er wieder aufsah, trafen sich ihre Blicke, und er sagte einfach nur: „Ich habe mich verändert. Ich hoffe, das weißt du."

„Ja, das weiß ich."

Er nickte bedächtig und fuhr sich mit der Hand durchs Haar. „Dann ... äh ... hättest du also nichts dagegen, wenn ich heute Nachmittag zum Froschteich käme?"

„Warum sollte ich?", entgegnete sie und lächelte, um die Stimmung etwas aufzulockern. „Du machst mir doch nun den Hof, oder etwa nicht?"

Als er ihre Hand nahm und ihr in seinen Phaeton half, lachte er leise. „Verwegen. Das gefällt mir."

7. KAPITEL

„Ich habe etwas sehr Bedeutsames mitzuteilen", verkündete Orville Pratt während des raffinierten *Diner à la Russe*, dessen Gastgeber er am folgenden Abend war, und brachte sogleich die anderen zehn Personen zum Verstummen, die sich an der langen, damasten betuchten Tafel eingefunden hatten. An sich hätte noch ein weiterer Gast kommen sollen, damit man ein volles Dutzend sei und die Zahl der Herren sich mit denen der Damen die Waage hielt, doch der Mandant, den Mr Pratt vor zwei Tagen so spontan eingeladen hatte, war nun nicht erschienen, weswegen der Stuhl linker Hand von Nell betrüblicherweise leer blieb.

Der einzige Laut, der im prächtigen Speisesaal der Pratts noch zu vernehmen war, war ein gedämpftes Klirren, als die vier in Gold und Scharlachrot livrierten Lakaien den Römischen Punsch abräumten, mit dem die Gäste sich zwischen dem Fleischgericht und dem nachfolgenden Wildgang den Gaumen ein wenig erfrischt hatten. Laut der säuberlich ausgeschriebenen

Speisenfolge – die Karte lehnte zwischen den vergoldeten Schälchen, die an Nells und des abwesenden Gastes Platz standen – gab es nun *Riesentafelente mit Johannisbeergelee und Bratensud, serviert mit Madeira.*

Winifred Pratt, die ihrem Gemahl gegenüber am anderen Ende des Tisches saß, fuchtelte hektisch mit den Händen in der Luft herum, um ihn durch das Gewirr von Kandelabern, das sich in langer Reihe zwischen ihnen erstreckte, auf sich aufmerksam zu machen. „Wie wäre es mit ein wenig Champagner, um auf diese wunderbare Neuigkeit anzustoßen?"

Mr Pratt ließ seinen eisigen Blick auf ihr ruhen, wobei der Bluterguss um sein linkes Auge nur noch den Eindruck verstärkte, als müsse er beständig mit seinem Verdruss an sich halten. Er war ein hochgewachsener Herr, der sich für sein Alter gut gehalten hatte. Sein silbrig schimmerndes Haar trug er aus der Stirn zurückgekämmt, die so steil und gewaltig schien, dass sich dahinter ein Gehirn von immensen Proportionen vermuten ließ. Er und seine kleine korpulente, immer ein wenig konfuse Gattin hätten unterschiedlicher nicht sein können.

Mr Pratt nickte seinem Butler zu, einem stämmigen, schweigsamen Burschen, der nun wiederum den vier Lakaien bedeutete, dem Wunsch nachzukommen, wonach sich eine erwartungsvolle Stille über den Raum senkte. Winifred schaute beschwingt in die Runde und hielt ihre kleinen, feisten Hände zum Applaus bereit. Vera Pratt – Mr Pratts unverheiratete Schwester, wie Nell mittlerweile erfahren hatte, die bei der Familie ihres Bruders lebte, wenn sie nicht gerade Emily als Gesellschafterin auf deren ausgedehnte Reisen begleitete – fing Winifreds Blick auf und sah sie ziemlich befremdet an, woraufhin ihre Schwägerin ihr unüberhörbar und zudem unsinnigerweise zuraunte: „Nun gedulde dich doch, um Himmels willen!"

Winifreds Blick war schon etwas unscharf, ihre Wangen glänzten rosig; sie hatte sich den zu jedem Gang servierten Wein oder Likör mindestens einmal nachschenken lassen. Emily wollte gerade etwas zu ihrer Mutter sagen, verstummte jedoch wieder und sah mit recht enervierter Miene beiseite.

Emily Pratt, gerade erst von ihrer Europareise zurückgekehrt, hatte braune Augen und honigblondes Haar, und ihr Geschmack in modischen Fragen verblüffte Nell zutiefst. Das Kleid, das sie heute Abend trug, war zwar ebenso schlicht wie jenes, das sie gestern auf der Beerdigung getragen hatte, doch die pflaumenblaue Shantung-Seide ließ es ausgesprochen sinnlich und romantisch wirken. Ihr Haar trug sie offen, sodass es ihr in weichen Locken auf die Schultern fiel und ihr Gesicht wie einen im Kerzenlicht bronzen schimmernden Glorienschein umfing.

Wo Emily sich der gängigen Mode widersetzte, dort kam ihre Schwester Cecila dem modischen Diktat mit umso größerer Leidenschaft nach. Cecilias Kleid, eine Kreation aus luftigem rosa Tüll, mit Bandstickerei opulent geschmückt, stammte von dem gefeierten Pariser Modisten Charles Worth, dessen *bevorzugte Kundin sie sei,* wie sie Nell vor dem Diner anvertraut hatte. All ihre Abendroben – jedes Jahr drei Dutzend neue Modelle – kämen aus dem Hause Worth. Zudem besäße sie achtundfünfzig Seidenschals von Gagelin &

Opigez, natürlich gleichfalls aus Paris, wo sie kürzlich auch erst zwölf neue geordert habe. Ihre Mama dränge sie zwar ständig, Tante Vera einige davon abzutreten, aber es gefiel ihr einfach, so viele davon zu besitzen und immerzu ansehen zu können. Ihre Tageskleider, Hüte, Handschuhe, ihr Schuhwerk und die Unterkleider beziehe sie dagegen zumeist von Swan & Edgar und Lewis & Allenby aus London.

Trotz Nells offensichtlichen Desinteresses hatte Cecilia sich sehr für das Thema erwärmt und ausführlich die Sorgfalt beschrieben, mit der sie vorging, und worauf es unbedingt zu achten galt, wenn sie neue Kleider und Accessoires erwarb. Sie studiere jede Ausgabe von *Godey's* ganz genau und widme auch den Zeitungsartikeln besondere Aufmerksamkeit, in denen die Roben beschrieben wurden, die der europäische Hochadel trug, und dabei insbesondere die weithin für ihre Eleganz gerühmte französische Kaiserin Eugénie, die ja Mr Worths bekannteste Kundin sei. Allenfalls als ganz kleines Mädchen noch habe sie ihre Mutter über ihre Garderobe entscheiden lassen. Doch alles, was sie nun trage, versicherte sie Nell, ordere sie entsprechend ihren eigenen, sehr speziellen Vorstellungen – außer natürlich ihren Schmuck, so wie beispielsweise der mandelgroße Diamant, der sich in ihr Dekolleté schmiegte und die dazu passenden, nur minimal kleineren Ohrringe, die sie „der Aufmerksamkeit von Mr Hewitt" verdanke.

Mit „Mr Hewitt" meinte sie natürlich Harry, der sie hofierte, seit sie sich vor einem Monat mit ihrem österreichischen Adeligen überworfen hatte, kaum dass beim jährlichen Ball der Pratts die Verlobung bekannt gegeben worden war. Ach ja, der aufmerksame Harry Hewitt, der „Beau Brummell von Boston", dessen einziger äußerer Makel – eine kleine Narbe auf dem linken Augenlid und ein leichter Höcker auf dem einst empfindlich gebrochenen Nasenrücken – bleibende Erinnerungen an seinen Versuch waren, sich letztes Jahr im Absinthrausch an Nell zu vergehen. Und soweit Nell wusste, war Harry trotz der durchaus ernst gemeinten Drohung seines Vaters, ihn zu enterben, sollte dies so weitergehen, noch immer sehr dem Absinth zugetan, verführte weiterhin junge, hübsche Arbeiterinnen in der familieneigenen Tuchfabrik und verspielte jede Nacht Unsummen des väterlichen Vermögens. Wie würde Cecilia wohl reagieren, wenn sie je die ganze Wahrheit über Harry Hewitt erführe? Wahrscheinlich würde es ihr gar nichts ausmachen, solange er nur diskret war und sie auch weiterhin so aufmerksam mit Diamanten und Rubinen bedachte.

Nell und Will hatten Harry sowohl vor als auch während des Diners weitestgehend ignoriert, und er hatte es genauso gehalten. Will hatte jedoch eine recht herzliche Unterhaltung mit seinen Eltern begonnen, was von seinem Vater indes mit kaum verhüllter Ablehnung quittiert, von seiner Mutter hingegen mit großer Freude begrüßt worden war. Der Bruch zwischen Viola Hewitt und ihrem ältesten Sohn – an dem sie sich selbst die Schuld gab – war das Kreuz, an dem sie seit Jahren schwer zu tragen hatte, sodass die Aussicht darauf, sich wieder einer annähernd normalen mütterlichen Beziehung zu Will erfreuen zu können, sie „vor Glück ganz außer sich" sein ließ, wie sie heute Nachmittag mit ihrem makellos britischen Akzent verkündet hatte. Nell war zu ihr gegangen, um sie über die Hofierungstaktik aufzuklären, die Will vorgeschlagen hatte, und ihr zugleich zu versichern, dass sie keinerlei eheliche Absichten auf Will oder irgendjemand anderen hege. „Mich interessiert einzig, dass ich meinen Sohn hin und wieder zu Gesicht bekommen werde", hatte Viola leichthin erwidert. „Und ich bin Ihnen sehr dankbar, dass Sie mir dies ermöglichen."

Die Lakaien kehrten mit frischen Gläsern und eiskalt beschlagenen Flaschen Perrier-Jouët zurück. Ein Champagnerglas aus geschliffenem Kristall tauchte vor Nell auf und wurde mit großer Geste gefüllt. Als sie die hell goldene Flüssigkeit wirbelnd in dem schmalen hohen Glas aufschäumen und prickeln sah, wurde ihr einen Moment ganz trunken und berauscht zumute. Nicht etwa, weil sie zuviel getrunken hätte – das hatte sie zwar auch, aber dafür hatte sie auch soviel gegessen, dass sie es kaum bemerkte –, sondern weil Will, der ihr schräg gegenübersaß, sie schon wieder anschaute.

Er sah sie mit jenem Blick leicht verwirrter Bewunderung an, den er ihr auch schon zuteil hatte werden lassen, als er sie heute Abend das erste Mal gesehen hatte, nicht in der üblichen schlicht eleganten Manier gekleidet, sondern in ihrem einzigen Abendkleid – einer verschwenderisch und sehr weiblich geschnittenen Robe aus grünlich-violetter Seide, deren Farbe bei jeder Bewegung schillernd changierte. Um die Taille war es so eng, dass sie ihr Korsett fester als sonst hatte schnüren müssen, und es war so tief ausgeschnitten, dass es mehr Dekolleté zeigte, als Nell gewohnt war.

Viola hatte es ihr einst für jene Dinnerparty anfertigen lassen, die Nell nach dem Trauergottesdienst Mrs Pratt gegenüber erwähnt hatte. Eine Dame von Stand mochte die Vorstellung entsetzen, zweimal binnen achtzehn Monaten in ein und demselben Kleid von denselben Leuten gesehen zu werden – waren die Pratts doch bei besagter Dinnerparty zu Gast gewesen –, aber Nell blieb gar keine andere Wahl, als zu tragen, was sie eben hatte.

Gracie hatte Nell am frühen Abend „geholfen", sich anzukleiden und war voll des überschwänglichen Lobes gewesen. Nell sehe *ganz genauso wie eine Prinzessin* aus, hatte sie befunden. „Alle werden sagen, dass du die hübscheste Dame von allen bist."

Und tatsächlich hatte Nell bereits viele schmeichelhafte Komplimente zu hören bekommen, allerdings auch eine wenig erfreuliche Bemerkung seitens Cecilias, die diese gleich zu Beginn gemacht hatte, als sie einander vorgestellt wurden. Zunächst konnte Cecilia sich nämlich nicht daran erinnern, ihr bereits auf jener Dinnerparty vor anderthalb Jahren begegnet zu sein – bis Nell ihren Umhang ablegte. Cecilia warf einen vielsagenden Blick auf ihr Kleid und meinte: „Ah ja. Nun erinnere ich mich wieder an Sie." Als sei sie sich ihrer beleidigenden Worte, die sie so trefflich gewählt hatte, gar nicht bewusst, hatte sie daraufhin ihren Monolog über ihre umfängliche und so bedacht gewählte Garderobe begonnen und gar nicht mehr damit aufgehört, bis Will schließlich zu Nells Rettung eilte, indem er sie recht beiläufig am Ellenbogen mit sich davonzog.

Will, der heute Abend ganz unverschämt gut aussah mit schwarzem Frack und weißer Fliege, leicht geöltem Haar und einem Zweig Maiglöckchen am Revers, hatte während des Essens immer wieder verstohlene Blicke in ihre Richtung geworfen. Nell fand seine Reaktion natürlich sehr befriedigend – auch eine Gouvernante war schließlich nur eine Frau –, aber zugleich auch ein wenig beunruhigend. Ihre Freundschaft hatte ihre Grenzen, die wie eine dünne Wand aus Milchglas durchaus real, aber auch sehr zerbrechlich und uneindeutig waren, so sehr gar, dass sie beide nicht davon zu sprechen wagten, was wohl jenseits dieser Grenzen liegen mochte. Wenn er sie nun aber so anschaute, drückte Will – ob er sich dessen bewusst war oder nicht – sein Gesicht gefährlich dicht an die Glasscheibe.

„Und nun ...", sowie die Lakaien sich vom Tisch zurückgezogen hatten, schob Mr Pratt seinen Stuhl zurück und stand auf, „... ist es mir eine ganz besondere Freude ..." Dann jedoch schweifte sein Blick plötzlich über die Köpfe seiner am Tisch versammelten Gäste hinweg. „Foster! Ich hatte die Hoffnung ja längst aufgegeben."

Alle wandten sich nach der offenen Tür um, wo nun ein Gentleman mit Frack und weißer Fliege stand – braunhaarig, um die vierzig und von kernig gutem Aussehen –, einen seidenen Zylinder in der einen Hand und ein Paar weiße Lederhandschuhe in der anderen. Der Butler der Pratts stand hinter ihm, ein elegantes Cape über den Arm drapiert.

„Tut mir furchtbar leid, dass ich so spät dran bin." Als er dem Butler auch Hut und Handschuhe reichte, rutschte der Ärmel seines Fracks ein wenig nach oben und entblößte auf Fosters Hemdsmanschette einen Schmutzstreifen, der wie frisches Blut aussah. „Unverzeihlich, ich weiß", fuhr er fort, als er sich die Ärmel wieder nach unten zog und sein Revers glatt strich, „aber gerade, als ich das Haus verlassen wollte, wurde ich noch zu einem Notfall gerufen."

„Keine Ursache, alter Junge." Pratt winkte ihn herein. „Champagner für unseren neuen Gast", wies er den nächststehenden Lakaien an, „und einen ordentlichen Teller mit allem, was ihm bislang entgangen ist. Auf jeden Fall ein paar Austern und ein oder zwei Lammkoteletts ..."

„Aber nein, machen Sie sich bitte meinetwegen keine Umstände", erwiderte Foster an den Lakaien gewandt. „Ich bin nicht sonderlich hungrig. Was jetzt noch serviert wird, sollte gewiss genügen. Zu gutem Champagner sage ich allerdings nie nein."

Zu seinen übrigen Gästen meinte Pratt nun: „Darf ich Ihnen Dr. Isaac Foster vorstellen, seit kurzem mein Mandant und zudem ein Gentleman mit nicht geringen Errungenschaften. Für jene von Ihnen, die es nicht wissen, wenngleich ich zu behaupten wage, Sie *sollten* es wissen, Dr. Foster ist Professor für Klinische Medizin an der Harvard Medical School und außerdem einer der angesehensten Ärzte Bostons, wie auch schon sein Vater und sein Großvater vor ihm, die ich übrigens beide mit großem Stolz zu meinen Freunden zählen durfte." Es folgten allseits formelle Vorstellungen und Verneigungen.

Nells und Wills Blicke trafen sich in stiller Verständigung: Isaac Foster war einer jener Männer, die Detective Skinner vorgestern aufgesucht und bei dieser Gelegenheit wahrscheinlich auch bestochen hatten.

„Was für ein Notfall war es denn?", wollte Winifred wissen. „Hoffentlich nichts Ernstes."

„Bei dem Patienten handelte es sich um einen Hund, der einem Pferdekarren in die Quere gekommen war", gab Dr. Foster Auskunft, als er neben Nell Platz nahm.

„Ein *Hund?*" Vera fuhr sich mit der Hand an die hagere Brust. „Oh Schreck. Das arme kleine Ding."

Foster lächelte sie an. „Eigentlich war es ein ganz schönes Ungetüm, ein halber Bär, würde ich meinen, den ein in Tränen aufgelöster Vierzehnjähriger mir da auf einem Schubkarren vor der Haustür abgeladen hatte. Was blieb mir anderes übrig?"

„Wird er wieder gesund werden? Der Hund, meine ich?" Vera Pratt hatte eine hohe, dünne Stimme, wie man sie eher bei einer viel jüngeren Dame erwartete, wenngleich sie noch keineswegs so alt war, wie Nell zunächst vermutet hatte – allenfalls fünfzig vielleicht. Ihr rotblondes Haar war von nur wenigen grauen Strähnen durchzogen, doch sie wirkte hager und ausgezehrt, was durch das schlecht sitzende grüne Satinkleid noch betont wurde, das ihr sehr unvorteilhaft zu Gesicht stand und sie viel älter erscheinen ließ, als sie tatsächlich war. Sie hatte in allen bislang servierten Gerichten nur herumgestochert und außer Wasser nichts getrunken. Wann immer Wein oder Likör eingeschenkt wurden, hatte sie stumm ihr Glas mit der Hand bedeckt.

„Der Hund ist zudem eine *Hündin*, Ma'am", klärte Foster sie auf. „Und ich glaube, sie wird die Sache ganz wacker durchstehen, wenngleich es sein kann, dass sie ein Humpeln davonträgt."

„Mein Sohn William ist auch Arzt", warf Viola ein. „Er hat seinen Doktor an der Universität von Edinburgh gemacht."

„Ach?", meinte Foster sichtlich beeindruckt, galt Edinburgh doch weltweit als die beste medizinische Fakultät. „Haben Sie auch eine Praxis in Boston, Dr. Hewitt?"

„Nein, das habe ich nicht", erwiderte Will. „Ich habe in letzter Zeit ein recht nomadenhaftes Leben geführt."

Kurz sah es so aus, als wolle Dr. Foster noch etwas zu Will sagen oder ihn etwas fragen, doch stattdessen wandte er sich wieder an Mr Pratt: „Sir, mir scheint, ich habe Sie mitten in einer Ansprache unterbrochen."

„Danke, Foster." Pratt räusperte sich. „Es ist mir eine ganz besondere Freude, Ihnen allen, die wir uns hier in dieser Runde eingefunden haben, mitteilen zu dürfen, dass der junge Harry ...", er nickte Harry Hewitt zu, „... mich heute Nachmittag aufgesucht hat, um mich um die Hand meiner bezaubernden Tochter Cecilia zu bitten."

Nun endlich konnte Winifred in jubelnden Applaus ausbrechen. Die Hewitts taten ihre Freude eher verhalten kund und murmelten überrascht. Vera keuchte leise auf; sie hatte allem Anschein nach wohl nichts von der wunderbaren Neuigkeit gewusst. Emily starrte ihre Schwester reglos an.

Will schaute erst Harry an, der über das ganze, rot erhitzte Gesicht grinste, dann die sichtlich selbstzufrieden triumphierende Cecilia und schließlich Nell.

Sie erwiderte seinen Blick mit einem feinen, mitleidsvollen Lächeln.

„Gewiss muss ich Ihnen kaum mehr sagen", fuhr Pratt fort, „dass ich dieser Bitte stattgegeben habe, woraufhin der Antrag gemacht und in der ihm gebührenden Weise angenommen wurde."

Wahrlich wie ein Jurist gesprochen, dachte Nell. Das war nun Cecilias mittlerweile dritte Verlobung, und sie war gerade mal zwanzig.

Pratt hob sein Glas in die Höhe; seine Gäste taten es ihm gleich. „Auf Cecilia und Harry!"

Alle beglückwünschten nun das frisch verlobte Paar – alle, bis auf Will und Nell, was indes inmitten der allgemeinen Aufregung niemand zu bemerken schien.

„Wie herrlich für dich, dass deine ganze Familie bei dieser wunderbaren Gelegenheit zugegen ist", meinte Winifred zu Harry und machte eine weit ausholende Geste, bei der sie einen der Kandelaber umwarf. Vera konnte ihn gerade noch rechtzeitig auffangen, bevor das Tischtuch Feuer fing; ihre beschwipste Schwägerin schien es nicht einmal zu bemerken. „Ich bin ja so froh, dass wir William gestern bei der Beerdigung getroffen haben."

„Kannten Sie Mrs Kimball gut?", erkundigte Will sich bei seiner Gastgeberin.

„Ich? Oh, nein. Nein, nein. Überhaupt nicht. Sie war Mr Pratts Mandantin, weißt du."

„Sie sind ihr also niemals begegnet?", hakte Will nach.

„Nun, doch. Einmal. Sie ..." Winifred lachte kurz und schrill. „Sie ist bei unserem alljährlichen Frühlingsball Ende April aufgetaucht. Ja ... Nun ja." Achselzuckend breitete sie die Hände aus, lachte noch mal und hob schließlich ihr Champagnerglas, das jedoch leer war. Sie drehte sich nach einem der Lakaien um, der bereits zu ihr geeilt kam, die Flasche bereit, um seiner Herrin erneut einzuschenken.

„Wie ... sie ist ‚aufgetaucht'?", wiederholte Will verwundert. „Ich fürchte, das müssen Sie mir erklären."

„Sie hat den ganzen Ball ruiniert", sprang Emily hilfreich ein. „Sie und dieser verschrobene alte Dramatiker. Es war köstlich – da kam richtig Stimmung auf."

„Wie kannst du nur Witze darüber machen?", wollte Cecilia ungehalten von ihrer Schwester wissen.

„Mädchen ... bitte", ließ Mr Pratt sich mit vielsagendem Blick auf die Gäste vernehmen.

„Ich glaube ja ...", Winifred senkte die Stimme und flüsterte mit schwerer Zunge, „... dass sie betrunken war."

Woraufhin Pratt kühl meinte: „Meine Liebe, ich bin mir sicher, dass unsere Gäste nicht daran interessiert sind, was ..."

„Oh, nun komm schon, Orville", entgegnete sie, „nachdem die beiden weg waren, und noch Tage danach, hat doch niemand von etwas anderem geredet. Du hast doch sogar gedacht, sie hätte dir diesen kostbaren Revolver gestohlen, weißt du noch?"

Orville Pratt bedachte seine Frau mit einem Blick, der gewiss hätte töten können.

„Doch nicht etwa die Stonewall Jackson?" August Hewitt, an sich ja der würdevollste Mann, den Nell kannte, schaute seinen Freund sichtlich entgeistert an – ja, ihm blieb gar der Mund offen stehen.

„Stonewall Jackson?", fragte Will, zunehmend verständnislos.

„Mein Mann sammelt Waffen", erklärte ihm da Winifred. „Hieb- und Stichwaffen – Messer und Säbel und dergleichen. Aber letzten Winter hat er sich diesen sündhaft teuren französischen Revolver kaufen müssen, der einst dem großen General Jackson gehört hat."

„Ich bin beeindruckt, Mr Pratt", sagte Will. „Das ist wahrlich eine berühmte Waffe."

„Muss wohl", meinte Cecilia. „Hat schließlich ein Vermögen gekostet."

Pratt schaute seine Tochter streng an, sichtlich darüber verdrossen, dass sie in höflicher Konversation auf Geld zu sprechen gekommen war. „Meine Liebe, ich denke nicht, dass wir ..."

„Zwölftausend Dollar", verkündete Cecilia.

Diese erhellende Information wurde mit beeindrucktem Schweigen aufgenommen.

„Am Abend des Balls ist die Waffe aus seinem Arbeitszimmer verschwunden", sagte Winifred.

„Das ist sehr bedauerlich, Pratt", meinte Dr. Foster. „Es ist eine schöne Waffe. Ich kann mich noch daran erinnern, wie Sie sie früher am Abend herumgezeigt hatten."

„Wurde der Diebstahl bei der Polizei angezeigt?", wollte Mr Hewitt wissen.

Mr Pratt schüttelte den Kopf; seine Blutergüsse hatten nun eine blass blutunterlaufene Färbung angenommen. „Wie hätte das denn ausgesehen, wenn die Konstabler meine Gäste verhört hätten, als seien sie eine Schar gemeiner Diebe? Außerdem war es meine eigene Schuld, dass ich die Waffe erst überall herumgezeigt und sie dann nicht wieder ordentlich weggeschlossen habe."

„Aber alles halb so schlimm", verkündete Winifred, „denn unsere kleine Tragödie hat doch noch einen glücklichen Ausgang gefunden. Gestern, nachdem wir von der Beerdigung nach Hause gekommen waren, bin ich in Mr Pratts Arbeitszimmer gegangen. Er saß an seinem Schreibtisch und was glauben Sie, hielt er in der Hand?"

„Jacksons Revolver?", fragte Mr Hewitt. „Das ist ja unglaublich!"

„Ich vermute, dass ich ... in der Ballnacht wohl ziemlich angetrunken war", sagte Pratt, „und schlichtweg vergessen hatte, in welcher Schublade ich die Waffe eingeschlossen hatte. Man kann sich meinen Verdruss vorstellen, als ich gestern zufällig darauf stieß, während ich nach meinem Lieblingszigarren suchte."

„Und das, nachdem du vorher soviel herumgeschimpft hattest, von wegen, dass Mrs Kimball sie gestohlen haben müsste", pflichtete seine Frau ihm bei und blickte dabei vielsagend in die Runde. „Sie hätten ihn mal hören sollen, was er da alles gesagt hat, nach dem Ball ..."

„Winifred ...", bat Pratt mit leise grollendem Unterton.

„Ich weiß, ich weiß, sie ist eine Mandantin. *War* eine Mandantin." Winifred trank ihren Champagner aus und hob das Glas, damit es ihr erneut nachgefüllt wurde.

„Merritt, wo zum Teufel bleibt der nächste Gang?", herrschte Pratt seinen Butler an.

Der Butler gab den Lakaien ein kurzes Zeichen, die schier über ihre Füße stolperten, als sie beflissen aus dem Speisesaal eilten. Eine qualvolle Stille senkte sich über den Tisch. Wie zu erwarten, war es Winifred, die dem Schweigen ein Ende bereitete. „Und?", zwitscherte sie. „Werden die Hewitts denn auch diesen Sommer wieder ihre alljährliche Pilgerfahrt nach Cape Cod machen?"

„Ja, natürlich", erwiderte Viola. „Ich lebe praktisch das ganze Jahr auf diese Sommerwochen in Falconwood hin."

„Wann werden Sie denn aufbrechen?"

„Mitte Juli, wie immer", erwiderte Viola.

Winifred nickte. Viola lächelte.

Dann sahen sich alle wieder schweigend an.

Wills Bruder Martin, diplomatisch wie stets, durchbrach das angespannte Schweigen, indem er zum ersten Mal, seit er am Tisch Platz genommen hatte, etwas sagte. „Emily, seit deinem Aufbruch nach Europa habe ich dich gar nicht mehr zu Gesicht bekommen. Aber deine Reisen scheinen dir wohl bekommen zu sein. Du siehst sehr gut aus."

„Danke."

Winifred verfolgte den Wortwechsel mit glänzenden, puppenartigen Knopfaugen, ein selbstzufriedenes Lächeln umspielte ihre Lippen.

„Wie lange warst du noch mal fort?", fragte Martin. „Vier Jahre müssen es gewesen sein, oder?"

„Fast. Aufgebrochen bin ich – sind wir, also Tante Vera und ich – im Mai '65, gleich nach dem Ende des Krieges. Und zurückgekommen sind wir erst diesen

Februar, als Vater uns dann auf einmal die finanziellen Zuwendungen ...“

„Emily“, unterbrach Mr Pratt sie ruhig. „Langweile unsere Gäste doch bitte nicht mit Details.“

Mit friedfertigen blauen Augen, denen indes nichts entging, sah Martin erst zu Pratt, dann wieder zu dessen ältester Tochter. Wenngleich der jüngste der drei verbliebenen Hewitt-Söhne, war Martin doch in vielerlei Hinsicht der weiseste. Mit seinem hellen Haar sah er zudem von allen Söhnen seinem Vater, dem flachsblonden August, am ähnlichsten, ganz so wie Will mit seinem schwarzen Haar und dem etwas schlaksigen hohen Wuchs nach Viola kam.

Die Lakaien kehrten mit tranchierter Ente auf goldgeränderten Tellern sowie einigen Flaschen Madeira zurück und servierten reihum. Emily verzichtete auf die Ente. „Also wirklich, Liebes“, drängte ihre Mutter sie. „Nicht einmal ein bisschen?“

Sichtlich um Geduld bemüht, sagte Emily: „Mutter, du weißt, dass ich kein Fleisch esse.“

„Aber das ist doch keine Fleisch“, befand Winifred. „Das ist Ente.“

„Sie sind Vegetarierin?“, erkundigte sich Dr. Foster, als er seinen Teller ebenfalls fortwinkte. „Ich nämlich auch.“

Emily wurde etwas munterer und schien ihn zum ersten Mal überhaupt zu bemerken. „Wirklich?“

„Hängt vielleicht mit den vielen Jahren chirurgischer Arbeit zusammen“, meinte Foster, „aber irgendwann wurde mir der Gedanke unerträglich, Fleisch zu essen.“

Als Winifred nun so zwischen Emily und Foster hin und her sah, stieg ihre gute Laune ins schier Unermessliche, woraus Nell schloss, dass der berühmte Arzt aus bester Familie wohl noch Junggeselle war. Wie beglückend musste es doch für sie sein, statt einem nun sogar *zwei* Gentlemen von Stand um ihren Tisch geschart zu haben, die sich gar beide zugleich um die Aufmerksamkeit ihrer noch zu verheiratenden Tochter bemühten!

„Vier Jahre", wiederholte Martin und brachte das Gespräch zurück auf Emilys Aufenthalt in Europa. „Das ist eine sehr lange Zeit, um auf Reisen zu sein."

„Eigentlich hätte es auch nur ein Jahr dauern sollen", sagte Emily. „Erst London, dann der Kontinent."

„Ich liebe London", meinte Martin und löffelte sich Johannisbeergelee auf seinen Teller.

„Ich fand es ganz entsetzlich." Mit einem Blick zu Vera fügte Emily hinzu: „*Wir* fanden es beide ganz entsetzlich."

„Furchtbar trist und grau." Vera rieb sich leicht schaudernd die Arme. „Und so entsetzlich feucht. Vielleicht war jener Frühling eine besonders schreckliche Ausnahme, aber ..."

„Es war nicht nur das Wetter", meinte Emily.

„Nein, natürlich nicht", pflichtete ihre Tante ihr rasch bei. „Ich wollte damit auch nicht sagen ..."

„Es lag an den borniertem Engländern und ihrem unsinnigen Klassendenken. Das ist jetzt keineswegs persönlich gemeint, Mrs Hewitt."

„Oh, ich bin da ganz Ihrer Meinung", erwiderte Viola, die einst auf ihre Weise ebenso ein Freigeist gewesen war wie Emily und sich auch später noch gewisse

Prinzipien, soweit eben möglich, zu wahren versucht hatte. „Ich konnte es selbst kaum erwarten, aus England fortzukommen."

Emily lehnte sich vor, die Ellbogen auf den Tisch gestützt, und hielt ihr Madeiraglas mit leichter Hand umfasst. Es war genau die Art liederlicher Haltung, wie jede wohlerzogene junge Dame sie tunlichst zu vermeiden hat, doch statt dabei vulgär zu wirken, strahlte Emily anmutige Gelassenheit aus. „Sobald irgend möglich sind wir nach Italien geflüchtet. Dort hat Tante Vera auch diese russische Dame kennengelernt, die ziemlich viel herumreiste, und wir haben uns ihr dann mehr oder weniger angeschlossen."

„Madame Blavatsky." Vera hätte ebenso gut sagen können: „Die Jungfrau Maria", so ehrfürchtig war ihr Ton. „Eine wunderbare Dame mit ganz wundersamen Gaben. Sie ist noch recht jung, noch keine vierzig, aber so weise und erleuchtet, dass man meinen möchte, sie hätte schon Hunderte von Jahren gelebt. Aber vielleicht hat sie das ja auch", fügte Vera mit sinnigem Lächeln hinzu. „Mit ihr zu reisen, war eine außerordentliche Erfahrung."

„Ganz außerordentlich", murmelte Emily in ihren Madeira. Als sie ihr Glas sinken ließ, bemerkte Nell, dass sie sich mühsam ein Lächeln verkneifen musste.

„Von welcher Art sind denn ihre ... Gaben?", wollte Viola wissen.

Als Vera in die Runde schaute, kroch ihr vor Aufregung hektische Röte den Hals hinauf.

„Komm schon, Tantchen", drängte Emily sie. „Ungnädiger als ich können unsere Gäste nicht sein, wahrscheinlich sind sie sogar sehr viel netter. Das sollte auch niemandem schwerfallen", setzte sie schmunzelnd hinzu.

„Die Gaben von H.P.B. sind ..."

„H.P.B.?", fragte Viola verwundert.

„Helena Petrowna Blavatsky", erläuterte Vera mit ihrer hohen, dünnen Stimme. „So ... so nennen wir sie. Wir, die wir mit ihr reisen. Ihre Gaben sind ... spiritueller Natur, zutiefst spirituell."

„Ah", meinte Viola, nachdem sie dies einen Moment auf sich hatte wirken lassen. „Mit *spirituell* meinen Sie gewiss ...?"

„Sie hält Séancen ab", sagte Emily.

Nun errötete Vera über das ganze Gesicht. „Nun ja ... ja, das auch, aber ..."

„So richtige Séancen?" Grinsend beugte Harry sich vor. „Mit Leuten, die im Kreis sitzen und einem Geist, der auf den Tisch klopft? Spricht sie etwa auch mit den Toten?" An diesem Abend trug Harry einen der grell bunten Schals, die sein Markenzeichen geworden waren, eine Fülle chinesisch gemusterter, rot-goldener Seide, die er sich sorgsam nachlässig über die Schultern seines Fracks drapiert hatte.

Vera zögerte, den Blick auf den Teller vor sich gerichtet, und bewegte still die Lippen, als finde sie nicht die rechten Worte, um auszudrücken, was sie sagen wollte. Auf Nell machte es den Eindruck, dass sie es nicht gewohnt war, im Mittelpunkt zu stehen und soviel Aufmerksamkeit auf sich zu ziehen, sich dabei auch keineswegs wohlfühlte, sich aber dennoch verpflichtet glaubte, den anderen Gästen etwas Erhellendes über das nun angeschnittene Thema mitteilen zu müssen. „H.P.B. hat eine ... eine Aura, die sie befähigt, mit den Toten zu kommunizieren, ja, sich sogar der Seelen derer anzunehmen, die in jene Dimension übergegangen sind, die wir Tod nennen. Doch als in die Geheimwissenschaft Eingeweihte hat sie auch ...“

„Haben Sie sie einmal mit den Toten sprechen sehen?“, wollte Harry wissen.

Den Blick noch immer starr auf ihren Teller gerichtet, lehnte Vera sich zurück. „Ja. Ja, und sie kann Dinge bewegen ... einfach, indem sie sie anschaut, und sie kann Buchstaben erscheinen lassen, die Worte aus der Seele der Verstorbenen formen. Ich habe sogar gesehen, wie sie Musik aus einem Klavier hervorzauberte.“

„Du lieber Himmel“, meinte Cecilia kichernd. „Das kann ja sogar ich!“

„Jede Wette, dass die Toten es besser können“, murmelte Emily in ihr Glas.

„Ich meinte natürlich, ohne ... ohne“, stammelte Vera. „Ich meinte, ohne, dass jemand tatsächlich daran sitzt ...“

„Cecilia weiß schon, was du meintest“, beschwichtigte Emily ihre Tante. „Aber sie dachte, sie wäre witzig. H.P.B. glaubt an ... Wie heißt es doch gleich?“, fragte sie Vera. „Sie hat einen ganz bestimmten Namen dafür.“

„Theosophie“, erwiderte Vera.

Emily nickte. „So heißt diese Religion, die sie begründet hat. Eine Geheimlehre.“

„Sie hat sie nicht begründet“, wandte Martin ein, während er ein Stück Ente in Johannisbeergelee tunkte und die Gabel zum Mund führte.

Alle Blicke waren auf ihn gerichtet, derweil er in Ruhe kaute und schluckte.

„Zumindest den *Begriff* hat sie nicht erfunden", meinte er dann. „Wir haben das kürzlich erst in Harvard durchgenommen. Theosophie ist ... nun, es ist eine Art Methode, die östlichen Lehren auf unsere westliche Theologie anzuwenden und ..."

„Ja", unterbrach Vera ihn eifrig. „Ja, genau! Die alten Weisheiten, mystische Einsicht, Karma, die Reinkarnation der Seele in neuer, menschlicher Form ..."

„Reinkarnation?", fragte Martin. „Glauben Sie wirklich daran?"

Vera geriet arg ins Stammeln, bis Emily sie erlöste: „H.P.B. glaubt daran. Sie glaubt an diesen ganzen mystischen Hokuspokus. Reinkarnation, Geistererscheinungen, spirituelle Verbindung mit den Seelen der Toten ... Tante Vera, die mehr oder minder eine ihrer Anhängerinnen ist ..."

„Jüngerin", berichtigte Vera sie.

Alle Aufmerksamkeit richtete sich wieder auf Vera.

„Sie ... Sie würden es gewiss verstehen, wenn Sie ihr jemals begegnet wären." Noch immer schien es Vera unmöglich, ihre Zuhörer anzuschauen; ihr Gesicht war von hektischen roten Flecken übersät. „Sie ist eine ganz außergewöhnliche Dame, die Dinge erfahren hat, die Sie oder ich uns niemals vorstellen könnten. Es heißt, dass sie manchmal aufgewacht sei und feststellte ... nun ja, dass sie jemand ganz anderes geworden war. Eine andere Person, mit gänzlich anderer Stimme, anderen Gesten ... Und sie sei erst dann wieder sie selbst geworden, wenn jemand sie bei ihrem wahren Namen rief. Von einem solchen Phänomen hatte ich nie zuvor gehört. Sie ist eine wahrhaft begabte Seele."

Interessiert beugte Will sich vor. „Sie hat zwei verschiedene Persönlichkeiten angenommen?"

„Ja", erwiderte Vera. „Aber die zweite Person war ja nicht wirklich sie, sondern die Seele eines Verstorbenen, die nach einer leiblichen Form suchte – einem menschlichen Gastgeber, wenn man so will. Seelen machen derlei nämlich oft. Es fehlt ihnen, einen Körper zu haben und all die Dinge tun zu können, die auch die Lebenden tun."

Will lehnte sich wieder zurück und sinnierte über das Gehörte nach.

Dr. Foster fing Wills Blick mit skeptischer Miene auf. Ein feines, kaum merkliches Lächeln umspielte seine Lippen.

Will sah es dennoch und erwiderte das Lächeln.

„Das klingt wirklich sehr außergewöhnlich, Miss Pratt", sagte Nell und brach damit endlich ihr Schweigen. „Dann haben Sie und Emily sicher den Rest Ihrer vierjährigen Reise mit Madame Blavatsky verbracht?"

„Ja. Oh ja. Es war ein ganz herrliches Erlebnis. Ein richtiges Abenteuer." Vera lächelte hingerissen. „Wir sind ihr überallhin gefolgt. Durch den Balkan, nach Griechenland, Ägypten, Syrien, Russland, Tibet ..."

„Tibet?", fragte Will. „Es ist verflixt schwer, nach Tibet zu gelangen. Ich weiß das, denn ich habe es einmal versucht."

Die meisten der Gäste, einschließlich seiner Eltern und Brüder, drehten sich nach ihm um und sahen ihn erstaunt an.

„Wir hatten uns auch verkleidet", erzählte Vera. „Dann waren wir zu Gast im Hause des Meisters Kuthumi, wo wir Dinge gesehen und erfahren haben ...

Dinge, die ich niemals vergessen werde. Mich hat diese Erfahrung grundlegend verändert und dafür habe ich H.P.B. zu danken."

Winifred, die wahrscheinlich von dieser langen Unterhaltung über Madame Blavatsky ziemlich gelangweilt war, meinte: „Emily hat ein Reisetagebuch geführt. Mit Aufzeichnungen und Skizzen von all den Orten, die sie besucht haben – den Kirchen und Galerien ... Sie hat auch die besonderen Pflanzen und Tiere jeder Gegend gezeichnet, und wie die Leute sich kleideten, womit sie musizierten, welche seltsamen heidnischen Bräuche sie hatten ... Du solltest es nachher ruhig mal nach unten bringen und herumzeigen, Emily."

„Mutter, bitte", sagte Emily.

„Ich würde mir die Zeichnungen sehr gern einmal ansehen", meinte Viola. „Miss Sweeney bestimmt auch. Sie ist nämlich selbst eine ganz vorzügliche Künstlerin."

„Wirklich?", fragte Emily.

„Was ich mir natürlich wirklich wünsche", knüpfte Winnie übergangslos an, „ist, dass Emily endlich ihr Skizzenbuch beiseitelegt, das Reisen aufgibt und sich ernsthaft mit dem Gedanken befasst, hier heimisch zu werden. Und dass sie vielleicht wieder lernt, sich anständig zu kleiden." Winnie stieß ein schrilles kleines Kichern aus. „Mir scheint, sie hat etwas zu viel Zeit bei unzivilisierten Menschen verbracht."

„Oh, das würde ich so nicht sagen, Ma'am", meinte Dr. Foster. „Eigentlich finde ich, dass sie doch auf sehr einnehmende Weise so aussieht, als würde sie sich rundum wohlfühlen, und daran kann ich nun ganz und gar nichts Unzivilisiertes finden."

Nell, deren eng geschnürtes Korsett sich anfühlte, als wolle es sie gleich zweiteilen, musste ihm in Gedanken zustimmen und hätte fast alles dafür gegeben, jetzt in weich wallende Seide gekleidet zu sein.

Nun, da Dr. Foster ihre Tochter auf so galante Art verteidigt hatte, stieß Winifred erneut eine kleine Lachsalve aus. Nell hätte ihr am liebsten irgendwas an den Kopf geworfen.

„Ich stimme Ihnen völlig zu", meinte Will. „Sagen Sie, Foster, waren Sie es nicht, der diesen Artikel über Störungen der Lungenfunktion geschrieben hatte, der vor einigen Monaten im *New England Journal of Medicine* erschienen ist?"

„Das war ich, ganz genau."

„Ausgezeichnet recherchiert", lobte Will, „und sehr gut argumentiert. Vor kurzem stand noch mal ein ähnlicher Artikel in *The Lancet,* aber ich fand dennoch, dass Sie Ihren Standpunkt präziser vertreten haben."

„Oh, danke."

Will, der seit gut fünf Jahren seinen Lebensunterhalt ausschließlich mit Glücksspiel bestritt, las noch immer die medizinischen Fachzeitschriften? Ihrer überraschten Miene nach zu schließen, fand Viola diese Neuigkeit wohl ebenso bemerkenswert wie Nell. Die beiden Frauen tauschten ein feines, leicht ungläubiges Lächeln.

„Besonders interessant fand ich, was Sie zur Diagnosestellung bei der Autopsie von Wasserleichen anzumerken hatten", fuhr Will fort. „Ich habe letzten Herbst eine junge Dame obduziert, deren Leichnam auf einem Feld gefunden worden war, aber dennoch waren ihre Lungen eindeutig aufgeschwemmt und wiesen Spuren von Algen und Wasserpflanzen und dergleichen auf.

„Auch Schaumbläschen an den Gefäßen?"

„Sehr viele sogar", erwiderte Will und schnitt in seine Ente. „Das Lungengewebe hatte natürlich schon angefangen, sich zu zersetzen, aber ..."

Viola räusperte sich und Will hielt kurz inne, um seine Mutter fragend anzusehen. „Vielleicht wäre dieses Gespräch doch besser für eine andere Gelegenheit geeignet", meinte sie milde.

Will schaute kurz so verwundert in die Runde, als habe er völlig vergessen, dass er sich auf einer Dinnerparty befand, was durchaus nicht unwahrscheinlich war. „Ich bitte vielmals um Entschuldigung, sollte ich jemandem den Appetit verdorben haben", sagte er schließlich.

„Meinen haben Sie nicht verdorben", erklärte Emily. „Ich fand es sogar ziemlich interessant."

„Mit dieser Ansicht dürften Sie aber gewiss allein dastehen", meinte Will und lächelte charmant. „Ein andermal dann", sagte er zu Foster.

„Gern."

„Ich vertrete Dr. Foster beim Verkauf seines Hauses", meldete Mr Pratt sich nun wieder zu Wort und tupfte sich mit seiner Serviette den Mund ab, nachdem er seine Ente bis auf den letzten Anstandsbissen verspeist hatte. „Es ist hier in Beacon Hill, nur ein paar Straßen weiter. Klein und anheimelnd, drei Stockwerke mit Veranda und eigenem Garten, mit neuer Küche und ... äh ... sanitären Einrichtungen. Sollte jemand von Ihnen jemanden kennen, der ein Haus in ausgezeichneter Lage erwerben möchte ..."

„Na ja", befand Winifred, „es ist in der *Acorn* Street."

Pratt warf ihr über die gesamte Tischlänge hinweg einen vernichtenden Blick zu.

„Ich finde ja nur, dass man das gleich vorneweg sagen sollte", verteidigte sie sich. „Denn die Acorn Street, also Sie wissen schon ... Man würde Ladenbesitzer und solche Leute als Nachbarn haben."

Mr Pratt seufzte schwer und gab dem Butler ein Zeichen, der wiederum den Lakaien bedeutete, den Wildgang abzutragen.

„Mir gefällt die Acorn Street tatsächlich sehr gut", sagte Viola. „Ein bezauberndes, kopfsteingepflastertes Gässchen mit hübschen Backsteinhäusern auf der einen und hohen Gartenmauern auf der anderen Seite. Ich fühle mich in der Acorn Street immer ein klein wenig an die eher pittoresken Viertel in London erinnert."

„Mir gefällt es dort auch sehr gut", bemerkte Dr. Foster, „und ich würde überhaupt nicht wegziehen, wenn ich nicht einfach mehr Platz für meine Praxis bräuchte. Deshalb habe ich mir ein größeres Haus in der Back Bay bauen lassen, wo das gesamte Erdgeschoss jetzt den Untersuchungszimmern und Operationsräumen vorbehalten ist."

„Aus welchen Gründen auch immer, so war es doch sehr klug von Ihnen, sich ein größeres Haus in einer besseren Gegend zuzulegen", belehrte Winifred Dr. Foster. „Denn dadurch werden Sie auch das Interesse der besseren jungen Damen gewinnen." Sie schaute Emily vielsagend an, die indes betont beiseite blickte.

Die Lakaien brachten den nächsten Gang herbei –
Schinkenmousse mit grünem Salat – und das Gespräch wandte sich nun dem Bostoner Immobilien-
markt und der Frage zu, ob modernster Komfort ein
Haus denn wirklich attraktiver mache. Jemand brachte den Aufzug zur Sprache, den August Hewitt in seinem Haus hatte einbauen lassen, da seine Frau – einst
vor dem Krieg an Kinderlähmung erkrankt – nur
mehr mühsam laufen konnte. Von dem Aufzug kam
man dann generell auf die Vor- und Nachteile moder-
ner Errungenschaften zu sprechen, denen Mr Hewitt
zumeist ablehnend gegenüberstand – insbesondere in
seinen eigenen vier Wänden. Er würde wohl auch
niemals den Aufzug in seinem Haus geduldet haben,
hätte Will nicht darauf gedrängt. Und dass Will sich,
trotz der Entfremdung von seiner Mutter, überhaupt
darum gekümmert hatte und Mr Hewitt seinem Rat
tatsächlich gefolgt war, ließ für die Hewitts als Familie
doch noch hoffen, fand Nell.

Nachdem die Damen sich in Winifreds rosa- und la-
vendelfarbenen Salon zurückgezogen hatten, um den
Männern in Ruhe Zigarren und Brandy zuzugestehen,
kreiste ihr Gesprächsthema bald einzig um Emily
Pratts exzentrischen Kleidergeschmack. Emilys Anwesenheit konnte ihre Mutter keineswegs davon abhalten, den Kleidungsstil ihrer ältesten Tochter lang
und breit zu erörtern, ihn als „verhuscht" und „unan-
sehnlich" zu schelten, und „gewiss dazu angetan, Gentlemen sogleich die Flucht ergreifen zu lassen."
Wenig überraschend schlug Cecilia sich in dieser
Frage auf die Seite ihrer Mutter. Viola hingegen, die

sich für Kunst und alle Dinge, die aus Europa kamen, interessierte und daher auch mit der sogenannten „ästhetischen" Modebewegung vertraut war, ergriff für Emily Partei. Nell enthielt sich schweigend und überlegte sich stattdessen, was wohl Vera darüber denken mochte, die in dem lebhaften Disput einfach nicht zu Wort zu kommen schien, wohl aber einiges zu sagen und zu beklagen gehabt hätte.

Veras unvorteilhaftes und zudem noch schlecht sitzendes Satinkleid hatte unten am Rocksaum einen Rüschenbesatz, dessen Grünton leicht von der Farbe des Kleides abwich, was vermuten ließ, dass der Rock nachträglich abgeändert worden war – vielleicht von Vera selbst, damit ihr das Kleid in der Länge passte. In Anbetracht dessen, dass Cecilia ihr vorhin erzählt hatte, wie ihre Mutter sie immer dränge, Vera doch einige ihrer unzähligen Schals abzutreten, fragte Nell sich nun, ob das so ungeschickt abgeänderte Kleid vielleicht einmal Winifred gehört hatte, als die noch nicht gar so korpulent gewesen war.

„Was mir einfach nicht in den Kopf will", sagte Cecilia gerade zu ihrer Schwester, während sie sich großzügig Sherry nachschenkte, „wie kannst du es über dich bringen, das Haus ohne Korsett zu verlassen? Da könntest du genauso gut gleich splitterfasernackt hinausgehen."

„Schätzchen, ich bitte dich", schnaufte Winifred, derweil sie sich zwei Schokoladenbonbons aus der Schale vor ihr klaubte. Ihr Zustand der Trunkenheit war mittlerweile auf peinliche Weise offensichtlich und die falschen Zähne taten ein Übriges, um ihre verwaschene Aussprache noch undeutlicher klingen zu lassen.

„Oh, Mama, nun sei doch nicht so eine Mimose!", schalt Cecilia sie. „Du weißt genau, was ich meine und bist sogar meiner Meinung. Gestern erst hast du mir gesagt, wie stolz du seiest, dass ich meine Taille mittlerweile auf neunzehn Inches schnüren kann. Bis zur Hochzeit will ich siebzehn geschafft haben", erzählte sie den versammelten Damen.

„Haben Sie und Harry denn schon einen Termin bestimmt?", wollte Viola wissen.

„Das machen wir, sobald ich absehen kann, wie lange ich noch brauche, um die zwei Inches loszuwerden", erwiderte Cecilia.

„Eine lange Verlobung ist ohnehin am besten", befand Winifred.

Vera nickte zustimmend. „Ein Jahr mind..."

„Zwei", verkündete Winifred. „Ein Jahr genügt ja längst nicht für die jungen Leute, um sich richtig gut kennenzulernen, Vera. Wenn du jemals einen Verehrer gehabt hättest, wüsstest du das."

„In zwei Jahren könnte ich meinen Taillenumfang auf sechzehn Inches bekommen oder sogar noch weniger", sinnierte Cecilia.

„Halten Sie das denn für eine gute Idee?", fragte Viola sie ernstlich besorgt. „Ich habe schon von Damen gehört, deren Leber durch eine zu enge Korsettschnürung Schaden genommen hat."

„Ach, die Leber", winkte Winifred den Einwand unbekümmert beiseite. „Wozu soll die denn schon gut sein? Ich meine, man braucht sich so eine Leber doch nur mal anzuschauen, wenn man sie vor sich auf dem Teller hat. Ein *Fleischklumpen,* nichts weiter."

„Eine enge Schnürung kann der Konstitution gar förderlich sein", meinte Cecilia. „Sie hält einen zu aufrechter Körperhaltung an und wirkt belebend auf den Kreislauf. Und kein Mann kann einer schmalen Taille widerstehen. Zumindest kein normaler Mann. Um ganz ehrlich zu sein, so wollte ich nichts mit einem Gentleman zu tun haben, der *so etwas* attraktiv findet." Sie deutete mit abfälligem Kopfnicken auf das Gewand ihrer Schwester. „Ich würde mich wirklich fragen, ob er nicht vielleicht ... na ja, ihr wisst schon, ob er nicht *so einer* ist."

Emily, die schon eine ganze Weile stumm dabei gesessen hatte, stemmte sich mit einem leisen Stöhnen aus ihrem Sessel und griff nach ihrem Sherryglas. „Wenn die Damen mich bitte entschuldigen würden", sagte sie im Hinausgehen, „aber meine unbeschadete Leber und ich werden sich jetzt in den Garten begeben und uns eine Zigarette genehmigen."

8. KAPITEL

Nach Emilys wenig schicklichem Abgang schnalzte Winifred in leiser Missbilligung mit der Zunge angesichts dieser schockierenden neuen Angewohnheit ihrer ältesten Tochter, für die sie indes Vera die Schuld gab. „Wo warst du eigentlich, als sie zu rauchen angefangen hat? Das sage ich dir, sie stirbt uns noch als alte Jungfer und ich muss es hilflos mit ansehen. Sie war ja schon immer ein unverbesserlicher Blaustrumpf, sogar schon, als sie noch ganz klein war. Immer für sich und die Nase in irgendeinem Buch ...“

„Nun ja", begann Vera zögerlich, „aber findest du denn nicht auch, dass sie ...“

„Ich finde, sie sollte sich besser mal hübsch machen und dem Beispiel ihrer Schwester folgen, bevor sie gänzlich unverheiratbar geworden ist. Es genügt wahrlich, wenn wir *eine* alte Jungfer durchzubringen haben, finde ich.“

Vera sank tief in ihren Sessel, die Augen niedergeschlagen, die Lippen fest zusammengepresst. Wie eine rasch ansteigende Flut kroch ihr die Röte den Hals hinauf.

„Wir haben wirklich versucht, unser Bestes zu geben", klagte Winifred und nahm sich eine Handvoll Schokoladenbonbons. „Tanzstunden hat sie bekommen und Unterricht in Betragen, aber alles vergebliche Liebesmüh. Als sie nach Europa aufgebrochen ist, dachte ich noch, ‚Gott sei dank! Sie wird gerade zur Frühjahrssaison in London sein und dort vielleicht einen Ehemann finden. Vielleicht sogar einen mit Titel.' Aber dann haben Vera und sie sich auf diese wahnwitzige Odyssee begeben und ..."

Ratlos zuckte sie die Achseln und steckte sich ein Bonbon in den Mund, kaute ein- oder zweimal darauf herum und schluckte es dann gierig hinunter. „Und nun, wo sie wieder zurück ist, ist sie noch schlimmer als zuvor. Diese entsetzlichen Kleider! Falls man derlei überhaupt als Kleider bezeichnen kann. Und sie weigert sich, mich bei gesellschaftlichen Anlässen zu begleiten, Besuche zu machen oder sich mit jungen Damen aus besseren Kreisen anzufreunden. Wollen Sie wissen, mit wem sie sich stattdessen angefreundet hat? Mit dieser Fiona Gannon! Ein Zimmermädchen ... und nicht nur das – eine Diebin und Mörderin!"

Zutiefst mitfühlend schüttelte Nell den Kopf, beugte sich dann vertraulich zu Winifred vor und flüsterte: „Könnten Sie mir vielleicht sagen, wo ich das Bad finde?"

Glücklicherweise befand sich das Bad im hinteren Teil des Hauses, weshalb Nell keinen Argwohn erregte, als sie sich in diese Richtung aufmachte. Doch statt natürlichen Bedürfnissen nachzukommen, lief sie daran vorbei, steuerte auf eine weit offen stehende Flügeltür zu und ging hinaus in den Garten.

Während sie drinnen beim Abendessen gesessen hatten, war die Sonne untergegangen, und da der Mond noch recht schwach am Himmel stand, wurde der kleine Innenhof nur vom gelblichen Lichtschein erhellt, der durch einzelne Fenster und die Terrassentür nach draußen drang. Umgeben von in Zierkübeln gepflanzten Bäumen, hatte Emily es sich in einem Gartenstuhl bequem gemacht, die Beine übereinandergeschlagen auf eine Ottomane gelegt, ihr Sherryglas in der einen und die Zigarette in der anderen Hand. Sie hob sie an den Mund, und die Spitze glühte hell in der Dunkelheit auf. Während sie langsam den Rauch ausstieß, fragte sie: „Sind Sie wirklich Gouvernante?"

„Ja."

Emily deutete auf einen der Gartenstühle, schmiedeeisern und mit gestreiften Kissen, und rückte die Ottomane ein Stück nach vorn, damit sie beide ihre Füße darauf legen konnten. Nell setzte sich, streifte sich die perlenbesetzten Abendschuhe ab und legte die Füße hoch. Als Emily ihr silbernes Zigarettenetui aufschnappen ließ, lehnte sie dankend ab.

„Gefällt es Ihnen?", fragte Emily weiter. „Eine Gouvernante zu sein?"

„Oh ja, doch. Gracie bedeutet mir sehr viel. Ich liebe sie, als wäre sie mein eigenes Kind. Und ich habe auch Mrs Hewitt sehr gern."

„Ich mag sie auch." Emily ließ den Kopf zurücksinken, die Augen halb geschlossen, ihr Lächeln wehmütig. „Als ich noch klein war, habe ich mir immer gewünscht, dass sie meine Mutter wäre."

Etwas unsicher, wie sie das Thema zur Sprache bringen sollte, meinte Nell unumwunden: „Nachdem sie eben gegangen waren, erwähnte Ihre Mutter, Sie wären mit dem Dienstmädchen befreundet gewesen, das Mrs Kimball umgebracht haben soll."

Emily wandte den Kopf und sah Nell fragend an. „Umgebracht haben soll?"

„Eine amtliche Untersuchung ist kein Gerichtsverfahren. Ich zumindest erachte sie nicht als rechtskräftig verurteilt. Fiona war die Nichte eines Freundes von mir und ..."

„Brady? Der Kutscher der Hewitts?"

„Genau."

„Sie hat oft von ihm gesprochen. Gott weiß, wie ihm jetzt zumute sein muss."

„Er ist völlig am Boden zerstört. Wenn er von ihr spricht, klingt es, als wäre sie ein nettes junges Mädchen gewesen, aber in den Zeitungen wird sie als wahres Monster hingestellt."

„Ich weiß." Emily reichte Nell ihr Sherryglas; Nell trank einen kleinen Schluck und gab es ihr zurück. „Dazu kann ich eigentlich nur sagen, dass ... Ich mochte sie einfach. Sie hatte keine Angst davor, sie selbst zu sein, was sie von den meisten Dienstboten unterschied, insbesondere denen meiner Eltern, und sie war ehrgeizig. Wussten Sie, dass sie einen Kurzwarenladen aufmachen wollte?"

„Brady hat mir davon erzählt."

„Wir haben uns gut verstanden", meinte Emily und schwenkte bedächtig den Sherry im Glas. „Wir vertrauten einander. Und ich war ihr schlichtweg dankbar, jemand in diesem Haus zu haben, mit dem ich reden konnte."

„Verstehen Sie mich bitte nicht falsch, aber mir scheint es dennoch etwas seltsam, dass eine Dame Ihres Standes sich mit einem Zimmermädchen anfreundet."

„Eine Dame meines Standes", wiederholte Emily und lachte spöttisch. „Ach ja, was für ein erhabenes Geschöpf ich doch bin!" Einen Moment schwieg sie, bevor sie meinte: „Eines der vielen Dinge, die ich auf meinen Reisen gelernt habe, ist dies – dass wir im Grunde alle gleich sind und dass alle Systeme und Ordnungen, die uns in Klassen und Kategorien einteilen und voneinander trennen, nur künstlich geschaffen sind. Vor allem habe ich gelernt, meinem Instinkt zu vertrauen, und der hat mir gesagt, dass Fiona Gannon meiner Freundschaft durchaus würdig war." Etwas ernster fügte sie hinzu: „Mag sein, dass mein Instinkt mich in diesem Fall getrogen hat, aber ich bereue nicht, ihm gefolgt zu sein. Was mir an H.P.B. gefiel – wahrlich das Einzige, das mir an ihr gefiel, um ehrlich zu sein –, war der egalitäre Grundgedanke ihrer Lehre. Sie hat uns erzählt, dass sie als Kind mit der Tochter einer der Bediensteten ihrer Eltern befreundet war. Das war ich einst auch – mit der Tochter unserer Köchin."

„Und was haben Ihre Eltern dazu gesagt?", fragte Nell.

„Sie haben die Köchin entlassen." Emily nippte an ihrem Sherry und reichte das Glas dann wieder Nell. „Wundern Sie sich da noch, dass ich es kaum erwarten konnte, von hier fortzukommen? Sowie der Krieg vorbei war, war das mein einziger Gedanke."

„Wenn Sie doch aber so wenig von Madame Blavatsky gehalten haben", wandte Nell ein, „wieso sind Sie dann so lange mit ihr gereist?"

„Das lag an Tante Vera. Meine Eltern hatten natürlich darauf bestanden, dass ich während meiner Reise eine respektable Begleiterin dabei habe, wenngleich ich ja viel lieber allein losgezogen wäre. Aber sie haben das Ganze bezahlt – und ein einjähriger Aufenthalt in Europa ist nicht gerade billig –, weshalb mir gar nichts anderes übrigblieb, als mich ihren Wünschen zu beugen. Zumindest hatte ich mich mit Vera schon immer etwas besser verstanden als mit dem Rest meiner Familie. Aber sie stellte sich leider als völlig ungeeignete Reisebegleitung heraus. Ihr gefiel keine der Städte, die wir besuchten, sie mochte das fremde Essen nicht, sie fand alle Ausländer einfach nur grässlich. Auf dem Schiff wurde sie seekrank und im Zug wurde ihr auch übel ... Am liebsten wäre sie sofort wieder nach Hause gefahren. Sie hat nur herumgejammert und geheult und mich ständig angefleht, bald zurückzufahren. Sie war kurz davor, meinen Eltern ein Telegramm zu schicken, damit sie der Reise ein Ende machten, als wir hinunter nach Italien fuhren und H.P.B. begegneten."

„Ah ja."

„Vera stand vom ersten Augenblick an völlig in ihrem Bann und hat diesen ganzen theosophischen Hokuspokus fraglos geschluckt. Aber so ist Vera nun mal – unterwürfig und leicht zu beeindrucken ... fasziniert von starken Persönlichkeiten. Sie hat sich darum gekümmert, dass wir noch eine Weile mit H.P.B. und ihrer zahlreichen Gefolgschaft reisen konnten, und es ist ihr sogar gelungen, Vater dazu zu überreden, für die Kosten aufzukommen. Eigentlich mag man kaum glauben, dass die beiden Bruder und Schwester sind, so unterschiedlich sind sie, aber irgendwie trifft sie immer den richtigen Ton bei ihm."

„Sie muss wirklich sehr überzeugend gewesen sein, wenn sie ihn dazu überreden konnte, Sie noch so lange und auch so weit reisen zu lassen."

„Oh ja, sie war auf einmal sehr motiviert", meinte Emily. „Tante Vera hat H.P.B. sogar dann noch zutiefst verehrt, nachdem wir von dem Jungen wussten, den sie umgebracht hatte."

Nell schaute Emily ungläubig an, nicht sicher, ob sie sich eben verhört hatte.

Emily beugte sich zu Nell vor, ihre Augen funkelten, als wolle sie ihr ein ganz besonders brisantes Gerücht anvertrauen. „Es geschah, als H.P.B. noch ein Kind war und in Russland lebte. Sie war furchtbar reich und verwöhnt und anscheinend auch ein ziemlich durchtriebenes Balg. Ihre Eltern ließen ihr zumindest regelmäßig den Teufel austreiben."

„Den Teufel austreiben?"

„Die Dienstboten der Familie hatten behauptet, die kleine Helena habe eine besondere Macht über die *russalki*. Das sind russische Wassernymphen – die Seelen junger Frauen, die ertrunken sind. Eines Abends während des Essens erzählte H.P.B. uns, wie sie im zarten Alter von vier Jahren eine besondere Abneigung gegen einen der Leibeigenen ihrer Eltern gefasst hatte – selbst noch ein kleiner Junge –, da er sie immerzu ärgerte. Und so befahl sie den *russalki*, ihn zu Tode zu kitzeln."

„Und das haben Sie ihr geglaubt?"

„Du lieber Himmel, nein! Natürlich nicht. Ich dachte, das sei nur wieder eine ihrer fabulösen Geschichten – bis wir dann eines Tages nach Russland kamen, an den Ort, wo sie aufgewachsen war. Dort habe ich mich ein wenig umgehört und herausgefunden, dass damals auf dem Anwesen ihrer Eltern tatsächlich ein kleiner Junge ertrunken war und jeder in der Gegend wusste, dass sie seinen Tod verursacht hatte. Aber ihr Vater war ein mächtiger Mann und Helena bereits weithin gefürchtet, weshalb sie unbehelligt davonkam. Sie meinte an jenem Abend zu uns, dass sie sich seit dem Tod des Jungen allmächtig und unangreifbar fühlte. Und dass ein jeder lernen könne, die Kräfte der Seele und die Mächte der Dämonen zu beherrschen, aber das bedürfe eines festen Glaubens und sehr viel Disziplin, weswegen ja auch das Wort Jünger – lateinisch *discipulus* – von Disziplin käme. Fortan habe ich einen weiten Bogen um sie gemacht, aber Vera schien das überhaupt nicht zu schrecken. Natürlich nicht – sie verehrte H.P.B. ja geradezu. Wahrscheinlich redete sie sich ein, dass die Geschichte gar nicht stimme, da ihre angebetete H.P.B. etwas so Schreckliches natürlich niemals hätte tun können."

„Mich überrascht, dass Sie nach diesem Vorfall noch bereit waren, mit dieser Dame zu reisen", meinte Nell.

„Nur so konnte ich die Reise doch überhaupt fortsetzen", erwiderte Emily und blies eine Wolke würzig duftenden Rauchs aus. „So kam es, dass ich schließlich vier Jahre lang die Welt bereist habe. Es war … unbeschreiblich. Ich fühlte mich so frei, so … wagemutig und gefordert."

„Doch dann stellte Ihr Vater diesen Februar auf einmal die Zahlungen ein", sagte Nell.

„Meine Eltern hatten gehofft, dass ich in Europa einen vorzeigbaren Gatten finden würde – jemand mit einem guten Stammbaum, der über meine exzentrischen Marotten hinwegsah, wenn er dafür nur ein wenig vom Prattschen Vermögen abbekam. Nach vier Jahren wird auch ihnen endlich aufgegangen sein, dass dieser Wunsch sich nicht erfüllen wird, und sie haben sofort die finanzielle Bremse gezogen. Als ich nach Hause zurückkehrte, war mir, als käme ich ins Gefängnis. Vera – arme herzensgute Seele, die sie ist – ist der einzige Mensch in diesem Haus, mit dem ich reden kann. Natürlich ist sie ein bisschen seltsam, aber sie kann wenigstens gut zuhören." Nach kurzem Blick auf das Haus senkte Emily vertraulich die Stimme. „Meine Eltern haben sich allerdings geschnitten: Ende des Monats werde ich wieder in See stechen."

„Im Ernst?"

„Ja, ich habe eine Überfahrt mit Cunard nach Liverpool gebucht. Am 26. läuft das Schiff aus."

„Und Ihre Eltern wissen nichts davon?"

Emily drückte ihre Zigarette in der leeren Konfektschale auf ihrem Schoß aus und schüttelte den Kopf. „Nein, und ich werde ihnen auch erst in letzter Minute Bescheid sagen. Damit sie mich nicht mehr aufhalten können."

„Wird Ihre Tante Vera Sie wieder begleiten?"

„Nein, und glauben Sie mir ...“ Emily runzelte die Stirn und sah nachdenklich beiseite. „Nein, sie kommt nicht mit. Ich habe genug von H.P.B. bis an mein Lebensende – bis ans Ende mehrerer Leben.“

Nell überlegte gerade, wie sie die unschickliche Frage formulieren solle, wo denn das Geld für diese neuerliche Reise herkomme, als Emily auf einmal fragte: „Was meinen Sie eigentlich, wie alt Dr. Foster wohl ist?“

Es dauerte einen kurzen Augenblick, bis Nell auf diesen geschwinden Themenwechsel reagieren konnte. „Nicht älter als vierzig, würde ich meinen. Vielleicht auch erst fünfunddreißig. Warum?“

„Nur so“, erwiderte Emily achselzuckend und klopfte noch eine Zigarette aus ihrem Etui heraus.

„Ihre Mutter schien erfreut über sein Interesse an Ihnen“, sagte Nell. „Und über das Martins“, setzte sie hinzu.

Emily schnaubte belustigt, während sie sich ihre Zigarette anzündete. „Mit Martin bin ich aufgewachsen. Wir sind gleich alt und hatten uns immer viel zu erzählen. Aber können Sie sich mich allen Ernstes als Pfarrersfrau vorstellen?“

„Nein, eigentlich nicht.“ Nell lächelte. „Aber wie wäre es mit Isaac Foster?“

„Wäre ich bereit zu heiraten und damit all meine Rechte und meine Freiheit und mein Vermögen aufzugeben, dürfte er als Kandidat wohl durchaus in Frage kommen. Aber ich bin nicht Cecilia. Meine Gedanken kreisen nur ums Reisen und darum, über meine Reisen zu schreiben und vielleicht sogar den einen oder anderen Text zu veröffentlichen. Cecilia denkt lieber an Schmuck und Geschmeide. Wenn er nur hell genug glitzert, würde sie auch noch ihre Seele für ein Juwel verkaufen. Von Harry hat sie Diamanten und Rubine bekommen, barocken Perlenschmuck von Jack Thorpe, ihrem ersten Verlobten, Sie wissen schon – der, der gestorben ist, und Saphire von Felix Brudermann, der Nummer zwei."

„Der Österreicher?"

Emily nickte. „Eigentlich gehört es sich so, dass eine Dame nach dem Ende eines Verlöbnisses den Schmuck ihrem einstigen Verehrer zurückgibt, aber Cecilia hat natürlich alles behalten, auch die Saphire, die sich seit Generationen schon im Besitz von Felix' Familie befanden. Und dabei hat er sein gesamtes Vermögen dafür aufgewandt, die Steine für sie neu fassen zu lassen."

„Sein gesamtes Vermögen? Ich dachte, er sei ein reicher Adeliger?"

Emily streckte die Hand aus, um Nell das Sherryglas wieder abzunehmen. „Tja ... Es gibt eben solchen Adel und solchen. Wir Amerikaner gehen zumeist davon aus, dass jemand, der einen Titel hat, auch reich und mächtig und kultiviert ist, aber wenn Sie erst einmal eine Weile in Europa zugebracht haben, werden Sie bald merken, dass dem keineswegs so ist. Schauen Sie sich Felix an. Sein vollständiger Name lautet Felix Jäger Ritter von Brudermann. Klingt ja erstmal sehr beeindruckend, aber tatsächlich ist er nichts weiter als der mittellose jüngste Sohn eines Ritters – was ungefähr soviel wert ist wie ein Baronet. Und er hat rein gar nichts: keine Ländereien, keine Bildung, kein florierendes Geschäft, keine Manieren und nicht einmal die leiseste Andeutung einer Persönlichkeit. Aber er sieht unverschämt gut aus, was allerdings auch das Einzige ist, das für ihn spricht."

„Und es hat Cecilia überhaupt nicht gestört, dass er so arm ist?", fragte Nell.

„Warum sollte es sie stören? Wenn sie heiratet – ganz gleich, *wen* sie heiratet – bekommt sie eine aberwitzig hohe Summe als Mitgift, eine verschwenderisch bemessene Aussteuer, ein Hochzeitskleid von Worth im Wert von fünftausend Dollar, ein prächtiges, neu erbautes Stadtschloss in der Back Bay inklusive Mobiliar und Personal, einen Landauer samt Pferden, eine sechsmonatige Hochzeitsreise nach Europa ... All das – einschließlich Cecilia, wohlgemerkt – fiele jedoch nach der Hochzeit rechtlich dem glücklichen Gatten zu. Felix war nichts weiter als ein Goldgräber. Das wusste mein Vater natürlich auch – er ist ja nicht dumm. Und deshalb hat es auch über ein Jahr gedauert, bis er der Hochzeit zustimmte, was er dann letztlich wohl nur getan hat, weil er Cecilias ständiges Geschrei und Geheule nicht länger ertragen konnte."

„Das klingt doch eher so, als hätte nur Felix von der Verbindung einen Vorteil gehabt", wandte Nell ein.

„Nicht nach Cecilias Maßstäben. Als sie die Vorbereitungen zur Bekanntgabe der Verlobung traf, ließ sie bereits alle Welt wissen, dass man sie doch nach der Hochzeit bitteschön gemäß britischer Tradition als Lady Brudermann anzureden habe."

„Aber er war doch Österreicher", meinte Nell leicht verwundert.

„Ein durchaus zu vernachlässigendes Detail. Cecilia beharrte darauf, dass sie nach der Heirat eine *Barone-*

tess sei, was genau genommen eine Dame ist, die von Hause aus über die Baronetswürde verfügt, aber von solchen Spitzfindigkeiten wollte meine Schwester nichts hören. Oh ja, und Felix sei bitte fortan *Sir Felix* zu nennen."

„Ach, du lieber Himmel", schmunzelte Nell.

„Sie hat das Wappen der Brudermanns auf Ringe prägen lassen, auf Broschen und Briefpapier, auf Siegel, hat es in Laken einsticken lassen, in Handtücher und Taschentücher, in Servietten und Tischdecken und ... lassen Sie mich nachdenken ... oh ja, es in Silberteller eingravieren und sogar vier Dutzend Gedecke aus Meißener Porzellan anfertigen und mit dem Familienwappen versehen lassen. An dem Tag, da sie mit Felix gebrochen hatte, kam sie mit dem ganzen Geschirr hier raus in den Garten und hat es kurz und klein geschlagen."

„Aber warum?", fragte Nell. „Ich meine, warum hat sie die Verlobung gelöst?"

„Weil selbst ein raffgieriges, oberflächliches Geschöpf wie Cecilia seinen Stolz hat. Als die Sache mit Felix und Mrs Kimball bekannt wurde, da war sie ..."

„Felix und Mrs Kimball?" Nell setzte sich kerzengerade auf. „Wann war denn das?"

„Die Affäre?" Emily zuckte die Achseln. „Soweit ich gehört habe, dürfte das schon eine ganze Weile so gegangen sein. Aber die recht dramatische oder vielleicht sollte ich eher sagen *melodramatische* Enthüllung der Affäre vor der gesamten Bostoner Gesellschaft, fand an jenem Abend statt, da meine Eltern ihren alljährlichen Ball gaben – keine halbe Stunde, nachdem die Verlobung von Cecilia und Felix offiziell verkündet worden war."

„Zu dem Zeitpunkt dürfte Mrs Kimball aufgetaucht sein, nehme ich an."

„Oh ja, Sie hätten dabei sein sollen! Wie köstlich skandalös. In der pompösesten Robe, die man je gesehen hatte, kam sie hereinstolziert und rauschte wie eine leibhaftige Südstaatenschönheit durch den Ballsaal. Zuerst wusste ich gar nicht, wer sie ist. Die Hälfte der männlichen Gäste versuchte rasch, aus ihrem Blickfeld zu verschwinden, um nur ja nicht etwas zu vertraulich von ihr gegrüßt zu werden. Besonders die verheirateten Männer wären wohl am liebsten im Erdboden versunken. Thurston hatte sie begleitet. Wie ich gehört habe, sieht man die beiden fast nur zusammen."

„Waren sie ein Liebespaar?", fragte Nell.

Emily schaute sie einen Augenblick verdutzt an, dann lachte sie laut. „Oh, aber nicht doch! Er ist ein ... ein richtiger *Mollyboy*, durch und durch."

Nun stutzte Nell einen Moment. „Ah ... Sie meinen ... ein *Sheelah*." So hatte Duncan solche Männer immer genannt.

„Das habe ich noch nie gehört."

„Ich glaube, es ist ein irischer Begriff."

„Ein *Sheelah* ... hmm ..." Nachdenklich zog Emily an ihrer Zigarette. „Ich habe sie wirklich für ihren Mut bewundert, für ihre Unverfrorenheit. Dafür, dass sie sich nicht einen Deut darum scherte, was all diese bornierten, bigotten Goldfinken von ihr dachten. Sie war gekommen, um ordentlich für Aufruhr zu sorgen, und genau das ist ihr auch gelungen. Cecilia regte sich

fürchterlich auf, weil sie soeben noch von Glückwün-
schen und dergleichen überhäuft worden war, und
auf einmal schenkte niemand ihr und der angekün-
digten Verlobung noch Aufmerksamkeit – alles drehte
sich nur noch um Virginia Kimball. Und als ob das
nicht schon schlimm genug gewesen wäre, kam Mrs
Kimball dann auch noch zu Felix, kümmerte sich
nicht darum, dass Cecilia und ich und noch etliche
andere dabeistanden, und sagte ..." Emily räusperte
sich und intonierte in wenig überzeugendem Südstaa-
tenakzent: „Felix, mein lieber Junge, du hast neulich
deine Taschenuhr auf meinem Nachttisch liegen lassen. Ach, wenn ich gewusst hätte, dass ich dich heute
Abend hier sehen würde, hätte ich sie dir natürlich
mitgebracht!'"

„Das hat sie nicht allen Ernstes gesagt, oder?"

„Oh doch, und wie sie das gesagt hat. Und sogleich
setzte natürlich eifriges Getuschel ein. Es klang ... als
würde ein immer lauter summender Insekten-
schwarm sich auf den Saal herabsenken. Cecilia hätte
fast der Schlag getroffen, versteht sich. Felix stritt alles
ab und leugnete, leugnete und leugnete, aber sein Gesicht glühte so sehr, dass jedem offensichtlich war,
dass er log. Ich habe selten so herzhaft gelacht."

Emily gab Nell das Glas zurück, doch es war leer.
Nell nahm es und stellte es auf dem kleinen gusseisernen Tisch ab, der zwischen ihren beiden Stühlen
stand.

„Danach hat Cecilia natürlich sogleich mit Felix
Schluss gemacht. Wahrscheinlich hätte sie seine Affäre mit Mrs Kimball nicht weiter gestört, wenn nur
alles schön unter Verschluss gehalten worden wäre,

aber nun derart vor der ganzen Welt gedemütigt zu werden – also vor Cecilias ganzer Welt –, das war dann auch für sie zuviel. Sie hat geheult und geschrien und Harry war da und hat sie getröstet. Er muss seine Sache sehr gut gemacht haben, denn von da an waren die beiden unzertrennlich."

„Und wie hat Felix das aufgenommen?", fragte Nell.

„Ein paar Wochen lang war er untröstlich. Immerhin hatte er fünfzehn Monate und die Familiensaphire darauf verschwendet, eine Erbin und deren Vater zu hofieren, und nun war ihm alles um die Ohren geflogen – alles nur wegen der kleinen Freuden, die er sich nebenher gönnte. Am Anfang kam er noch ab und zu hier vorbei, leugnete und leugnete und leugnete, aber Cecilia blieb standhaft, und irgendwann schien sogar er es begriffen zu haben. Doch seit zwei Tagen ist er wieder jeden Abend hier aufgetaucht und hat wild herumgeschrien, dass Cecilia ihn nun, da Mrs Kimball tot sei, doch gefälligst zurücknehmen solle."

„Das hat er tatsächlich so gesagt?"

„Vergaß ich zu erwähnen, dass er ein ziemlicher Dummkopf ist? Er scheint allen Ernstes zu glauben, dass durch ihren Tod alles vergeben und vergessen ist. Es dürfte Sie kaum überraschen, dass Cecilia da etwas anderer Ansicht ist. Unsere Lakaien haben ihn zwar beide Male rausgeworfen, aber er hat sich so sehr gewehrt, dass sie zu dritt oder viert Hand anlegen mussten." Emily drückte ihre Zigarette aus.

„Brady hat mir erzählt, dass Fiona Anfang Mai für Mrs Kimball zu arbeiten begonnen hatte", versuchte Nell das Thema zu wechseln. „Er meinte, Sie hätten ihr zu der Stelle verholfen."

Emily schloss gequält die Augen. Sie schien am liebsten in den Kissen ihres Stuhles versinken zu wollen. „Haben Sie jemals etwas getan, das so entsetzliche Konsequenzen nach sich zog, dass Sie alles dafür geben würden – ein Jahr Ihres Lebens oder sogar zehn –, um es ungeschehen zu machen?"

„Ja", erwiderte Nell und dachte dabei an ihre Hochzeit mit Duncan.

„Ich habe Fiona vorgeschlagen, sie solle bei Mrs Kimball anfangen, und ich habe ihr auch eine Referenz geschrieben. Damit bin ich am Tod dieser Dame ebenso schuldig, als hätte ich selbst auf sie geschossen – und nicht Fiona."

Ohne weiter auf die grundsätzliche Frage von Fionas Schuld einzugehen, meinte Nell: „Wie kam es eigentlich dazu, dass Sie sie Mrs Kimball empfohlen hatten?"

„Virginia Kimballs Dienerin hatte ganz plötzlich gekündigt ..." Emily zuckte die Achseln, sie wirkte abwesend.

„Hatte sie eine Annonce aufgesetzt?"

„Hmm?"

„Mrs Kimball. Hatte sie inseriert, dass sie eine neue Dienerin suche? Es interessiert mich nur, woher Sie wussten, dass sie jemand brauchte."

„Oh." Emily griff nach dem Sherryglas und stellte es wieder ab, als sie feststellte, dass es leer war. „Keine Ahnung", meinte sie und holte abermals ihr Zigarettenetui hervor. „Ich erinnere mich nicht mehr daran."

Während Emily sich ihre Zigarette anzündete und das Streichholz ausschüttelte, ließ Nell sie in ihrem Schweigen schmoren. Ein alter Trick von Detective

Cook: *Stellen Sie einfach eine bedeutsame Frage, und dann halten Sie den Mund.*

Bis Emily schließlich meinte: „Jemand wird es mir wohl erzählt haben", und den Rauch ausblies.

Nell nickte und wartete.

„Oder ich habe es irgendwo zufällig gehört. Sie wissen schon, all dieses belanglose Geplauder, an das man sich später kaum mehr erinnert." Emily sah beiseite und zog tief an ihrer Zigarette.

„Wahrscheinlich glaubten Sie, dass es Fiona bei Mrs Kimball besser gefallen würde", bot Nell an.

„Auf jeden Fall." Nun erwiderte Emily auch wieder Nells Blick. „Hier fand sie es ja ganz furchtbar. Meine Eltern können so engstirnig und anmaßend sein. Virginia Kimball mag zwar vieles gewesen sein, aber engstirnig war sie nicht. Ich wusste, dass Fiona bei ihr sehr hart würde arbeiten müssen, da es außer ihr keine weiteren Dienstboten gab, aber sie würde auch sie selbst sein können. Und sie würde mehr verdienen und ein eigenes Zimmer haben."

„Sorgten Sie sich denn gar nicht darum, was Ihre Eltern sagen würden, wenn sie herausfänden, dass Sie ihnen das eigene Personal abspenstig machen?"

„Oh gewiss, ich habe mich ständig darum gesorgt", erwiderte Emily leicht belustigt und setzte hinzu: „Und war dabei voller Vorfreude, insbesondere auf die Reaktion meines Vaters. Für ihn musste der Gedanke, eines seiner Dienstmädchen an jemanden wie Virginia Kimball verloren zu haben ... nun ja, ich wusste, dass ihn das furchtbar verdrießen würde, und das war auch so. Weshalb ich die ganze Angelegenheit eigentlich nur amüsant fand und sehr zufrieden mit mir war, wie gut ich das hinbekommen hatte – bis ich dann von dem Mord las. Denn letztlich war ich es, die Fiona zu Mrs Kimball geschickt hatte. Was ihr geschehen ist ..." Sie verstummte, den Blick auf das Haus gerichtet.

Als Nell sich umdrehte, sah sie die schemenhaft umrissene Gestalt eines Mannes an der offenen Terrassentür stehen. Seiner Größe und der typischen Haltung nach – als wolle er gleich lässig aus der Hüfte schießen – konnte es eigentlich nur Will sein.

„Ah, da sind Sie! Nell, Miss Pratt", sagte er und deutete eine Verbeugung in Emilys Richtung an.

„Ich wollte ohnehin gerade wieder hineingehen." Mit einem feinen Lächeln, mit dem sie zu verstehen gab, dass sie wusste, dass Will herausgekommen war, um ein paar kostbare Augenblicke allein mit dem Objekt seiner Zuneigung zu verbringen, schlüpfte Emily in ihre Schuhe und erhob sich von ihrem Stuhl. An der Tür wandte sie sich noch einmal um: „Es war sehr nett, sich mit Ihnen zu unterhalten, Miss Sweeney. Ich hoffe, dass wir bald wieder Gelegenheit dazu haben werden."

Nachdem Emily im Haus verschwunden war, schloss Will die Tür und kam zu Nell hinüber. Sie hatte die Beine noch immer auf der weich gepolsterten Ottomane ausgestreckt, zog sie jetzt aber geschwind an und brachte ihre Röcke in Ordnung, um ihre bestrumpften Füße nicht unziemlich zur Schau zu stellen.

Will nahm indes nicht auf dem soeben frei gewordenen Stuhl Platz, sondern setzte sich auf die Ottomane, fasste geschwind unter Nells Röcke, griff nach ihren Füßen und legte sie sich auf den Schoß. „Mir war bislang noch nie aufgefallen, was für stattliche Füße du hast."

„Stattlich!", rief sie empört und versuchte, sie ihm wieder zu entziehen, doch sein Griff war unerbittlich.

„Soll mich aber nicht stören", meinte er und ließ seine Hände von ihren Knöcheln abwärts gleiten. Warm und ein wenig rau fühlten seine Finger sich durch ihre weißen Seidenstrümpfe an. „Ich war noch nie ein Freund kleiner, zierlicher Füße. Große, stattliche scheinen mir doch sehr viel brauchbarer."

Durch den glatten Seidenstoff hindurch massierte er ihr die Füße, und seine Finger waren so kräftig und geschickt, dass Nell sich wieder in den Stuhl sinken ließ, den Kopf zurückgelehnt, die Arme locker herabhängend. Ein Seufzer entfuhr ihr, so wohlig und tief, dass es wie ein leise gehauchtes Stöhnen klang.

„Ah ... eine heimliche Genießerin", murmelte Will und seine Stimme ließ sie köstlich erschaudern. „Welch faszinierende Offenbarung."

„Wirst du es niemals müde, mich zu necken?" Noch einmal versuchte Nell, ihm ihre Füße zu entziehen, doch es war nur mehr ein halbherziger Versuch; er war sehr gut in dem, was er tat. Unanständig gut.

„Ich necke weitaus weniger, als du meinst, Cornelia."

Sie öffnete die Augen, doch Will sah sie nicht an. Er hatte sich hinabgebeugt, um einen ihrer Schuhe aufzuheben und streifte ihn ihr wieder über. Der rechte folgte, doch statt seine Hände dann zurückzuziehen, schloss er sie um ihren Spann und massierte sie abermals durch die dünne Seide ihres Strumpfes.

„Vor ein paar Minuten", plauderte er derweil, „während wir Gentlemen mannhaft unseren Brandy und unsere Zigarren genossen – übrigens eine sehr üble Verbindung, von der ich dir unbedingt abraten würde –, hat mein kluger Bruder Martin Mr Pratt gefragt, wie er denn zu seinem blauen Auge gekommen sei, worauf Mr Pratt erwiderte, dass er vor ein paar Tagen auf seiner Haustreppe gestolpert und dann dummerweise mit dem Gesicht voraus in die eiserne Umzäunung gefallen sei."

Auf einmal wieder hellwach setzte Nell sich auf. „Aber hat Mrs Pratt uns nicht erzählt, dass ..."

„Dass er Opfer eines Straßenräubers geworden sei, der ihn unweit seines Hauses überfallen habe? Aber ja, genau das hat sie."

„Doch warum sollte er seiner Frau etwas anderes erzählen als seinen Freunden?", überlegte Nell.

„Bitte keine voreiligen Vermutungen, Cornelia. Vielleicht war es ja gar nicht Pratt, der seiner Gemahlin diese Räubergeschichte aufgetischt hat. Sie könnte es von jemand anderem erzählt bekommen haben."

„Was aber noch immer nicht erklärt, weshalb überhaupt zwei sich widersprechende Versionen im Umlauf sind."

„Nein, das tut es nicht", stimmte Will ihr zu. „Aber ehrlich gesagt interessiert mich im Augenblick das wundersame Verschwinden und Wiederauftauchen von Stonewall Jacksons Pistole auch viel mehr. General Jackson hatte eine Lefaucheux Brevete, einen Stiftfeuerrevolver, zwölf Millimeter, was in etwa fünfundvierzig Kaliber entsprechen dürfte. Wenn wir Orville Pratt glauben wollen, so befand sich die Waffe bis zum Tag des Balls in seinem Besitz und verschwand an eben jenem Abend aus seinem Arbeitszimmer."

„Er dachte allem Anschein nach, dass Mrs Kimball sie gestohlen hätte."

„Zweifelsohne war er an jenem Abend nicht gut auf sie zu sprechen, da sie mit ihrem Auftritt seinen Ball ruiniert hatte. Das mag der einzige Grund gewesen sein, weswegen er sie verdächtigte. Was ich viel spannender finde, ist das plötzliche Wiederauftauchen der Waffe keine zwei Tage, nachdem Mrs Kimball mit einem großkalibrigen Revolver umgebracht wurde. Komm." Will stand auf und streckte seine Hand nach ihr aus.

„Wohin gehen wir?", fragte Nell, als er sie von ihrem Stuhl zog.

„In Mr Pratts Arbeitszimmer. Es ist gleich hier nebenan." Er deutete auf zwei dunkle, von Vorhängen verdeckte Fenster, die nach hinten zur Gartenseite hinausgingen.

„Ich weiß nicht, Will ..."

„Hast du Angst, mit mir allein zu sein?", fragte er schmunzelnd.

„Das hatte ich tatsächlich mal", gestand sie und musste daran denken, wie verbittert und heruntergekommen er gewesen war, als sie ihn kennengelernt hatte. „Jetzt nicht mehr."

Einen Moment lang sah er sie nachdenklich an. „Ich könnte dir durchaus wieder allen Grund dazu geben." Und zog sie sanft an der Hand mit sich, als er hinzufügte: „Komm. Lass uns gehen."

„Man hätte meinen sollen, er wäre aus dem Schaden klug geworden", sagte Nell, als sie den großen Revolver mitten auf Orville Pratts Schreibtisch liegen sah. Der wuchtige Tisch aus Ebenholz – in Goldbronze gefasst, mit Elfenbeinintarsien und einer schweren Platte aus rotem Marmor – war das Herzstück von Mr Pratts männlich-elegantem Arbeitszimmer. Die Wände mit geschnitztem Eichenholz getäfelt, der Kamin gleichfalls aus rotem Marmor, die Gemälde alter Meister von den Jahren patiniert und krakeliert. Über und zu beiden Seiten des Kamins hingen unzählige Waffen an den Wänden und schimmerten unheilvoll aus dem Dunkel: Entermesser, Säbel, Macheten, Schwerter, Degen, Dolche und sogar ein paar Speere und Streitäxte. Einige dieser Waffen muteten orientalisch an, manche waren ganz offensichtlich antiker oder mittelalterlicher Provenienz.

Obwohl sie natürlich die Tür hinter sich geschlossen und nur eine kleine Öllampe angezündet hatten, deren schwacher Schein kaum über den Schreibtisch hinausreichte, fürchtete Nell um die Konsequenzen ihres Tuns; insbesondere fürchtete sie um ihre Stelle bei den Hewitts, sollte jemand sie dabei ertappen, wie sie in Orville Pratts privatem Arbeitszimmer herumschnüffelte.

Will nahm den Revolver vom Tisch. „Gut, das ist wirklich eine Lefaucheux Brevete." Er hielt sie näher an das Licht der Öllampe und deutete auf drei winzige Initialen, die oben in den Kolben eingraviert waren: *TJJ*.

„Thomas Jonathan Jackson", sagte Nell.

Will schaute auf und lächelte sie an, als sei er angenehm überrascht, dass sie das wusste. „Ja", meinte er, klappte die Trommel auf – sechs leere Kammern kamen zum Vorschein – und ließ sie wieder zuschnappen. „Hast du schon mal einen Revolver geladen?"

„Ich habe dabei zugesehen. Die Kugeln kommen in die Kammern ... oder nein, zuerst gibt man von vorne das Schießpulver hinein, dann die Kugeln und manchmal noch ein wenig Talg oder Wachs auf jede der Kugeln. Die Zündhütchen kommen ganz zuletzt und von hinten in die Kammern, sicherheitshalber. Oh, und ich habe auch mal gesehen, dass Kugel und Pulver zusammen in ein Stück Papier gewickelt waren, das mit irgendetwas getränkt war ..."

„Kaliumnitrit", sagte Will und nickte. „Damit die Treibladung besser zündet. Eine einfache Form der Patronenmunition, die es nun mittlerweile statt mit Papier- auch mit Metallhülsen gibt."

„Metall brennt doch aber nicht."

„Die Patronen funktionieren dennoch sehr gut. Sie kamen kurz vor dem Krieg auf, finden aber erst jetzt weite Verbreitung. In einer zylindrischen Metallhülse stecken Kugel, Pulver und Zünder. Sowie man abdrückt, schlägt der Hahn auf das Zündhütchen, welches das Pulver entzündet, das wiederum die Kugel abfeuert. *Et voilà!*"

„Und was passiert mit der Hülse?"

„Bei einem Revolver bleibt sie im Magazin. Die Waffe muss natürlich speziell für diesen Munitionstyp ausgelegt sein."

Er reichte Nell die Pistole, die unglaublich schwer war, nahm dann die kleine Lampe und zog prüfend an den Schubladen des Schreibtisches. Die wenigen, die Will unverschlossen fand, durchsuchte er rasch, doch gründlich. „Heureka." Er hielt eine kleine Blechdose hoch, in der es metallisch klapperte, legte sie auf den Tisch und öffnete sie. Die Dose war halb voll mit Geschossen, jedes von einer kupfernen Patronenhülse umschlossen. Innen am Deckel klebte ein weißes Etikett:

50
LEFAUCHEUX STIFTZÜNDERPATRONEN
12 mm
Beste Qualität garantiert.

Will nahm eines der Projektile heraus und hielt es ins Licht. „Siehst du diesen kleinen Stift, der hier unten am Boden der Patrone herausragt? Feuert man die Lefaucheux ab, fällt der Hahn auf diesen Zündstift und treibt ihn in die Patrone hinein, wo er an das Zündhütchen schlägt und so das Geschoss abfeuert. Von dieser kleinen Besonderheit abgesehen, funktioniert dieser Munitionstyp aber genauso wie alle anderen Metallpatronen und sieht auch genauso aus."

Nell legte den Revolver beiseite und nahm die Patrone von Will entgegen. Die kegelförmig zulaufende Spitze des gräulichen Bleigeschosses ragte ein Stück aus der Kupferhülse heraus. „Was meinst du – könnten wir nicht feststellen, ob die beiden Geschosse aus derselben Waffe stammen, wenn wir dieses hier mit jenem vergleichen, das wir auf dem Boden von Mrs Kimballs Schlafzimmer gefunden haben?"

„Ich weiß es nicht, Nell. Ein abgefeuertes Geschoss ist oft ziemlich deformiert. Ich wage gar zu bezweifeln, dass sich überhaupt noch mit Genauigkeit sagen lässt, ob es dasselbe Kaliber hatte."

„Ich wette, Samuel Watts könnte das."

„Wer?"

„Der Büchsenmacher, der bei der amtlichen Untersuchung ausgesagt hat. Detective Cook ist voll des Lobes über ihn."

Will nahm ihr die Patrone wieder ab und steckte sie sich in die Jackentasche seines Fracks, klappte die Blechdose zu und legte sie in die Schublade zurück. „Morgen ist doch Samstag – dein freier Tag. Warum statten wir Mr Watts nicht einfach einen kleinen Besuch ab?"

Sie nickte. „Mit Maximilian Thurston würde ich mich auch gern unterhalten. Und mit Detective Skinner, wenn uns dazu noch Zeit bleibt."

„Dann beehren wir die beiden natürlich auch noch. Aber zuvor haben wir gleich um acht Uhr morgens einen Termin mit Isaac Foster, der uns durch sein Haus führen will."

„So?", fragte Nell verwundert.

„Angesichts der Tatsache, dass er einer der Männer ist, die Skinner bestochen haben ..."

„Mutmaßlich bestochen haben ..."

„... die Skinner mutmaßlich bestochen haben, dachte ich mir, es könnte interessant sein, sich auch mal mit ihm zu unterhalten. Ich habe ihm vorhin erzählt, dass ich mich dauerhaft in Boston niederlassen wolle, und dass sein Haus mir dafür genau das richtige zu sein scheint."

„Und ich begleite dich, weil ...?"

Nun war Will doch etwas um Worte verlegen. „Er scheint zu glauben, dass wir ... zwar nicht verlobt sind, aber ... Nun, er geht davon aus, dass wir ... dass zwischen uns eine Übereinkunft besteht."

„Ah ja. Offiziell verlobt sind wir zwar nicht, suchen aber bereits ein Haus zusammen, was in etwa so ist, als würde ich einen riesigen Diamantring ..."

Ein metallisches Klicken erklang, als der Türknauf gedreht wurde. Die Scharniere quietschten in den Angeln.

Nell erstarrte. Das Herz schlug ihr bis zum Hals.

Will drängte sie an den Schreibtisch zurück und schmiegte sich, den Rücken zur Tür, eng an sie.

„*Will!*", keuchte sie, als die Tür sich mit leisem Knarzen immer weiter öffnete, bis ein Lichtschimmer hereinfiel und eine schemenhafte Gestalt zu erkennen war.

Entschlossen nahm Will ihre Arme und legte sie um sich, barg ihr Gesicht an seiner Brust. „Ganz ruhig", flüsterte er.

9. KAPITEL

Nell schloss verzweifelt die Augen und drückte ihr Gesicht gegen Wills Frack, der sich kühl und glatt anfühlte und nach frischer Wolle und Bay-Rum-Seife roch. Die Arme hatte sie fest um ihn geschlungen, das Herz pochte ihr gegen das viel zu eng geschnürte Korsett.

Er beugte sich zu ihr hinab, flüsterte „Schhh, ganz ruhig. Mach dir keine Sorgen", und streichelte ihr Haar.

„William? Bist du das?" Es war die Stimme von Orville Pratt.

Bitte, St. Dismas, betete Nell im Stillen, bitte lass dies keine schlimmen Folgen haben. Bitte lass mich meine Anstellung nicht verlieren.

„Oh", sagte Pratt, als er der Szene vor sich gewahr wurde.

Will, der noch immer Nells Kopf an seiner Brust geborgen hielt, schaute über die Schulter. „Sir, ich …"

„Aber nicht doch. Keine Ursache." Pratt klang belustigt und nachsichtig. „Ich war ja schließlich auch mal jung."

Als Nell vorsichtig die Augen öffnete, sah sie den hereinfallenden Lichtstrahl bereits schwinden und in dem Moment ganz erlöschen, da sich die Tür mit einem leisen Klicken schloss.

Sie ließ sich an Wills Brust sinken und erschauderte mit einem kleinen, nervösen Lachen.

Will lachte leise; sie spürte es mehr, als dass sie es hörte, ein leichtes Beben seiner Brust, das sie als seltsam tröstlich empfand. „Du zitterst", meinte er.

Er rieb ihr Arme und Rücken, hielt sie dann einfach nur fest, sein Atem warm und ein wenig kitzelnd in ihrem Haar, sein Herz schlug dicht an ihrem Ohr. Sie schloss die Augen wieder und genoss das Gefühl – bot es sich ihr doch selten genug –, von einem Paar starker Arme umfangen, beschützt und geborgen zu sein.

Sein Herzschlag beschleunigte sich und mit ihm sein Atem. Nell spürte, wie seine Brust sich immer rascher hob und senkte.

Sie schlug die Augen auf und sah das Zimmer um sich, sah sie beide hier stehen wie Liebende, wie sie sich in den Armen hielten, wie ihre Herzen im Einklang schlugen. Sie löste sich von Will und sah zu ihm auf.

Er erwiderte ihren Blick, seine Augen von mächtigen Brauen beschattet, seine Miene kaum zu deuten. Seine Hände noch immer an ihrer Taille, trat er einen kleinen Schritt zurück. Als er sie dann ganz freigab, fühlte sie sich mit einem Mal ganz verlassen.

Geschäftig zupfte sie ihre Röcke zurecht und strich sich über ihr Haar. „Wir sollten nun besser ..."

„Ja, man wird sich gewiss schon fragen, was wohl aus uns geworden ist."

„Mr Pratt nicht", meinte sie. „Er weiß es ja. Oder zumindest glaubt er, es zu wissen."

„Besser das, als dass er die Wahrheit vermutet. Es gäbe da nur ein Problem ..."

Fragend hob Nell den Blick von ihren Röcken und schaute Will an, der sie so kritisch musterte, als betrachte er eine Statue zweifelhafter Provenienz im Museum.

„Du siehst nämlich überhaupt nicht aus wie eine Dame, die soeben geküsst worden ist."

Mit gespieltem Gleichmut fragte sie: „Wie sehen die Damen denn aus, nachdem du sie geküsst hast?"

„Die Haut wird ganz rosig, hier ..." Er streckte die Hand nach ihr aus und strich sanft mit den Fingerspitzen über ihre Wange, über Kiefer und Kinn, den Hals hinab. „Und hier." Seine Berührung auf ihrem Hals zu fühlen, auf ihrem Dekolleté – so leicht, dass sie kaum zu spüren war, und doch so innig –, ließ Nell sich so trunken fühlen, als habe sie gerade eine ganze Flasche Wein geleert.

„Und natürlich die Lippen." Mit dem Daumen fuhr er ihr über die Unterlippe, nur einmal, doch es kribbelte köstlich. „Sie können durchaus etwas geschwollen aussehen ... soweit ich mich erinnere. Das ist ja nun alles schon ein paar Jahre her."

„Du hast seit Jahren niemanden mehr geküsst?"

„Das überrascht dich."

„Nun ja ... ja. Ich hatte angenommen, dass du ...“ Wie nur sagte man so etwas? „Ich meine, mir ist schon bewusst, dass während der Jahre, da du Opium geraucht hattest, deine ... also, dass du ...“ Zwar hatten sie über dieses recht verfängliche Thema schon zuvor einmal gesprochen, aber nur in sehr ungefähren Umschreibungen. Und das war auch schon eine Weile her.

„Dass es mir an sinnlicher Begierde gebrach“, meinte er trocken.

Nell nickte, sichtlich erleichtert. „Ich hatte angenommen, dass nun ... nun, da du nicht länger von Opiaten abhängig bist ... dass deine natürlichen Bedürfnisse nun zurückgekehrt seien.“

„Oh, das sind sie auch“, erwiderte er mit kurzem bitterem Lachen. „Und wie. Meine ... wie sagtest du so schön – natürlichen Bedürfnisse? – haben sich mit geradezu überwältigender Kraft zurückgemeldet. Es ist fast so, als sei ein Teil von mir fünf Jahre lang tot gewesen und dränge nun mit aller Macht ins Leben zurück, was durchaus erfreulich ist, mich aber auch in einem dauernden Zustand der ... Bedürftigkeit belässt – um deine Wendung etwas abzuwandeln. Gelegentlich wird es geradezu ... unerträglich.“

„Und doch hast du in all der Zeit niemanden geküsst? Es sind doch jetzt schon ... neun Monate, oder?“

Will sah zu Boden, die Stirn tief gerunzelt, als überlege er, was er darauf erwidern solle. „Ich muss gestehen, dass ich, wenn es gar zu unerträglich wurde, hin und wieder ... eine bestimmte Sorte Frauen aufgesucht habe. Aber diese Frauen erwarten nicht, geküsst zu werden. Sie sind nur am Inhalt meiner Geldbörse interessiert." Er sah wieder auf und begegnete ihrem Blick. „Und auch mein Herz bleibt davon unberührt."

Nell überkam dieses seltsam schwebende Gefühl, das sie schon manchmal empfunden hatte, wenn sie in Wills Augen blickte – als wäre sie auf einmal schwerelos. Sein Blick ruhte nun auf ihrem Mund. Sie sah, wie sein Hals sich bewegte. Vielleicht hatte er den Kopf ein wenig vorgeneigt, aber vielleicht spielte ihr auch nur ihr so seltsam benommenes, schwindelndes Gefühl einen Streich.

Sie öffnete schon die Lippen, setzte an, um etwas zu sagen, doch die Worte, die sie sagen musste – ihr blieb gar keine andere Wahl, als sie zu sagen –, wollten ihr nicht über die Lippen kommen.

„Lassen Sie mich sofort los!" Die Stimme eines Mannes, jung und mit europäischem Akzent, drang auf einmal aus dem vorderen Teil des Hauses her zu ihnen.

Lautes Gepolter und Klirren folgte, ein schwerer Schlag; Schreie waren zu vernehmen, und es klang, als würde man handgreiflich, bis das wütende Gebrüll des jungen Mannes wieder alles andere übertönte. „Finger weg, ihr Bastarde! Cecilia! Sag ihnen, sie sollen mich sofort loslassen!"

„Das dürfte Felix Brudermann sein." Nell raffte ihre Röcke zusammen, nicht undankbar über diese unerwartete Ablenkung, und eilte zur Tür.

„Felix wer?" Doch Will war schneller als sie und hielt Nell mit schützender Geste zurück, als er die Tür öffnete.

„Er ist der Verlobte, dem Cecilia zu Harrys Gunsten den Laufpass gegeben hat, nachdem sie herausgefunden hatte, dass er mit Mrs Kimball ... äh ... verkehrte."

„Oh, mir scheint, ich bin nicht so ganz auf dem Laufenden", meinte Will und spähte den Hauptkorridor hinunter auf das noch immer andauernde Gerangel.

Nell reckte sich neugierig, doch selbst auf Zehenspitzen konnte sie Will nicht über die Schulter schauen. „Deine Ritterlichkeit ist wirklich sehr löblich, aber keineswegs nötig", ließ sie ihn wissen und schlüpfte geschwind an ihm vorbei. „Ich habe Brudermann schließlich nichts getan."

Entschlossenen Schrittes lief sie den Korridor hinunter in Richtung der von einem riesigen Kronleuchter erhellten Eingangshalle, wo ein paar Männer – Isaac Foster, Martin Hewitt und zwei der rot livrierten Lakaien – den wild um sich schlagenden Eindringling gegen die Haustür gedrängt hatten und ihn nun mit vereinten Kräften festhielten. Harry, die beiden älteren Herren und die Damen sahen aus sicherer Entfernung zu. Ein provenzalischer Konsolentisch lag umgestürzt da, die fragilen vergoldeten Holzbeine zersplittert, der aufgesetzte Spiegel in Scherben auf dem marmornen Boden.

„Störrisches Mädchen ...", erklang es mit einem schweren Seufzer hinter ihr, und im Nu war Will bei ihr und schloss seine Hand um ihren Arm, vielleicht eine Spur zu unsanft. „Halte dich besser von ihm fern. Diese Art von Zorn ist maßlos und kennt weder Sinn noch Verstand."

Emily lehnte lässig an einer Säule des Bogenganges, der vom Korridor in das Foyer führte, und schwenkte ihr Cognacglas in der Hand. Als sie Nell und Will kommen hörte, drehte sie sich um und lächelte. „Dritter Akt", verkündete sie.

„*Cecilia!* Sie ist tot, Himmel noch mal! Das war doch nie was Ernstes." Felix Jäger Ritter von Brudermann war ein muskulöser junger Mann von recht beachtlicher teutonischer Schönheit. Selbst mit rot angelaufenem Gesicht und tobend vor Wut, sein goldblondes Haar zerzaust und seine Kleider in Unordnung, ließ sich noch immer gut nachvollziehen, weshalb Cecilia sich – mit ihrer Vorliebe für Pracht und Herrlichkeit – von ihm angezogen gefühlt hatte.

„Warum kannst du nicht endlich verschwinden?", kreischte Cecilia, die Hände zu Fäusten geballt und im luftigen rosa Tüll ihres Kleides vergraben, das Gesicht in Wut und Verwirrung unschön verzogen. „Verschwinde endlich! Was ist eigentlich los mit dir? Warum kommst du immer wieder hierher?"

„Ich liebe dich! Und ich will dich heiraten!", heulte Felix, während er sich weiterhin gegen die Männer zur Wehr setzte, die ihn zu bändigen versuchten.

Harry – die größte Zigarre, die Nell je gesehen hatte, zwischen den Fingern – antwortete an Cecilias Stelle: „Tja, sie liebt Sie aber nicht. Warum wahren Sie also nicht einfach den letzten Rest Ihrer Würde und ..."

„Sie halten den Mund!", schrie Felix und teilte heftige, doch natürlich völlig wirkungslos bleibende Schläge in Harrys Richtung aus. „Ich weiß, wer Sie sind, und ich weiß, was Sie vorhaben. Sie wollen sie mir wegnehmen!"

„Längst passiert, alter Junge." Harry paffte genüsslich an seiner Zigarre. „Just heute hat sie meinen Heiratsantrag angenommen."

„*Was?*"

„Mit Mr Pratts Segen. Sie machen also besser auf der Stelle kehrt und ...“

„Verlogener Hund!“ Felix verdoppelte seine Anstrengungen, sich zu befreien.

„Es stimmt!“, stieß Cecilia hervor. „Siehst du wohl – du verschwendest deine Zeit, Felix. Niemand will dich hier haben.“

„Dann gib mir meine Saphire zurück!“

„*Nein!* Die hast du mir geschenkt. Jetzt gehören sie mir.“

Wild schlug Felix um sich, Speichel flog ihm von den Lippen, als er seinem unbändigen Zorn in einem kaum enden wollenden Wortschwall seiner Muttersprache Luft machte, in den sich hin und wieder auch einige unschöne Beschimpfungen auf Englisch mischten. So meinte Nell, „raffgierige Kuh“ und „amerikanische Schlampe“ herauszuhören.

Voll der gerechten Entrüstung, die doch sehr an seinen Vater erinnerte, sagte Harry: „Wie können Sie es wagen, meine Verlobte ...“

„Ich bring' dich um, Hewitt! Ich bring' dich um!“, schrie Felix heiser, bevor er seine unverständliche Litanei fortsetzte.

Will schmunzelte; Emily prustete vor Lachen.

„Versteht ihr beide etwa, was er da sagt?“, wollte Nell wissen.

Will bedeutete Emily, dass er ihr den Vortritt lasse. „Er beschreibt gerade verschiedene Methoden, mit denen er Harry ein für alle Mal aus der Welt zu schaffen gedenkt“, erklärte Emily. „Manche sind recht ...“ Sie hob ihr Glas und gluckste vergnügt. „Nun, sie sind recht originell.“

In diesem Augenblick hieb Felix einem der Lakaien mit der Faust auf die Nase, den anderen traf er am Hals. Stöhnend taumelten beide zurück und rangen keuchend nach Luft. In dem nachfolgenden Durcheinander gelang es dem Österreicher, sich mit Fußtritten und Faustschlägen seiner beiden verbliebenen Bändiger zu entledigen. Wutentbrannt schnaubend und mit wildem Blick stürzte er sich auf Harry.

Harry ließ seine Zigarre fallen, drehte sich auf dem Absatz um und ergriff die Flucht. Doch er rannte nicht schnell genug. Felix bekam ihn bei seinen flatternden Frackschößen zu fassen, zog einmal kräftig daran und brachte Harry zu Fall. „Nicht!", rief der und hielt sich schützend die Hände vors Gesicht. Felix zielte mit dem Fuß auf Harrys Schritt, doch als Harry rasch seine Hände abwärts brachte, zielte Felix lieber wieder auf seinen Kopf und trat zu.

Foster und Martin versuchten, ihn zurückzuhalten, aber es war, als wolle man einen tollwütigen Bären mit bloßen Händen bändigen. Mit den Fäusten hieben sie auf ihn ein, doch Felix schüttelte sie mit einem unwilligen Schulterzucken ab, wie man auch lästige Fliegen vertreibt, und umkreiste derweil lauernd den jämmerlich stöhnenden und sich am Boden windenden Harry, um vielleicht doch noch eine reizvolle Stelle zu finden, an der es sich nachzutreten lohnte.

Gemächlichen Schrittes schlenderte Will auf den Österreicher zu. „Guten Abend, Herr Brudermann", grüßte er ihn in dessen Muttersprache.

Überrascht sah Felix auf.

Will versetzte ihm einen wohlplatzierten Kinnhaken, der ihn zu Fall brachte wie eine Marionette, deren Fäden man durchgeschnitten hatte.

„Eines verstehe ich nicht ... an der Sache, die dort bei den Pratts mit Felix passiert ist", meinte Nell, als Wills Phaeton vor dem Palazzo Hewitt vorfuhr.

Will brachte die Pferde zum Stehen und schaute Nell an. Es war gewiss schon nach Mitternacht, aber mild und trocken, weshalb er das Verdeck noch zurückgeschlagen hatte. Im nur schwachen Mondlicht stachen seine markanten Züge deutlich hervor – die gerade geschnittene Nase und hohen Wangenknochen, das prononcierte Kinn, welches ihn entschieden und empfindsam zugleich wirken ließ.

„Du hättest deinem Bruder durchaus etwas früher beispringen können", sagte sie. „Ein paar Sekunden eher und ihm wäre ein schmerzhafter Tritt an den Kopf erspart geblieben." Harry, der eine Platzwunde an der Stirn davongetragen hatte, hatte wie ein Schulmädchen geflennt und darauf bestanden, dass man die Konstabler herbeirufe, damit sie Felix in Gewahrsam nähmen, was dann auch geschehen war.

„Vielleicht war ich ja der Ansicht, dass noch ein, zwei weitere Narben seinen Charakter bessern und festigen könnten", erwiderte Will.

Nell schlug die Augen nieder und blickte auf ihre behandschuhten Hände, dann sah sie wieder Will an. „Wenn er nicht ... getan hätte, was er mir angetan hat, würdest du ihm eher geholfen haben?"

Er zögerte. Sie spürte, wie ihm bereits eine seiner so leichtfertig amüsanten Erwiderungen auf der Zunge lag, doch dann schaute er ihr einfach nur in die Augen und sagte schließlich: „Ja."

Nell nickte und sah beiseite. Hier, im gemeinhin als Colonnade Row bekannten Teil der Tremont Street, sah es bei Nacht so still und feierlich aus, mit all den eleganten Stadtvillen, in deren Fenstern um diese Zeit nur noch vereinzelt ein Licht brannte, und dem Boston Common gegenüber, der nun dunkel und verlassen dalag. Im Winter war es gar noch schöner, wenn der Schnee leise im Schein der Straßenlaternen funkelte.

Sie lebte mittlerweile sehr gern hier. Sie liebte Boston, Viola und ihre Arbeit als Gouvernante, aber am meisten liebte sie Gracie.

Der Ruch eines Skandals würde genügen und alles, was Nell auf dieser Welt am meisten schätzte, alles, was ihr Leben lebenswert machte, könnte ihr im Nu genommen werden. Eine angebliche „Übereinkunft" mit einem Gentleman war das eine, eine Liebesaffäre – eine richtige Affäre, verstohlen und heimlich – wäre etwas ganz anderes.

Nell wandte sich Will zu, überlegte sich in Gedanken, was sie sagen wollte – oder vielmehr nicht sagen wollte, aber sagen musste. Während sie noch so nach Worten suchte, zog Will seinen rechten Handschuh aus, griff nach ihrer linken Hand, knöpfte ihren Handschuh auf und streifte ihn gleichfalls ab.

Er nahm ihre Hand und hielt sie in der seinen, die so viel größer war als ihre; verborgen in ihren sich weit bauschenden Röcken, spürte sie warm seine Haut auf der ihren. Und dann lächelte er sie an. Es war ein stilles Lächeln, ein wenig wehmütig und traurig, doch auch beruhigend – und es sollte beruhigend sein, das wusste Nell.

Was er ihr sagen wollte, ohne dabei unbeholfen nach den richtigen Worten suchen zu müssen, war: Wir müssen nicht darüber sprechen. Wir werden weitermachen wie bisher und so tun, als sei nichts geschehen.

Will zog seine Hand zurück und streifte den Handschuh wieder über, stieg aus und ging um den Wagen herum, um Nell herauszuhelfen. Er brachte sie hinauf bis zur Tür des Hewittschen Hauses, wünschte ihr eine gute Nacht, kehrte zu seinem Phaeton zurück und fuhr davon.

10. KAPITEL

„Und das ist der Garten", sagte Isaac Foster, als er Nell und Will am nächsten Morgen zur Hintertür seines Hauses in der Acorn Street hinausführte. Die Sonne schien ihnen so hell entgegen, dass sie alle drei schützend die Hand an die Augen legten.

Klein und anheimelnd hatte Orville Pratt es genannt, und anheimelnd war es wirklich: ein knapp vierzig Jahre altes, doch sehr gut instand gehaltenes Backsteinhaus, in einer lauschigen Gasse gelegen, deren Pflastersteine von weichem Moos überzogen waren. Aber ein Stadthaus mit nicht weniger als zwölf Zimmern als „klein" zu bezeichnen, erschien Nell, die in einer Hütte mit gerade einmal zwei Räumen aufgewachsen war, dann doch ziemlich abwegig.

Der Garten war ebenfalls lauschig und anheimelnd, umgeben von efeuberankten Mauern. Die Luft war erfüllt vom Duft der in voller Blüte stehenden Pflanzen, die ringsum entlang der Mauer wuchsen. Zumeist Heilkräuter, eines seiner besonderen Interessengebiete, wie Foster ihnen erklärte, und er fügte hinzu: „Es ist zudem angenehm ruhig hier draußen, sehr erholsam – besonders abends."

„Das kann ich mir gut vorstellen", meinte Nell und sah sich angetan um.

„Für einen Arzt ist die Lage in Beacon Hill ideal", fuhr Foster fort. „Das Massachusetts General Hospital und die medizinische Fakultät von Harvard sind beide nur ein paar Straßen weiter nördlich gelegen."

„Würde ich noch praktizieren, wäre das tatsächlich ein Argument." Will zog seine Dose Bull Durhams aus der Tasche seines Gehrocks und bot Foster eine an.

„Um Himmels willen, nein", wehrte Foster ab. „Diese Dinger werden Sie noch einmal umbringen."

„Na, kommen Sie schon", sagte Will, während er sich ein Streichholz anrieb. „So schlimm sind sie auch wieder nicht."

„Hatten Sie nicht meinen Aufsatz über Störungen der Lungenfunktion gelesen? Darin schrieb ich auch recht ausführlich von den Auswirkungen des Tabaks auf die Lunge."

„Vor einigen Jahren habe ich im *Harper's Weekly* einen Artikel über die Folgen des Rauchens gelesen", meinte Nell. „Aber ich wusste nicht, inwieweit ich dem glauben sollte."

„Es stimmt alles, was Sie darin gelesen haben: Rauchen verursacht sowohl Krebs als auch Herzerkrankungen", erwiderte Foster. „Ein sehr guter Artikel, den ich durchaus wohlwollend zur Kenntnis genommen habe."

„Ich wäre da doch eher skeptisch", sagte Will.

„Ja, weil Sie süchtig sind nach Nikotin, und Süchtige glauben immer nur das, was sie glauben wollen."

Nell konnte Will ansehen, wie wenig es ihm gefiel, das zu hören. Nachdem er seine Abhängigkeit von Opium und Morphium überwunden hatte, musste es ihn sehr schmerzen, noch immer als Süchtiger bezeichnet zu werden.

Mit einem Blick auf Nell meinte Foster schmunzelnd: „Wenn Sie schon nicht Ihrer Gesundheit zuliebe damit aufhören wollen, dann aber vielleicht um Ihres Eheglücks willen. Keine Dame lässt sich gern von einem Mann küssen, dessen Mund wie eine schlecht ausgekehrte Herdstelle schmeckt. Nicht wahr, Miss Sweeney?"

Als sie zögerte, meinte er: „Entschuldigen Sie. Das war unverzeihlich anmaßend von mir."

„Nein, keineswegs, Sie haben sogar nicht ganz unrecht", sagte sie. „So habe ich es zumindest auch schon sagen gehört."

Foster schlug Will freundschaftlich auf den Rücken. „Sehen Sie? Tun Sie sich einen Gefallen und hören Sie noch vor der Hochzeit damit auf."

„Nun werde ich es ganz gewiss in Erwägung ziehen", meinte Will und warf Nell einen süffisanten Blick zu.

„Und wenn Sie mir die Frage gestatten, Hewitt ...", fing Foster ein wenig zögerlich an. „Sie meinten gestern Abend, Sie hätten zuletzt ein recht nomadenhaftes Leben geführt, und doch besichtigen Sie nun Häuser und ...", er sah Nell vielsagend an, „... erwägen, sich hier niederzulassen. Haben Sie wirklich keinerlei Absicht, ihre medizinische Laufbahn wieder aufzunehmen?"

Will ließ einen Moment verstreichen und zog nachdenklich an seiner Zigarette. „Seit dem Krieg hält sich mein Interesse an der Medizin, vor allem der Chirurgie, doch sehr in Grenzen, wie Sie sich vielleicht vorstellen können. Wenn man so viele Arme und Beine hat amputieren müssen, ist auch für einen Arzt irgendwann der Punkt erreicht, an dem er eine Knochensäge nicht einmal mehr ansehen mag."

„Aber meinten Sie nicht, Sie hätten letzten Herbst eine Autopsie vorgenommen?", wandte Foster ein.

„Ah ja, stimmt – Bridie Sullivan", erwiderte Will. „Dazu kam es unter etwas außergewöhnlichen Umständen. Meine Mutter hatte Miss Sweeney gebeten, sich des Falls einer jungen Dame anzunehmen, die verschwunden – und wie sich dann herausstellte – ermordet worden war. Die Todesursache festzustellen, war eine ziemlich knifflige Angelegenheit, aber es war eine schöne Herausforderung. Seit Edinburgh bin ich sehr von den forensischen Anwendungen der Medizin fasziniert."

„Dort lehrt meines Wissens doch auch ein anerkannter Experte auf diesem Gebiet", bemerkte Dr. Foster. „Gavin Cuthbert. Seine Veröffentlichungen sind äußerst interessant, unbedingt lesenswert. Sie haben nicht zufällig auch bei ihm studiert?"

„Doch, sehr ausgiebig sogar. Ich habe ihm bei seiner Forschungsarbeit zur Bestimmung des Todeszeitpunktes assistiert und er wiederum hat mir geholfen, einen Artikel über medizinische Rechtswissenschaften in *The Lancet* veröffentlicht zu bekommen."

„Den habe ich gelesen", meinte Foster. „Sehr gut, geradezu faszinierend. Hatten Sie denn beabsichtigt, später einmal zu lehren, zu praktizieren oder aber beides?"

„Eigentlich beides, aber die Lehre hätte mich mehr interessiert, da die Zugehörigkeit zu einer medizinischen Fakultät mir mehr Möglichkeiten zur Forschung gegeben hätte. Dann kam allerdings der Ausbruch des Krieges dazwischen. Meinem Forschergeist konnte das aber zunächst noch nichts anhaben. Ich habe Hunderte von Seiten mit Aufzeichnungen über die Toten der Schlachtfelder gefüllt. Das Notizbuch wollte ich Dr. Cuthbert für seine Forschungen schicken, doch als die Konföderierten mich gefangen nahmen, wurde es konfisziert."

„Wo wurden Sie gefangen gehalten?"

„Andersonville."

Foster verzog das Gesicht. Andersonville war berüchtigt; jeder kannte die schockierenden Fotografien von den ausgemergelten Gefangenen mit ihren tief in den Höhlen liegenden Augen und den bis auf die Knochen abgemagerten Körpern, jeder hatte die Bilder von den notdürftigen Verschlägen gesehen, in denen sie bei Wind und Wetter zusammengepfercht worden waren.

„Stimmt es eigentlich, dass General Grant sie als den besten Feldarzt der Unionsarmee ausgezeichnet hat?", wollte Foster wissen.

Langsam blies Will blies den Rauch seiner Zigarette aus. „Wo haben Sie denn das her?"

„Ihre Mutter hat es mir gestern Abend erzählt."

„Es stimmt", sagte Nell, als Will dazu schwieg.

„Eigentlich doch schade, ein solches Talent zu verschwenden", meinte Foster.

„Gewiss haben Sie genügend vielversprechende junge Männer in Ihren medizinischen Vorlesungen, sodass mein Talent kaum vermisst werden dürfte."

„Einige sind tatsächlich sehr vielversprechend", billigte Foster ihm zu, „doch leider hat selbst Harvard seine Beschränkungen. So bieten wir beispielsweise nicht eine einzige Vorlesung zu Ihrem Fachgebiet an."

„Zu den rechtskundlichen Anwendungen der Medizin?"

Foster nickte, kratzte sich sinnend am Kinn und lächelte fein. „Hatte ich eigentlich schon erwähnt, dass ich für die Stelle des stellvertretenden Dekans der medizinischen Fakultät vorgeschlagen worden bin?"

Durch den wabernden Rauch hindurch sah Will Foster abwartend an und ließ seine Zigarette reglos in der Luft verharren.

„Sollte ich die Stelle bekommen", fuhr Foster fort, „und sollte ich zufällig einen für dieses Fachgebiet qualifizierten Kandidaten finden, würde ich ihm ein sehr attraktives Angebot machen. Natürlich bekäme er zunächst nur eine außerordentliche Professur – genauso habe ich einst auch angefangen –, aber selbstverständlich stünden ihm Assistenten zur Verfügung, ein ausgezeichnetes Forschungszentrum ..."

„Ich wünsche Ihnen viel Glück und hoffe, dass Sie bald jemanden finden", unterbrach ihn Will.

„Hewitt ...", versuchte Foster es erneut. „Will ..."

„Sagen Sie, Foster, hat Virginia Kimball nicht auch hier in der Nähe gelebt?", unterbrach der ihn abermals. Tatsächlich wussten er und Nell bereits sehr genau, wie nah Mrs Kimballs Haus dem von Foster tatsächlich war.

Foster schwieg einen Moment lang, als habe ihn nicht nur der plötzliche Themenwechsel, sondern auch die Frage selbst etwas aus dem Konzept gebracht. „Ja, das stimmt wohl. Sie wohnte zwar in der Mount Vernon Street, das Haus grenzt aber rückwärtig an die Acorn Street."

„Wollen Sie damit sagen, dass eine der Gartenmauern auf der gegenüberliegenden Straßenseite zu ihrem Haus gehört?", fragte Nell. „Welche denn?"

„Die ... äh ... die gleich gegenüber meinem Haus gelegene – um ganz genau zu sein."

„Mit der roten Tür?" Die fragliche Backsteinmauer hatte eine karminrot gestrichene Gartentür, an der weder Name noch Hausnummer standen.

„Ja, genau. Daher ... daher wusste ich überhaupt erst, dass es ihr Haus war, weil sie manchmal die Tür offen stehen hatte, wenn sie im Garten arbeitete."

Will rauchte schweigend und sah dann nachdenklich zum Haus hinauf. „Liebling", meinte er zu Nell, „möchtest du dir nicht noch mal das große Zimmer im zweiten Stock ansehen? Ich dachte mir vorhin, es könnte sich gut als Kinderzimmer eignen, aber das kannst du gewiss besser beurteilen als ich."

„Oh ... ja. Ja, natürlich", erwiderte Nell und begab sich folgsam zurück ins Haus. Auf dem Hinweg hatte Will bereits angedeutet, dass Isaac Foster vielleicht offener über seine Beziehung zu Virginia Kimball reden würde – wenn es denn eine Beziehung gegeben hatte –, wenn Nell außer Hörweite sei.

Doch anstatt nun hinauf in das obere Geschoss zu gehen, zog Nell sich in einen angenehm maskulin anmutenden Raum zurück, eine kleine Bibliothek, die im hinteren Teil des Hauses gelegen war und deren Fenster direkt auf den Garten hinausgingen. Sie hielt sich dicht an der von hohen Bücherregalen gesäumten Wand, um von draußen nicht gesehen zu werden – an den Fenstern hingen etliche Pflanzen, aber dafür keine Vorhänge –, stellte sich aber dennoch so, dass sie jedes Wort verstehen konnte, das die Männer nun vertraulich austauschten.

Will erklärte Foster gerade, warum er so plötzlich auf Mrs Kimball zu sprechen gekommen sei. „Es ist schon Jahre her. Ich war jung und ... meine Leidenschaft sehr leicht zu entflammen. Und Mrs Kimball ...“

„Oh, das müssen Sie *mir* nicht sagen!“

Beide lachten sie leise und wissend, was mehr als alle Worte über Virginia Kimballs erotische Ausstrahlung sagen mochte.

„Damals meinte ich, in sie verliebt zu sein“, fuhr Will fort. „Ich hätte alles dafür gegeben, wenn sie mich erhört hätte – alles. Aber da war ja dieser italienische Graf ...“

„Der lebte da noch? Dann muss es ja wirklich schon lange her sein.“

„Dreizehn Jahre. Ich habe mich ziemlich zum Narren gemacht, wie junge Männer das eben oftmals tun. Noch eine ganze Weile danach hatte ich mir gewünscht, ihr besser niemals begegnet zu sein. Aber irgendwann begriff ich, dass sie einfach nur klare Prioritäten hatte. Sie wusste ganz genau, was sie wollte, und ich fing fast an, sie für ihre Entschiedenheit zu bewundern.“

„Ich weiß, was Sie meinen“, sagte Foster. „Sie hatte durchaus ihre Fehler, aber sie war sehr eigenständig, furchtlos – nicht unbedingt Eigenschaften, die man mit weiblichem Liebreiz verbindet, doch bei ihr trugen sie nur noch mehr dazu bei ..." Er schien nach Worten zu suchen. „Sie war so ..."

Will war schlau genug, die Stille nicht mit Worten zu füllen.

„Virginia und ich ..." Abermals verstummte Foster. Nell wünschte sich, ihn jetzt sehen zu können.

„Das dachte ich mir schon", meinte Will.

„Wenn sie wollte, dass ich zu ihr kam, hat sie ein Band an den Knauf der Gartentür gebunden", erzählte Foster. „Ich wusste natürlich, dass es andere Männer gab, die sie ... unterhielt. Manchmal sah ich Besucher des Nachts in ihrem Garten verschwinden und wieder herauskommen. Aber das hat mich nie weiter gekümmert. Ich meine ... man trifft ja schließlich Vorkehrungen."

„Natürlich."

„Ich habe sie nicht geliebt", fuhr Foster fort. „Ich liebte es nur ... nun ja ..."

„Oh ja", sagte Will wissend, „ich glaube, ich ..."

„Nein, nicht nur, weil sie mit ihrer Gunst so freizügig war. Sie war in dieser Hinsicht ... völlig hemmungslos. Ihre Begierden waren ebenso verzehrend wie die eines jeden Mannes, und sie hielt auch nicht damit zurück. Es wurde nie langweilig, mit ihr zusammen zu sein."

„Das kann ich mir gut vorstellen."

Als Nell überlegte, was Will nun so alles in den Sinn kam, verspürte Nell einen ziemlich unsinnigen Anflug von Eifersucht.

„Und sie hat gar nichts von Ihnen erwartet?", fragte Will. „Keine Liebeserklärungen, kein Heiratsversprechen?"

„Geschenke hat sie wohl erwartet", erwiderte Foster. „Doch das verstand sich von selbst. Am liebsten Schmuck. Irgendwann fiel mir allerdings auf, dass sie nie etwas von dem trug, was ich ihr geschenkt hatte. Ich vermute, dass sie die Sachen verpfändet hat."

„Im Ernst?" Wie klug von Will, seine Erwiderungen kurz zu halten, dachte Nell. Ganz offensichtlich schien Foster Vertrauen zu ihm gefasst zu haben und in der Stimmung zu sein, sich so manches von der Seele zu reden. Da war es am besten, man hörte einfach nur zu.

„Nun ... ich nahm an, dass sie sich in finanziell bedrängter Lage befand, aber zu stolz war, das einzugestehen. Nachdem ich Schluss gemacht hatte ..."

„Sie waren es, der Schluss gemacht hat?", vergewisserte sich Will. „Nicht sie?"

„Ich hatte begonnen, einer jungen Dame meine Aufwartung zu machen", erklärte Foster. „Und es erschien mir irgendwie schäbig, diese Beziehung zu Virginia weiterzuführen, während ich zugleich um Louise warb. Ich habe Virginia gesagt, dass es mit Louise langsam ernst würde, und dass ich sie deshalb nicht mehr treffen könne. Ungefähr einen Monat später fand ich einen Brief von Virginia, der unter meiner Tür durchgeschoben worden war. Sie verlangte achthundert Dollar, sonst wolle sie Louise und dem Dekan der medizinischen Fakultät das Rote Buch zeigen."

„Das Rote Buch?"

Endlich, dachte Nell.

„Ein dickes Tagebuch, in rotes Schlangenleder gebunden. Virginia hat darin über all ihre Männerbekanntschaften geschrieben. Und glauben Sie mir, sie war dabei sehr detailfreudig. Sie hat mir gern mal daraus vorgelesen – unter Auslassung der Namen, versteht sich –, und mir ist selten etwas so Pikantes zu Ohren gekommen. Ich wage gar nicht, daran zu denken, was sie über mich geschrieben hat, denn wir haben Dinge getan, die ... nun ja, sagen wir mal so: Sie hat gewisse Seiten von mir zum Vorschein gebracht, die sonst eher verborgen bleiben."

Mrs Kimballs einstige Liebhaber wären ruiniert, dachte Nell, gesellschaftlich und beruflich, sollte das Rote Buch jemals wieder auftauchen. Vielleicht hatte einer der Männer sie ja an besagtem Tag aufgesucht, um das Buch an sich zu bringen – entweder um sich selbst zu schützen, oder aber um aus den pikanten Details seinen eigenen Vorteil zu schlagen –, und die Situation war außer Kontrolle geraten. Oder vielleicht war er auch schon mit dem festen Vorsatz gekommen, Mrs Kimball zu töten, damit sie ihre Affäre niemals mehr publik machen könne, oder er war wütend darüber, dass sie ihn erpresste oder eifersüchtig auf ihre anderen Liebhaber. Wie es schien, gab es allerhand Gründe, weshalb die ihr einstmals so zugeneigten Gentlemen Mrs Kimballs Tod gewünscht haben könnten.

„Ironie des Schicksals war", erzählte Foster weiter, „dass Louise und ich uns ein paar Tage, bevor ich Virginias Brief bekam, getrennt hatten. Das hatte Virginia natürlich nicht wissen können. Und was den Dekan anbelangte, so sind wir seit Jahren schon sehr gut miteinander befreundet. Da er mich recht unbekümmert an allen Einzelheiten seiner eigenen Affären teilhaben lässt, sorgte ich mich wenig darum, dass meine kleine Liebelei mit Virginia irgendwelche Konsequenzen von dieser Seite nach sich ziehen würde. Anders als er war ich zumindest nicht verheiratet."

„Sie haben die achthundert demnach nicht gezahlt", vermutete Will.

„Doch, habe ich."

Kurz war es ganz still. „Das verstehe ich nicht", meinte Will dann. „Wenn Sie doch nichts gegen Sie in der Hand hatte ..."

„Virginia war sehr stolz. Sie muss sich wirklich in einer sehr misslichen Lage befunden haben, wenn sie sich nun dazu herabließ, mich zu erpressen. Ich hatte das Geld, und ich gab es ihr gern."

Ungläubig stand Nell in Isaac Fosters Bibliothek – fast meinte sie, ihren Ohren nicht recht zu trauen. Aus Wills Schweigen schloss sie, dass ihn Fosters Großzügigkeit ebenso überraschte wie sie.

Schließlich meinte er: „Warum haben Sie ihr das Geld nicht einfach so gegeben?"

„Oh nein, sie wäre zutiefst brüskiert gewesen. Sie hätte es niemals angenommen. Erpressung war ihre Art, Gewinn aus ihren einstigen Liebschaften zu schlagen – gewiss war ich nicht der Einzige, den sie auf diese Weise *angepumpt* hat –, ohne dass sie sich die Blöße geben musste, ihre überaus prekäre Lage einzugestehen. Wenn Sie ihre Briefe hätten lesen können, wüssten Sie, was ich meine. Sie hat es so klingen lassen, als sei alles nur ein amüsantes Spiel für sie, als mache sie es aus einer aberwitzigen Laune heraus und nicht aus Bedürftigkeit."

„Briefe?", fragte Will. „Haben Sie denn mehr als einmal ein solches Schreiben bekommen?"

„Aber ja, sie hat mich alle paar Monate angepumpt."

Einen Moment lang schwieg Will, dann meinte er: „Sie scheint Ihnen tatsächlich etwas bedeutet zu haben. Ihr Mord wird Sie gewiss zutiefst getroffen haben."

Nach einer ganzen Weile erst erwiderte Foster: „An jenem Nachmittag hatte ich eine dreistündige Vorlesung über Klinische Chirurgie gehalten. Als ich später nach Hause lief, bemerkte ich an der Ecke von Mt. Vernon, dass sich vor Virginias Haus eine Menschenmenge versammelt hatte, weshalb ich einen Jungen fragte, was denn passiert sei. Er sagte, dass eine Schauspielerin erschossen worden wäre."

„War es denn da gerade erst passiert ...", fragte Will, „... oder ..."

„Es dürfte ungefähr eine Stunde her gewesen sein, vermute ich mal. Meine Vorlesung endete um Viertel vor fünf, und in der Zeitung stand, der Mord hätte sich gegen vier ereignet."

Das war eine gute Frage gewesen, die Will ihm da gestellt hatte. Denn angenommen, Foster hatte zur fraglichen Zeit tatsächlich eine Vorlesung gehalten, so konnte er Mrs Kimball und Fiona unmöglich erschossen haben.

„Überall liefen ganz geschäftig Konstabler herum", fuhr Foster fort. „Mir schien es, als hätten sich alle Konstabler Bostons dort eingefunden. Ich sagte einem von ihnen, dass ich Arzt sei, und ob ich vielleicht behilflich sein könne, aber er meinte, dazu wäre es zu spät. Die Dame, die dort gewohnt hätte, sei tot und ihre Dienerin auch. Dann wurden die Leichen herausgetragen. Ich schlug die Laken zurück. Die erste, die ich sah, musste die Dienerin gewesen sein, was ich allerdings nur noch an ihrem Haar erkannte. Ihr Gesicht ... nun ja ... Als ich dann an die andere Trage trat, sah ich, dass Virginia ihre Augen weit offen hatte, aber ihr Blick war so ... so starr und leer. Sonst war da immer dieses ... dieses Funkeln in ihren Augen gewesen, Sie wissen schon, dieses gewisse Etwas, das die Luft förmlich zum Knistern brachte."

„Ja", sagte Will, „ich weiß, was Sie meinen."

„Max Thurston war auch dort, der Dramatiker. Er und Virginia standen sich sehr nah. Er wohnt gleich gegenüber der Mount Vernon Street, in einem der Stadthäuser am Louisburg Square, wo ein Haus wie das andere aussieht, nur dass seines leuchtend blaue Fensterrahmen und eine hellgrüne Tür hat. Jeden Nachmittag, um Punkt vier Uhr, ist er kurz über die Straße zu Virginias Haus gelaufen, um Cocktails zu trinken und den neuesten Klatsch zu bereden."

„Cocktails? Ich dachte, sie hätten sich zum Tee getroffen."

„Das mag Max wohl behauptet haben, aber ich weiß, dass es Martinis waren, und davon zumeist einige. Die beiden hatten eine rein platonische Beziehung, schon seit Jahren. Er ist kein übler Kerl, auf seine Art sehr sympathisch. Mag man nicht unbedingt glauben, bei seinen ... Neigungen, aber ..."

„Ach, wissen Sie", unterbrach Will ihn belustigt, „nachdem ich achtzehn Jahre auf britischen Internaten und Universitäten zugebracht habe, wo man sich lange Zeit behelfen muss, ohne ein weibliches Wesen zu Gesicht zu bekommen, beurteile ich niemanden mehr danach, was er mit wem im Dunkeln treibt."

„Max war untröstlich", sagte Foster. „Weinte und raufte sich die Haare. Seine Kleider waren voller Blut, das Haar stand ihm zerzaust in alle Richtungen – ich habe keine Ahnung, wo sein Hut abgeblieben war. Aber ich weiß noch, dass ich dachte, wie traurig, ihn so zu sehen – er ist ein ziemlicher Dandy, immer piekfein herausgeputzt. Er hatte den diensthabenden Detective gleich in Beschlag genommen, Skinner hieß der arme Bursche, und wollte ihn gar nicht mehr gehen lassen. Wiederholte ständig, er wisse, wer Virginia umgebracht hätte, dass es nicht Fiona Gannon gewesen wäre – so hieß das Dienstmädchen."

„Das hat er gesagt?"

„Er sagte, es sei ein in ganz Boston bekannter Mann, sehr vermögend und mächtig, aber dass er nicht wage, den Namen hier laut zu sagen, wo doch so viel Leute dabeistünden. Er wollte am nächsten Morgen ins Rathaus kommen und es dem Detective in seinem Büro sagen. Als er weg war, machte Skinner ziemlich rüde Bemerkungen zu einem der Konstabler – von wegen, was Max für eine weinerliche Schwuchtel sei, dass alte Damen bei Mordfällen doch nichts verloren hätten und so weiter und so fort. Die beiden brüllten vor Lachen und bekamen sich gar nicht mehr ein. Ich bin dann nach Hause gegangen und habe mir erstmal einen Whiskey genehmigt, und dann noch einen und noch einen. Ich kann mich nicht mal mehr daran erinnern, wie ich an jenem Abend ins Bett gekommen bin, aber als ich am nächsten Morgen aufwachte, wusste ich jäh, dass ich ein Problem habe."

„Ja?", fragte Will nach, als Foster nicht weitersprach.

„Ich weiß eigentlich gar nicht, warum ich Ihnen all das erzähle."

„Weil ich genau verstehe, was Sie für Virginia Kimball empfunden haben. Bei mir war es genauso."

Schließlich fuhr Foster fort: „Mein alter Freund ist nicht mehr Dekan der medizinischen Fakultät. Sein Nachfolger ist Calvin Ellis, ein Mann strenger Sitten und fester Prinzipien. Er erwägt, mich zum stellvertretenden Dekan zu berufen, worauf ich schon sehr lange gehofft und spekuliert hatte. Als ich an jenem Morgen aufwachte, wurde mir auf jeden Fall bewusst, wie sehr es auch mir schaden könnte, sollte das Rote Buch zum jetzigen Zeitpunkt ans Tageslicht gelangen."

„Und was haben Sie dann getan?", fragte Will, wenngleich er es natürlich schon wusste.

„Ich habe den Detective bestochen, damit er das verdammte Buch in der Versenkung verschwinden lässt – am besten wäre, er würde es verbrennen –, falls es jemals wieder auftauchen sollte."

„Durchaus verständlich, von Ihrer Warte aus besehen."

„Nachdem ich Ihnen nun all meine dunklen Geheimnisse gebeichtet habe", meinte Foster in belustigtem Ton, „sind Sie es mir zumindest schuldig, mein Haus zu kaufen."

„Einverstanden."

Foster lachte. „Nein, im Ernst, denken Sie noch einmal ganz in Ruhe darüber nach und ..."

„Das habe ich bereits. Neuntausend hatten Sie gesagt, nicht wahr?"

„Mmmh ..."

Nell war wohl mindestens ebenso perplex wie Isaac Foster.

„Ein ganzes Haus zu einem Preis, für den manch anderer nicht einmal einen gebrauchten Revolver bekommt ...", sinnierte Will. „Klingt doch wie ein Schnäppchen."

„Willst du das Haus wirklich kaufen?", fragte Nell ihn ungläubig, als sie nach ihrem Besuch bei Foster die Acorn Street hinabschlenderten; heute waren sie zu Fuß unterwegs.

„Gefällt es dir nicht?"

„Doch, schon, aber was will ein alleinstehender Mann – zudem ein alleinstehender Mann, der überhaupt nur selten zu Hause ist – mit einem so großen Haus?"

„Vielleicht will ich ja das Interesse der besseren jungen Damen gewinnen", meinte er in Anspielung auf Winifred Pratts guten Rat.

„Hewitt!", rief jemand hinter ihnen. Als sie sich umdrehten, sahen sie Foster, der sich aus einem Fenster im ersten Stock lehnte, die Hände an den Mund gelegt: „Und diese Blavatsky ...?"

„Völlig verrückt, wenn Sie mich fragen", rief Will zurück. „Klarer Fall."

Foster grinste so zufrieden, als habe ein geschätzter Kollege gerade seine eigene Diagnose bestätigt. „Sagen Sie Ihrem Anwalt, er soll wegen des Hauses mit Pratt Kontakt aufnehmen. Ich hätte da nur noch eine Bedingung: Der Verkauf setzt voraus, dass Sie sich darum bewerben, Gerichtsmedizin in Harvard zu lehren."

„*Was?*"

„Machen Sie einen Termin mit dem Dekan aus und schlagen Sie ihm vor, auf diesem Gebiet Vorlesungen halten zu wollen. Selbst wenn er Ihnen die Stelle anbietet, sind Sie keineswegs verpflichtet, sie anzunehmen. Aber Sie müssen sich zumindest darum bewerben."

„Halt, warten Sie ..."

„Und noch diese Woche." Foster winkte ihnen zum Abschied zu und schloss das Fenster.

„Miss Nell Sweeney und Dr. William Hewitt für Mr Thurston." Will reichte dem ausgesprochen gut aussehenden jungen Kammerdiener, der nach kurzem Klopfen an der hellgrünen Tür erschienen war, seine Visitenkarte.

Der Diener, gekleidet in eine militärisch anmutende blaue Uniform samt Epauletten und viel Goldlitze, bedeutete ihnen, in das prunkvolle Vestibül zu treten. Von einer Konsole nahm er ein silbernes Tablett, legte Wills Karte darauf und entschwand.

Eine Minute später schon kehrte er zurück und forderte sie auf, ihm den Korridor hinunter in einen Wintergarten zu folgen, in dem in große Kübel gepflanzte Bäume, Büsche, Farne und Rankengewächse so üppig wucherten, dass es schien, als sei ein tropischer Dschungel durch den dunklen Schieferboden emporgeschossen. Maximilian Thurston hatte sich eine makellos weiße Leinenschürze vor seinen Hausrock gebunden. Er stand mit dem Rücken zu ihnen, hielt mit der einen Hand den Geweih-Knauf seines Stocks umklammert, in der anderen eine Gießkanne, mit der er bedächtig einen Kübel prächtiger Philodendrons goss.

Ohne in seinem Tun innezuhalten oder auch nur über die Schulter einen Blick auf seine Besucher zu werfen, fragte Thurston: „Kenne ich Sie, Dr. Hewitt?"

„Wir sind uns vor einigen Jahren mal flüchtig begegnet." Verglichen mit Wills volltönendem britischen Tonfall wirkte Thurstons affektierter Akzent recht albern. „Aber gewiss erinnern Sie sich nicht mehr daran."

Erst als die Philodendrons reichlich gewässert waren, drehte Thurston sich langsam zu ihnen um. Im vereinzelt durch das wuchernde Grün hereinfallenden Sonnenlicht sah er bleich und mitgenommen aus, auch etwas gebeugt – viel älter als am Tag von Virginia Kimballs Begräbnis. Doch davon abgesehen war sein Äußeres tadellos, vom Scheitel seines pomadisiert gekämmten Haars bis zu den Spitzen seiner bequasteten Hauspantoffeln. Pantoffeln und Rock waren von genau demselben Blau wie das Blumenmuster seines Halstuchs.

Aus der Entfernung musterte Thurston erst Will, dann Nell. „Kaffee bitte, Christopher", sagte er zu dem Diener, der sich verneigte und entschwand.

„Sir", Will trat einen Schritt vor und legte seinen Hut auf dem schmiedeeisernen Tisch ab, „Miss Sweeney und ich versuchen Fiona Gannons Onkel zuliebe die genauen Umstände von Virginia Kimballs Tod zu klären. Er glaubt, dass seine Nichte unschuldig war, und würde sie gern von allen Verdächtigungen freigesprochen sehen."

Thurston lachte kurz auf. „Nun, da kann man ihm nur viel Glück wünschen."

„Wir waren gerade bei Isaac Foster", sagte Nell. „Er meinte, sie hätten Ihre eigene Theorie, wer der Schuldige sei. Würde es Ihnen etwas ausmachen, wenn wir Ihnen ein paar Fragen stellten?"

„Fragen Sie. Das wird Ihnen nur nichts nützen." Thurston hatte sich wieder umgedreht und machte sich nun daran, einen riesigen Gummibaum zu gießen, der so gut gediehen war, dass sein Astwerk schon unter der Decke entlang rankte und von dort wieder nach unten wuchs. „Ich habe bereits versucht, bei den Behörden Gehör zu finden, doch Vernunft stößt dort auf taube Ohren. Ich war bei diesem kleinen Wiesel von einem Detective. Er hat mir gutmütig den Kopf getätschelt und mich dann umgehend von seinen Gehilfen hinausbefördern lassen. Er wollte es einfach nicht hören."

„Wollte was nicht hören?", fragte Nell nach.

„Dass Orville Pratt es war, der Virginia umgebracht hat", erwiderte Thurston, ohne sich von seinem Gummibaum abzuwenden. „Und Fiona natürlich auch, aber das nur, weil sie eben zufällig dort war. Virginia war es, auf die er es abgesehen hatte."

11. KAPITEL

Christopher kehrte mit einem Tablett zurück, auf dem drei Tassen Kaffee standen, ein Teller mit pastellfarbenen Petits Fours, Zuckerdose und Sahnekännchen sowie eine bernsteingolden gefüllte Karaffe. Nachdem er alles auf dem Tisch arrangiert hatte, verneigte er sich und entschwand.

„Welchen Grund hätte Orville Pratt denn gehabt, Mrs Kimball umzubringen?", fragte Nell.

„Sagen wir mal so: Virginia und er hatten eine kleine Meinungsverschiedenheit." Mit steifen Schritten kam Thurston zum Tisch hinüber, stellte die Gießkanne ab und zog den gläsernen Stöpsel aus der Karaffe. „Courvoisier", sagte er und gab sich einen Schuss davon in seinen Kaffee. „Ganz vorzüglich. Sollten Sie unbedingt probieren."

„Eine Meinungsverschiedenheit?" Nell rührte sich eine großzügige Portion Sahne in ihren Kaffee; auf den Cognac verzichtete sie in Anbetracht der vormittäglichen Stunde lieber und reichte ihn an Will weiter.

„Das wird wohl kaum der einzige Grund sein, weswegen Sie ihn verdächtigen."

„Am Tag vor dem Mord tauchte er bei ihr auf und drohte ihr, sie umzubringen." Bedächtig blies Thurston in seinen Kaffee, nahm einen kleinen Schluck und schloss dann genießerisch die Augen.

„Warum?", fragte Will.

„Weil er wütend auf sie war."

„Weshalb?"

„Das tut nichts zur Sache", befand Thurston knapp. „Was zählt, ist die Drohung. Ich war dabei und habe es selbst gehört."

„Haben Sie das so etwa auch Detective Skinner erzählt?", wollte Will wissen. „Dass Mr Pratt und Mrs Kimball sich gestritten hatten, worüber indes Sie sich ausschweigen, dass er sie während des Streits bedroht und deshalb verhaftet und des Mordes angeklagt werden solle?"

Kein Wunder, dass Skinner ihn nicht ernst genommen hatte. Da kommt ein zwar recht harmlos wirkender, aber dennoch zutiefst suspekter alter Herr daher und bezichtigt Orville Pratt des Mordes, ohne dafür auch nur *einen* stichhaltigen Beweis zu liefern. Derweil stehen einige der reichsten und mächtigsten Männer Bostons, wahrscheinlich einschließlich Pratt, bei Skinner Schlange und bezahlen ihn dafür, den Fall ohne Erwähnung ihrer Namen zum Abschluss zu bringen und tunlichst dafür zu sorgen, dass das Rote Buch niemals wieder ans Tageslicht kommt.

„Ich habe es selbst gehört", wiederholte Thurston so prononciert, als könne er ihnen die Worte in ihre unverständigen Schädel hämmern, wenn er nur deutlich genug sprach.

Nell und Will wechselten einen kurzen Blick.

„Warum haben Sie bei der Anhörung nichts davon gesagt?", fragte Nell dann.

„Das habe ich ja versucht, aber dieser Skinner hat mir einfach das Wort abgeschnitten. Er hat sich an den Coroner gewandt und gesagt: ‚Soll er nicht nur die Fragen beantworten, die ihm gestellt wurden?' Und der Coroner meinte, das stimme, und dass er jetzt keine weiteren Fragen mehr an mich hätte und der Protokollant solle meine ‚überflüssigen Bemerkungen' streichen."

„Wenn man Ihnen aber zu sprechen erlaubt hätte", fragte Nell, „was hätten Sie dann gesagt?"

„Dass Pratt am Tag vor dem Mord zu Virginia gekommen ist und ihr gedroht hat, sie umzubringen", erwiderte Thurston so gereizt, als empfinde er es als eine ziemliche Zumutung, etwas zu wiederholen, das er doch längst klargestellt hatte.

„Nicht auch, worüber sie an jenem Tag gestritten hatten?", fragte Will ungerührt nach. „Oder worum es bei ihrer Meinungsverschiedenheit ging oder ..."

„Voltaire meinte einmal sehr trefflich, das Geheimnis eines Langweilers bestehe darin, stets alles zu sagen." Entschieden stellte Thurston seine Tasse ab, nahm abermals die Gießkanne zur Hand und humpelte zurück zu seinen Pflanzen.

Will stand auf und stellte sich neben Thurston. „Ich verstehe sehr gut, dass Sie Mrs Kimball schützen wollen", begann er. „Sie möchten auf jeden Fall vermeiden, dass ganz Boston ... gewisse Dinge über sie erfährt

– Dinge, die ein schlechtes Licht auf sie werfen könnten. Aber Sie möchten auch, dass der Mörder gefasst und verurteilt wird. Ihr Dilemma ist nun jedoch, dass sich das eine eben nur erreichen lässt, wenn man dafür das andere opfert. Habe ich recht?"

Thurston, der völlig reglos dastand und die Gießkanne über einer Bambuspflanze verharren ließ, derweil Will seine kleine Rede hielt, wandte sich nun um und sah ihn an.

„Wir wissen bereits von dem Roten Buch", sagte Will. „Und von den Erpressungen."

Thurston schloss die Augen; er schien förmlich in sich zusammenzusacken. „Wie haben Sie davon erfahren? Etwa von Foster?"

„Er wusste, dass er uns vertrauen kann", meinte Will. „Und das sollten Sie auch. Uns interessiert nur, wer an jenem Tag wirklich geschossen hat, damit Fiona Gannon von der Schuld an einem Mord freigesprochen wird, den sie nicht begangen hat. Ich verspreche Ihnen, von Gentleman zu Gentleman, dass ich alles in meiner Macht Stehende tun werde, um Virginia Kimballs Ruf zu schützen. Ich kannte Mrs Kimball und ich mochte sie sehr. Vor einigen Jahren gab es sogar mal eine Zeit, in der ich meinte, sie zu lieben."

Mit Augen, die wie schimmernde blaue Murmeln glänzten, betrachtete Thurston Will. „Jetzt erinnere ich mich wieder an Sie", sagte er leise, ein wenig heiser. „Sie waren es, der ihr diese schönen weißen Rosen ins Boston Theatre gebracht hatte. Und aus irgendeinem Grund hat sie Sie Doc genannt."

„Weil ich Arzt bin ... Arzt *war*", sagte Will.

„Sie hat sie mir gegeben, die Rosen, weil ... nun ja, weil dieser elende Federici ..." Er neigte sein Haupt vor Nell. „Verzeihen Sie, Miss ... Sweeney, nicht wahr?"

„Ja, ganz genau."

„Sie hatte just an jenem Morgen ein Telegramm von *il conte* bekommen, in dem er mitteilte, soeben in New York eingetroffen zu sein; am Abend könne sie ihn in Boston erwarten. Da konnte sie ihn natürlich nicht Rosen im Haus finden lassen, die sie von einem anderen Mann bekommen hatte. Es waren absolut superbe Rosen, ganz frisch, die Hälfte der Knospen noch nicht geöffnet. Sechs Dutzend – ich habe sie gezählt. Noch nie hatte es in meinem bescheidenen Heim so lieblich geduftet."

Mit wehmütigem Lächeln wandte der Dramatiker sich einigen blühenden Pflanzen zu – Usambaraveilchen, Gardenien, verschiedenen Orchideenarten. Will sah Nell Hilfe suchend an, als wolle er fragen, *Wie nur kann ich zu ihm vordringen?*, doch anscheinend war ihm das längst gelungen, denn auf einmal sagte Thurston: „Solange er lebte, war Virginia Federici treu. Ihr blieb auch gar keine andere Wahl – er hatte ja überall seine Spione. Aber als er dann gestorben war ..."

Er zuckte die Achseln und ging zu einer Bananenstaude hinüber. Mit seinen knotigen Fingern prüfte er den Boden. „Sie war sehr sinnlich und scheute sich auch nicht, ihren Begierden nachzugeben. Was keineswegs heißen soll, dass sie unmoralisch gewesen wäre. Vielmehr fand ich sie ... mutig. Ja, mutig und unerschrocken."

„Mit welcher Art von Männern pflegte sie denn ... Umgang zu haben?", fragte Nell.

„Sie fühlte sich von starken und selbstsicheren Männern angezogen, von Macht und Erfolg ..."

„Also von Gentlemen, die über die nötigen Mittel verfügten, ihrer Dankbarkeit Ausdruck zu verleihen?", wagte Will sich auf heikles Terrain vor.

Thurston warf ihm einen erbosten Blick zu. „Und hatten sie denn nicht allen Grund, dankbar zu sein? Himmel noch mal, sie war schließlich die große Virginia Kimball und nicht irgendein billiges Flittchen!"

„Es war nicht meine Absicht, respektlos zu erscheinen", versicherte Will mit knapper Verbeugung.

„Ja, natürlich haben sie ihr Geschenke gemacht", sagte Thurston. „Was noch lange nicht heißt, dass sie sich verkauft hätte. Das war etwas ganz anderes."

„Aber gewiss doch."

„Und es war keineswegs so, dass alle über die nötigen Mittel verfügten, sie mit Schmuck und anderen Geschenken zu bedenken. Ab und an hatte sie auch jüngere Männer – ihre „Hübschen Habenichtse", wie Virginia sie nannte. Schöne junge Männer, die sie sich wieder jung fühlen ließen. Von denen erwartete sie nichts weiter als ..."

„Jugendlichen Enthusiasmus?", schlug Will vor.

Thurston sah ihn verschmitzt lächelnd an. Nell fragte sich, inwiefern Mr Thurston wohl seine eigenen Fantasien durch Mrs Kimballs amouröse Eskapaden ausgelebt hatte.

„Verzeihen Sie die Frage, Mr Thurston", meinte sie, „aber haben die Nachbarn sich nicht irgendwann einmal über das ständige Kommen und Gehen dieser Gentlemen beschwert?"

„Sie benutzten meist die Gartentür an der Acorn Street." Thurston prüfte nun die Erde seiner Hängepflanzen – Schwertfarn, Pothos- und Efeuranken –, manche goss er, an anderen ging er vorbei. „In einer so kleinen, abgeschiedenen Gasse fielen ihre Besucher nicht so auf, und selbst wenn ... nun ja, die Leute, die in der Acorn Street leben, verkehren zumeist nicht in denselben Kreisen wie jene aus der Mount Vernon Street, außer natürlich Dr. Foster. Virginia ließ Gartentor und Hintertür daher immer unverschlossen. Ich fand, dass dies sehr unklug und leichtsinnig von ihr war, und habe ihr das auch mehr als einmal gesagt. Aber sie meinte, sie habe ja die Remington, um sich zu verteidigen." Traurig fügte er hinzu: „Sie hielt sich für unverwundbar."

„Wann hat sie mit den Erpressungen angefangen?", fragte Will.

„Als alles um sie her zusammenzubrechen begann. Arme Virginia." Thurston schüttelte die Gießkanne, um auch noch die letzten Tropfen Wasser einer Grünlilie zukommen zu lassen, humpelte dann zurück zum Tisch, holte einen Stuhl heran und verzog kurz und schmerzlich das Gesicht, während er sich setzte. Will rückte Nell einen Stuhl zurecht und nahm dann selber Platz.

„Nachdem Federici tot war", fuhr Thurston fort, „musste sie von ihren Einkünften als Schauspielerin leben – was ein paar Jahre durchaus anging, da sie sehr gut bezahlt wurde. Aber je älter sie wurde, desto weniger Rollen bekam sie angeboten, auch wenn sie noch immer die beste und gewiss die schönste Schauspielerin der ganzen Stadt war. Da wurde ihr langsam das Geld knapp. Sie sah sich gezwungen, Ländereien zu verkaufen, die sie außerhalb Bostons besaß, dann einige ihrer Möbel, ihren Schmuck ... auch die Diamantketten, die sie so sehr liebte. Es brach mir das Herz, als ich erfuhr, dass sie sich von ihnen getrennt hatte. Sie hatte sich Imitate fertigen lassen, aber das war natürlich nicht dasselbe."

„Und von Ihnen wollte sie nichts annehmen?", fragte Nell, obwohl sie die Antwort bereits wusste.

Grimmig schüttelte Thurston den Kopf. Dann griff er nach seinem mit Cognac versetzten Kaffee und nahm einen kräftigen Schluck. „Sie hatte eben ihren Stolz. Eines Tages sagte sie mir, sie hätte nun einen Weg aus ihrer Misere gefunden. Natürlich war ich zutiefst entsetzt, als sie mir erzählte, was sie vorhatte. Ich versuchte, sie von ihrem Plan abzubringen, doch vergebens. Virginia konnte recht starrsinnig sein."

„Hat sie all ihre einstigen Liebhaber erpresst?", fragte Nell.

Thurston nickte mechanisch, derweil er sich ein Petit Four aussuchte, dann schüttelte er jedoch den Kopf. „Nun ja, nicht alle. Die Hübschen Habenichtse natürlich nicht, aber die andern bekamen ein paar Wochen nach dem letzten Lebewohl allesamt ein kleines Brieflein. Als ich erst einmal meine anfänglichen Skrupel überwunden hatte, half ich ihr sogar dabei, sie zu verfassen. Virginia hat in ihre Schreiben gern noch ein paar Auszüge aus dem Roten Buch eingeflochten – absolut kompromittierende Passagen, die dafür sorgten, dass der Betreffende auch wirklich zahlte."

„Seit wann führte sie dieses Buch denn?", fragte Will.

„Oh, schon seit Jahren. Manchmal hat sie mir daraus vorgelesen, wenn wir nachmittags bei einem Martini beisammensaßen. Ach, was haben wir gelacht", meinte Thurston und lächelte wehmütig. „Über Sie hat sie auch was geschrieben", fügte er an Will gewandt hinzu.

Will schien überrascht. „Ich wüsste nicht, was es da zu schreiben gab."

„Oh, sie hat auch keineswegs das geschrieben, was sie über die andern schrieb. Nur ein paar Gedanken und Beobachtungen ... ziemlich treffend, wie ich finde. Sie konnte wunderbar schreiben, war auch sonst außerordentlich intelligent – was aber wohl die wenigsten bei ihr vermuteten."

„Haben Sie das Rote Buch, Mr Thurston?", fragte ihn Nell.

Verärgert sah er sie an. „Nein, Miss Sweeney, ich habe es nicht. Aber ich wünschte, ich hätte es. Einige der Einträge noch einmal lesen zu können, wäre fast so, als würde Virginia wieder bei mir sein, oder zumindest ihr Geist, ihre Seele. Dieses Buch spiegelt etliche Jahre ihres Lebens wider, es geht darin keineswegs nur um, nun ja ... um Bettgeschichten. Ich gäbe alles darum, es zu haben. Aber nein, ich weiß auch nicht, wo es sein könnte, außer vielleicht, dass Pratt es sich unter den Nagel gerissen hat. Sie hat es im Tresor in ihrem Schlafzimmer aufbewahrt, der offen stand und leer war, als ich an jenem Nachmittag dort eintraf."

„Sie muss aber ganz schön viele Männer erpresst haben, wenn sie davon jahrelang leben konnte", meinte Nell.

„Ich gedenke nicht, Ihnen irgendwelche Namen zu nennen, falls sie darauf abzielen sollten", ließ Thurston sie etwas verschnupft wissen. „Was mich anbelangt, so finde ich, die Herren haben durchaus Anspruch auf Diskretion. Sie haben beileibe schon genug zahlen müssen."

„Von Horace Bacon und Weyland Swann wissen wir bereits", versuchte es nun Will. „Und natürlich von Isaac Foster."

„Foster war in Ordnung. Er war gut zu Virginia, behandelte sie wie eine Geliebte und nicht wie ..." Thurston sah Nell prüfend über den Rand seiner Tasse hinweg an. „Nicht so wie manche der andern. Sie war ziemlich betroffen, als er die Beziehung beendete. Zudem war er natürlich auch ein ganzes Stück jünger und ansehnlicher als die meisten anderen Herren."

„Abgesehen natürlich von den Hübschen Habenichtsen", bemerkte Nell.

„Nun ja, natürlich."

„War Felix Brudermann einer von ihnen?", fragte Will.

Mit angewiderter Miene setzte Thurston seine Tasse ab, doch Nell war sich nicht sicher, ob dies Brudermann galt oder ob nicht vielleicht Kaffee und Cognac ihm auf den Magen geschlagen hatten. „Widerwärtig. Ein Kraut kauender Gorilla. Kein Stil, keine Finesse und keinerlei Reputation. Sie hat sich um die Weihnachtszeit herum mit ihm eingelassen. Mir hat ein Blick auf ihn genügt und das habe ich ihr auch gesagt. ‚Er ist ein geistloser Barbar, Virginia', habe ich zu ihr gesagt und sie meinte: ‚Ich weiß. Aber ist er nicht göttlich?' Nach all den alten Herren wäre ein geistloser

Barbar genau das, was sie jetzt brauche. Und sie bekam, was sie wollte. Doch das war längst nicht alles. Felix hatte eine recht ... aggressive Auffassung von *l'amour*."

Will, der eben die Karaffe abermals entkorkte, sah auf. „Wie aggressiv?"

Thurston seufzte, nippte an seinem Kaffee. „Am Anfang gefiel es ihr, mehr oder minder. Aber Felix wusste einfach nie, wann es genug war. Als er ihr dann doch zu grob wurde, bat sie ihn zu gehen und nicht mehr zu kommen. Was er auch tat – allerdings erst, nachdem er so heftig zugeschlagen hatte, dass sie mit voller Wucht gegen den Bettpfosten stürzte."

Will fluchte leise.

„Der Bluterguss hielt sich ganze zwei Wochen", fuhr Thurston fort. „Sie hat versucht, es mit Schminke zu kaschieren, aber man sah es dennoch."

„Wann war das?", wollte Nell wissen. „Wann hat er sie geschlagen?"

„Vierzehnter Februar – sein Geschenk zum Valentinstag. Seitdem hatte sie ihn nicht mehr gesehen, erst wieder auf dem Ball der Pratts Ende April."

„Aber ...", wandte Nell ein, „hatte sie auf dem Ball nicht zu ihm gesagt, dass er ‚neulich' seine Taschenuhr auf ihrem Nachttisch habe liegen lassen?"

Thurston nickte und lachte vergnügt. „Sie hatte davon gehört, dass an jenem Abend seine Verlobung bekannt gegeben werden sollte, und da meinte sie, sie könne nicht einfach tatenlos zusehen, wie irgendein argloses Mädchen – nicht einmal so eine dumme Gans wie Cecilia Pratt – sich mit diesem ‚rabiaten Teutonen' vermähle. Sie wusste, dass man sie deswegen verachten würde, noch dazu, da sie es in aller Öffentlichkeit sagte, aber sie meinte, nur so ließe sich Eindruck auf so ein junges dummes Ding wie Cecilia machen. Zudem es natürlich auch eine fantastische Gelegenheit war, Felix zu bestrafen. Und was das ‚neulich' anbelangte, so dachte sie … Wie sagte sie noch mal? ‚Die Bereitschaft einer Dame, ihrem Mann zu verzeihen, steht zumeist in genau umgekehrtem Verhältnis zur Aktualität seiner Verfehlungen.'"

„Deshalb dieser skandalöse Auftritt auf dem Ball?", fragte Nell. „Um Felix eins auszuwischen, indem sie Cecilia vor ihm warnte?"

„Ach, du liebe Güte, nein! Das war eher ein Anliegen von untergeordnetem Interesse. Eigentlich war es Virginias Absicht, Orville Pratt ordentlich unter Druck zu setzen. Er ignorierte nämlich beharrlich ihre Briefe, obwohl ihre Forderungen für einen Mann seines Vermögens lediglich Kleingeld waren. Ganz der dünkelhafte, borniert Anwalt – ein widerlicher Kerl und so erbärmlich."

„Moment", meinte Nell. „Sie hat auch Orville Pratt erpresst?"

„Sie hat es versucht."

„Das heißt, dass sie und Mr Pratt …?"

„Oh ja", sagte Thurston. „Seit ungefähr drei Jahren, seit sie seine Mandantin war und er diese Ländereien für sie zu Geld gemacht hat. Kleiner Vorschuss, sozusagen. Ich glaube, dass er ihr im Hinblick auf … ihre Beziehung sein Honorar erlassen hat. Aber vor ein paar Monaten hatte er sich eine neue Geliebte genommen – auch eine Schauspielerin, aber viel jünger

239

– und seitdem jegliches Interesse an Virginia verloren."

„Wer ist die Neue?", wollte Will wissen.

„Daisy Newland. Neunzehn Jahre alt und eine erbärmliche Schauspielerin. Lieber würde ich sterben, als sie für eines meiner Stücke zu besetzen. Sie hat allerdings gewisse … Vorzüge, die manchen Regisseuren zu gefallen scheinen – und manchen Mäzenen. Pratt hat ihr eine Suite im Tremont House angemietet, nur ein paar Häuser von seinem Zuhause entfernt. Er ist eben ein Mann, der sich auch seine vergnüglichen Ausschweifungen noch so bequem und effizient wie möglich einrichtet. Ich hatte schon immer das Gefühl, dass ein nicht unerheblicher Teil von Virginias Reiz für ihn darin bestand, dass sie gleich um die Ecke wohnte. Wussten Sie schon, dass er derzeit dafür plädiert – nun, da David Sears sich endgültig auf seinen Landsitz zurückgezogen hat –, dass der Somerset Club von der Somerset Street, Ecke Beacon in Sears' Stadthaus verlegt wird?"

„Na ja, Sears' Haus böte zumindest viel mehr Platz."

„Schon. Aber es ist auch näher an Pratts Haus", entgegnete Thurston. „Und das allein interessiert ihn. Orville Pratt macht doch keine weiten Wege, um sich zu vergnügen – oh nein, das Vergnügen kommt zu ihm."

„Wie hat er denn reagiert, als Mrs Kimball auf dem Ball aufgetaucht ist?", fragte Nell.

„Er wurde so bleich, dass ich dachte, er bricht uns gleich zusammen. Dann ließ er sich von Virginia in ein stilles Eckchen locken, wo sie ihm das Rote Buch präsentierte und ihn sämtliche Eintragungen lesen ließ, die sie zu ihren gemeinsamen Aktivitäten verfasst hatte." Thurston schmunzelte. „Und was er bei diesen Gelegenheiten anhatte."

„Was er anhatte?", fragte Nell verdutzt.

„Sagen wir es mal so: Nach Mr Pratts Besuchen waren Virginias hübsche Dessous stets ein wenig außer Form geraten."

Ungläubig sah Nell ihn an und versuchte derweil, gewisse Bilder zu verdrängen, die ihr unweigerlich in den Sinn kamen. Will lächelte und nahm einen Schluck seines mit Cognac angereicherten Kaffees.

„Verständlicherweise hat Pratt da klein beigegeben", meinte Thurston lakonisch. „Er erklärte sich bereit, seinen Kammerdiener am nächsten Abend loszuschicken, um sich mit ihrem Dienstmädchen zu treffen – Clara, ihrem letzten Dienstmädchen. Clara war es nämlich, die sowohl die Briefe zustellte als auch die entsprechenden Zahlungen entgegennahm. Dazu traf sie sich mit dem betreffenden Herrn – meist jedoch mit dessen Diener – des Nachts an einem recht abgeschiedenen Ort, wo er ihr den Umschlag übergab, den sie dann zurück zu Virginia brachte, die ihr daraus sogleich fünf Dollar für ihre Mühen zahlte. Auf diese Weise hat sich Claras Lohn im Laufe der Zeit bestimmt verdoppelt oder gar verdreifacht."

Mr Thurston trank seinen Kaffee aus und stand auf seinen Stock gestützt auf. Er ging zu einem kleinen Ficus-Wäldchen hinüber, das er mit kritischem Blick betrachtete, einige Zweige beiseiteschob und die Erde prüfte. „Am nächsten Abend saß ich gerade mit Virginia bei ein paar Drinks zusammen, als Clara fröstelnd und durchnässt zurückkkam – es goss an jenem Abend

241

in Strömen. Clara war *ziemlich* schlechter Laune. Sie war Schwedin, eine alte Jungfer noch dazu, und wahrscheinlich schon missmutig zur Welt gekommen, immer nur am Meckern und Nörgeln, weshalb man ihren Launen meist weiter keine Beachtung zu schenken brauchte. Aber an besagtem Abend ereiferte sie sich völlig zu Recht darüber, dass Pratts Diener nicht aufgetaucht war. Clara hatte an der verabredeten Straßenecke eine halbe Stunde im strömenden Regen gestanden und auf ihn gewartet, bis sie es dann aufgab."

„Er hatte zu zahlen versprochen und es dann doch nicht getan?", fragte Will nach. „Was hat Mrs Kimball denn dann gemacht?"

„Darüber berieten wir uns gerade, als auf einmal jemand zur Tür hereingestürzt kam, triefend nass und stockbesoffen, und mit einem großen und gefährlichen Dolch, wie ich noch nie einen gesehen hatte, herumfuchtelte. Und raten Sie mal, wer das war."

Will setzte sich auf. „Pratt?"

„Betrunken?", fragte Nell.

„Sturzbesoffen", versicherte ihr Thurston mit Nachdruck, derweil er einige vertrocknete Blätter von den Zweigen zupfte. „Taumelnd, tobend ... und er kam nicht allein. Er dachte zwar, er sei allein, aber seine jämmerliche Schwester und seine Tochter waren ihm gefolgt. Nicht Cecilia, die andere, die immer diese seltsamen Sachen ..."

„Emily", sagte Nell. „Und seine Schwester heißt Vera."

„Ja, nun gut, die beiden kamen also hinter ihm her, aber er war so benebelt, dass er es zunächst nicht bemerkte. Er fing an, wegen seines wertvollen Revolvers herumzubrüllen, der ihm anscheinend abhandengekommen war. Virginia hätte ihn ihm gestohlen, das wisse er genau, schrie er, aber das stimmte natürlich nicht. Sie riet ihm, es der Polizei zu melden, wenn es ihn so sehr beunruhige, aber da meinte er nur: ‚Das würde dir wohl so passen, was?' Er sagte, dass sie natürlich Virginia befragen würden, weil sie uneingeladen auf seinem Ball erschienen sei, und dass sie ihnen dann wohl von sich und Pratt erzählen würde. Virginia bot ihm die Stirn, im wahrsten Sinne des Wortes. Obwohl er noch immer wie wild mit dem Dolch herumfuchtelte, ging sie zu ihm und verwies ihn des Hauses. Sie ließ ihn wissen, dass sie alle ihn betreffenden Eintragungen aus dem Roten Buch drucken und als Flugblätter an jeder Straßenecke Bostons verteilen lassen würde, wenn er bis morgen nicht gezahlt hätte."

Da musste Will herzlich lachen. „Das wäre sicher sehr unterhaltsam geworden."

Thurston deponierte eine Handvoll welker, raschelnder Blätter auf dem Tisch und zupfte dann an anderer Stelle des Ficus-Hains weiter. „Pratt ist durchgedreht, als er das hörte. Sie würde sein Geld bekommen, wenn er seinen Revolver bekäme, schrie er. Er nannte sie eine ... nun, es war eine sehr vulgäre Bezeichnung für eine gewisse Sorte Frau, und eine Diebin noch dazu. Zudem wisse er, dass er nicht der einzige Mann sei, der durch ihre Hintertür schlüpfe, und auch nicht der einzige, den sie auszunehmen versuche, und dass all die Dinge, die sie im Roten Buch über ihn geschrieben habe, doch nur belegten, dass sie eine geborene ... na ja, Sie können es sich gewiss denken."

„Können wir", erwiderte Nell.

„Clara war während des Streites auch anwesend", fuhr Thurston fort. „Und das dürfte das Fass zum Überlaufen gebracht haben. Denn nun fing sie an zu schreien, dass sie endgültig genug habe, dass sie es keinen Tag länger unter Virginias Dach aushalte, dass auch das zusätzliche Geld es nicht wert sei und so weiter. Sie meinte, sie würde noch heute Nacht das Haus verlassen, und Referenzen seien ihr ganz egal. Während sie so schrie, brüllte Pratt unbeirrt weiter und fuchtelte mit dem Dolch. Langsam fing ich dann doch an, mir Sorgen zu machen, dass er damit tatsächlich Schaden anrichten könnte, als auf einmal die Schwester – wie hieß sie noch mal, Vera? – auf ihn zu trat und ganz ruhig zu ihm sagte, es sei nun an der Zeit, nach Hause zu gehen."

„Und dann hat er sich beruhigt?", fragte Will.

„Es war, als hätte man einen Schalter umgelegt. Er war sich wohl wirklich nicht bewusst gewesen, dass die beiden anwesend waren – nicht nur seine Schwester, sondern auch seine Tochter –, und ihn lauthals seine Affäre mit Virginia herausposaunen hörten. Auf einmal wirkte er ziemlich ernüchtert. Vera nahm ihm den Dolch aus der Hand, entschuldigte sich vielmals bei uns für sein Verhalten und geleitete ihn dann aus dem Haus."

„Aber damit war die Angelegenheit ja noch nicht erledigt", meinte Nell, wusste sie doch von der Drohung am Tag vor dem Mord.

„Doch, zunächst schien sie das zu sein", erwiderte Thurston und holte einen großen, sehr zweckdienlich aussehenden Zerstäuber aus einem Schrank hervor. Damit ging er zu einem hinter Zweigen verborgenen Waschbecken und ließ Wasser in den Glaskolben laufen. „Er zahlte noch immer nicht, aber es gab eigentlich auch nichts, was Virginia deswegen hätte unternehmen können."

„Also doch keine Flugblätter?", fragte Will belustigt.

„Das war nur ein Bluff." Den Glaskolben unter den Arm geklemmt, mit dem er auch den Stock hielt, drückte Thurston den Gummiballon und verteilte einen feinen Sprühnebel über seine Hängepflanzen. „Sie konnte es sich gar nicht leisten, Flugblätter drucken zu lassen. Das wusste Pratt ganz genau. Ein ganzer Monat verging, bevor er wieder, am letzten Tag im Mai, bei ihr auftauchte. Diesmal ohne Verwandtschaft und noch wütender als zuvor."

„Waren Sie auch an jenem Tag dort?", fragte Nell.

„Ich war eigentlich jeden Abend bei Virginia", sagte Thurston. „Bis acht Uhr tranken wir unsere nachmittäglichen Cocktails, dann gab es ein leichtes Abendessen und danach noch ein paar Verdauungsschnäpse. Als Pratt auftauchte, war es ungefähr elf. Sein Zorn ..." Thurston schüttelte den Kopf. „So etwas hatte ich noch nie erlebt. Dass er diesmal völlig nüchtern war, ließ seinen Auftritt nur noch bedrohlicher wirken. Er fing wieder von diesem verdammten Revolver an. ‚Ich habe dir alles gezahlt', brüllte er, ‚und wo bleibt mein Revolver?' Nein, er hat sich etwas anders ausgedrückt, aber ich möchte seine genauen Worte nicht im Beisein einer Dame wiederholen."

„Moment", unterbrach ihn Will da. „Hatten er und Mrs Kimball denn eine Vereinbarung getroffen, den Revolver gegen Bezahlung einzutauschen?"

„Ganz gewiss nicht", sagte Thurston, während er durch den Wintergarten schlurfte und seine Pflanzen mit Wasser besprühte. „Seit seinem letzten, höchst unwillkommenen Besuch den Monat zuvor hatten sie nichts mehr voneinander gehört. Virginia und ich waren daher auch ziemlich erstaunt über das, was er da nun sagte, aber er schien zu glauben, wir stellten uns nur dumm, was ihn natürlich noch wütender werden ließ. Er beharrte darauf, dass er gezahlt habe, was sie von ihm gefordert hatte, und deshalb wolle er jetzt gefälligst den Revolver. Und fügte recht aufgebracht hinzu, dass er sogar *persönlich* die fünftausend Dollar an Fiona ausgehändigt habe – sowie Clara ihr den Dienst aufgekündigt hatte, hatte Virginia nämlich Fiona eingestellt –, und im Gegenzug hätte Virginia ihm angeblich versprochen, umgehend den Revolver zurückzugeben und für immer über ihre gemeinsame Vergangenheit zu schweigen."

„Fiona hat von Clara also auch deren Botenpflichten übernommen?", vergewisserte sich Will.

„Oh ja, gleich beim Vorstellungsgespräch hat sie Virginia deutlich zu verstehen gegeben, dass sie zum selben Lohn gern alle von Claras bisherigen Pflichten übernehmen wolle – und zwar wirklich alle."

„Zwei Dollar die Woche plus fünf Dollar für jede geglückte Geldübergabe?", fragte Nell nach.

„Ganz genau. Virginia hat sie natürlich gefragt, woher sie davon wisse, und da meinte das Mädchen, sie hätte es von der Tochter erfahren."

Durchaus wahrscheinlich. Nell nickte. „Emily und Fiona waren miteinander befreundet. Sie wird ihr davon erzählt haben, wie sie ihrem Vater an jenem Abend nach dem Ball zu Mrs Kimball gefolgt war und Zeugin von Claras Kündigung wurde."

„Sie hat Fiona zudem eine Referenz geschrieben", fügte Thurston noch an. „Virginia mochte das Mädchen sofort und hat sie vom Fleck weg engagiert."

„War Fiona denn während Pratts zweitem Besuch anwesend?", fragte Will.

„Aber ja. Sie stritt ab, jemals Geld von Pratt angenommen zu haben. Er bezichtigte sie der Lüge und meinte, das hätte sie sich ja schnell von Virginia abgeschaut. Virginia befahl ihm, augenblicklich ihr Haus zu verlassen, sonst würde sie die Konstabler rufen. Das gab ihm dann den Rest. Sein Gesicht lief puterrot an, und seine Augen ... sie sahen mit einem Mal aus wie die Augen eines Wolfs, ganz fahl, fast farblos und sehr gefährlich, verschlagen. Er ging auf Virginia los: ‚Ich bringe dich um, du verlogene ...‘ Nun, er nannte sie bei einem Wort, das ich niemals aus dem Mund eines Gentleman zu vernehmen geglaubt hätte. Virginia gab ihm eine Ohrfeige. Er schlug zurück."

„Er hat sie *geschlagen?*", fragte Will. Selbst als heruntergekommener und auch nicht immer ganz zurechnungsfähiger Opiumraucher hatte Will Hewitt doch immer noch Frauen gegenüber einen geradezu anrührenden Beschützerinstinkt zu offenbaren gewusst.

„Und was tat sie daraufhin?", wollte Nell wissen.

„Gar nichts. Noch bevor Virginia reagieren konnte, hatte ich Pratt schon kaltgestellt." Thurston lächelte, als er die verdutzten Mienen seiner Zuhörer sah. „Ob

Sie es mir nun glauben oder nicht, aber vor langer, langer Zeit war ich tatsächlich mal Boxchampion von Harvard. Wegen meines rechten Aufwärtshakens – dem berüchtigten ‚Donnerschlag' – nannte man mich auch ‚Thunderfist Thurston'. Ich muss gestehen, dass es mir doch eine gewisse Genugtuung bereitet hat, nach all den Jahren einen Burschen noch immer mit einem einzigen Hieb k.o. zu schlagen."

„Das Gefühl kenne ich", meinte Will. „Während meiner Zeit an der Universität in England habe ich auch geboxt."

„Cambridge?", fragte Thurston.

„Oxford – ein inoffizieller Club."

„Dr. Hewitt konnte seinen rechten Aufwärtshaken gestern Abend sehr eindrucksvoll an Felix Brudermann demonstrieren", sagte Nell.

„Gut gemacht!", rief Thurston erfreut. „Haben Sie ihn k.o. geschlagen?"

„Er war noch bei Bewusstsein – zumindest mehr oder minder", räumte Will ein, „schien darüber aber nicht sonderlich glücklich zu sein."

„Pratt lag schlaff da wie eine Stoffpuppe, aber eine ziemlich schwere", erzählte Thurston sichtlich stolz. „Wir mussten zu dritt anpacken – Virginia, Fiona und ich –, um ihn nach draußen zu schaffen und in eine Mietdroschke zu verfrachten. Wenn ich da schon gewusst hätte, was ich heute weiß, hätte ich ihm einen Pflasterstein um den Hals gehängt und ihn in den Charles River geworfen. Wahrscheinlich würde Virginia dann heute noch leben."

„Aber Sie wären ein Mörder", wandte Nell ein. „Wäre es das wert gewesen?"

Thurston schaute sie an, als habe sie soeben etwas unverzeihlich Unsinniges gesagt. „Natürlich wäre es das wert gewesen. Virginia würde noch leben."

„Aber wenn man Sie dafür gehängt hätte?", fragte Will.

„Ich habe Virginia geliebt", sagte Thurston. „Ich hätte alles für sie getan und alles für sie gegeben."

Will versuchte es erneut: „Schon, aber ..."

„Haben Sie jemals jemanden geliebt, Dr. Hewitt?", fragte Thurston. „Und damit meine ich nicht Ihre Mutter und auch nicht Virginia – Sie hatten ja bereits eingeräumt, dass Sie nur glaubten, sie geliebt zu haben. Nein, ich meine wahrhaftige, verzehrende Liebe, der man hilflos ausgeliefert ist."

Will sah Thurston einen langen Augenblick an, dann senkte er den Blick auf seine Tasse; seine Kiefermuskeln spannten sich. Er trank einen Schluck. „Ich denke schon."

„Würden Sie Ihr Leben für diese Person hergeben?"

„Ja."

„Dann wissen Sie, was ich für Virginia empfunden habe. Dass wir nie ein Liebespaar waren, änderte nichts an meiner Hingabe an sie. Ja, ich wäre für sie an den Galgen gegangen. Mehr noch – ich glaube, sie hätte dasselbe für mich getan."

Will nickte schweigend. Nell war es, als weiche er ihrem Blick aus.

„Arme Virginia." Seufzend stellte Thurston den Zerstäuber auf den Tisch und ließ sich schwerfällig auf seinen Stuhl sinken. „An jenem Abend verlor sie abermals eine Dienerin."

„Fiona hat auch gekündigt?", fragte Nell überrascht.

„Ja, sie bedauere es sehr, meinte sie, aber es sei ein Fehler gewesen, die Stelle bei Virginia anzutreten. Sie hätte sich das vorher nicht richtig überlegt und werde stattdessen lieber den Kurzwarenladen eröffnen, von dem sie andauernd redete."

„Mit welchem Geld denn?", stellte Will die naheliegende Frage.

„Das hat Virginia sie auch gefragt. Das Mädchen behauptete, sie habe genügend gespart, aber wie hätte sie bei ihrem Lohn denn genügend sparen sollen? Virginia versuchte, sie davon abzubringen. Im Grunde war sie sehr gutmütig und großherzig. Sie sorgte sich um das Mädchen und fürchtete, dass sie sich übernehmen und auf der Straße landen würde oder in irgendeinem der Bordelle im North End. Aber Fiona ließ sich nicht umstimmen. Immerhin war sie entgegenkommend und dann doch bereit, noch eine Woche zu bleiben – was man von Clara ja nicht hatte sagen können."

„Wäre sie sofort gegangen, würde sie aber wohl noch leben", bemerkte Nell.

Thurston nickte düster. „Am nächsten Tag kam Pratt zurück, brachte sie beide um und ließ es so aussehen, als sei es die Tat Fionas."

„Wollen Sie damit sagen, dass er den Mord schlichtweg aus Zorn begangen hat?", fragte Will.

„Wenn Sie ihn an jenem Abend gesehen hätten, wie er vor Wut geschnaubt und gespien hatte, würden Sie auch meinen, dass er völlig den Verstand verloren hatte. Natürlich war Virginia sein eigentliches Ziel, wenngleich ich mir vorstellen kann, dass Fiona es sich auch gründlich mit ihm verscherzt hatte, als sie ihn am Abend zuvor einen Lügner nannte. Ich glaube, sein Zorn hat ihn jeglicher Kontrolle über sein Handeln beraubt. Doch wer weiß? Vielleicht hatte er die Tat auch schon seit langem geplant."

„Ich wüsste zu gern, wann er seinen Revolver wirklich wiedergefunden hat", meinte Will nachdenklich.

„Ich weiß nur, dass er meine Virginia umgebracht hat", sagte Thurston, „und als ich an ihrem Sarg stand, habe ich ihr versprochen, dass Pratt dafür hängen wird."

„Ich muss gestehen, dass ich mich über den Sarg doch ein wenig gewundert habe. Darüber, wie sie hergerichtet war …", begann Nell.

„Wahrscheinlich dürften sich einige Leute darüber gewundert haben", meinte Thurston mit einem feinen bitteren Lächeln. „Virginia hatte alles bis ins letzte Detail geplant. Sie hat in einem Katalog den gewünschten Sarg angestrichen, genaue Anweisungen hinterlassen, wie man sie schminken und frisieren solle, wie die Blumen auf ihr zu arrangieren seien. Das Kleid stammt aus einer Inszenierung von *Hamlet*, in der sie vor einigen Jahren die Ophelia gespielt hatte. Außerdem bestand sie darauf, so rasch wie möglich beigesetzt zu werden – das war ihr sehr wichtig, hatte sie es doch nie gemocht, eine Szene unnötig in die Länge zu ziehen. ‚Ein schneller Abgang ist grundsätzlich vorzuziehen', pflegte sie stets zu sagen, ‚meinetwegen auch mit unziemlicher Hast. Besser, wenn die Leute einen gern noch etwas länger gesehen hätten, als dass sie es kaum erwarten können, dass man endlich verschwindet.' Und da wir gerade davon sprechen …" Der Dramatiker erhob sich, schwer auf seinen

Stock gestützt. „Es ist mir sehr unangenehm, so unhöflich zu sein, aber ich müsste mich jetzt umziehen, da wir gleich mit dem gesamten Ensemble mein neues Stück lesen. Daher ...“

Will zog Nell den Stuhl zurück, dann deutete er auf Thurstons Stock. „Sagen Sie, ist das wirklich, was ich denke, dass es ist?“

„Gefällt es Ihnen?“ Er reichte Will den Stock und stützte sich nun stattdessen auf dem Tisch ab. „Belgisches Fabrikat. Ich habe es mir in den frühen Fünfzigern gekauft, als diese Dinger gerade der letzte Schrei waren.“

„Druckluft?“, fragte Will und hob den Stock auf Augenhöhe und peilte den hölzernen Schaft hinab, wie man es auch bei einem Gewehrlauf machte. Erst da ging Nell auf, worum es sich handelte.

„Perkussionszündung“, erwiderte Thurston. „Hinterlader. Und eine viel bessere Schussleistung als diese zierlichen Stockgewehre, die Remington jetzt auf den Markt bringt. Das hier hat ganze vierundvierzig Kaliber. Der Abzug ist hier, in diesen silbernen Ring eingearbeitet.“

Kurz trafen sich Wills und Nells Blicke. „Wie interessant. Hätten Sie etwas dagegen, wenn ich mir den Mechanismus einmal anschaute?“, fragte Will.

„Nein, schauen Sie ruhig. Aber passen Sie auf – ich habe es immer geladen.“

Vorsichtig drehte Will den Knauf und zog ihn heraus, um einen Blick in das Innere der wunderlichen Waffe werfen zu können. „Das ist ja seltsam“, murmelte er und fragte dann an Thurston gewandt: „Sagten

Sie nicht, Sie hätten sie in den frühen Fünfzigern gekauft?"

„Sie wundern sich bestimmt wegen der Metallhülsen. Ich habe den Mechanismus letztes Jahr umrüsten
lassen, um Patronenmunition verwenden zu können."

„Verstehe." Will schob den Zündmechanismus wieder in den Stock, drehte den Knauf fest und gab ihn
Thurston zurück. „Eine sehr schöne Waffe, sehr gut
erhalten. Danke, dass ich sie mir anschauen durfte –
so etwas sieht man nicht alle Tage."

Mühsamen Schrittes begleitete Thurston seine Besucher zur Tür. Wie es schien, hatte ihr Besuch ihn sehr
ermüdet.

Er schien tief in Gedanken, als er Will die Hand
schüttelte. „Virginia war ganz hingerissen von Ihnen."

Etwas verdutzt meinte Will: „Ich ... ich glaube, Sie
verwechseln mich, Sir – oder Sie wollen mir ein unge-
rechtfertigtes Kompliment machen. Meine Zuneigung
für Mrs Kimball wurde nicht von ihr erwidert. Am
selben Nachmittag, da ich ihr die Rosen geschenkt
hatte, verwies sie mich mit unmissverständlichen
Worten ihres Lebens."

Noch immer Wills Hand in der seinen, lächelte
Thurston versonnen: „Oh, wie sie von Ihnen
schwärmte – Ihr gutes Aussehen, Ihr wacher Verstand, die ... lassen Sie mich nachdenken, wie schrieb
sie es noch mal in ihrem Buch ...? Ach ja, ,die glühende
Leidenschaft, die unter seiner kühlen Fassade lodert'.
Sie war ganz verrückt nach Ihnen. Aber ..." Mit einem
bedauernden Seufzen hob er die Schultern. „*Il conte*
kam leider zurück. Er versorgte sie nun mal, hielt sie

wie eine wahre Prinzessin. Deshalb musste sie Sie loswerden und zwar schnell."

„Sie hätte mir die Situation auch erklären können", meinte Will, „und mich bitten, aus freien Stücken zu gehen ..."

„Wären Sie denn so einfach gegangen oder wären Sie nicht vielmehr geblieben und hätten um sie gekämpft?"

Darüber brauchte Will nicht lange nachzudenken und seine Miene sprach Bände.

Thurston lachte. „Sehen Sie. Wie gesagt, die meisten Leute hatten gar keine Vorstellung davon, wie klug sie im Grunde war, wie ... kompliziert. Aber ich wusste es. Ich wusste es von Anfang an."

12. KAPITEL

Vom Louisburg Square schlenderten Nell und Will zur Prattschen „Familienresidenz", 82 Beacon Street, und wünschten Orville Pratt zu sprechen, der indes nicht zu Hause war. Er sei in seinem Club, erfuhren sie von Mrs Pratt, wo er mit Freunden lunche, wie er dies ja jeden Samstag zu tun pflege.

Im Somerset Club ließ der Portier sie allerdings wissen, dass Mr Pratt heute noch gar nicht erschienen sei und so bald wohl auch nicht erwartet werde. „Meines Wissens kommt er samstags nie vor dem Souper", meinte er.

Das Tremont House, wo Orville Pratt seine neue Geliebte logieren ließ, lag unweit des Somerset Club – gleich gegenüber auf der anderen Straßenseite. „Wie praktisch", befand Nell, als sie sich nun dorthin aufmachten.

Es war das erste Mal, dass sie das luxuriöse Hotel von innen sah, und es bedurfte einiger Anstrengung, die architektonische Pracht nicht allzu offensichtlich zu bestaunen. „Miss Newland?" Der Rezeptionist musste nicht einmal nachsehen und gab beflissen Auskunft: „Zweiter Stock, Zimmer zwei null zwei."

Auf Wills erstes Klopfen rührte sich nichts und auch nicht auf sein zweites. Als er die Hand gerade zum dritten Mal hob, rief von drinnen eine mädchenhafte Frauenstimme: „Herrgott noch mal, wer is'n da?"

„Mein Name ist William Hewitt – ich bin ein Bekannter von Mr Pratt", sagte Will. „Miss Nell Sweeney begleitet mich. Es ist absolut unerlässlich, dass wir umgehend mit Mr Pratt sprechen."

„Der is' nich' hier." Nach kurzer Pause fügte sie hinzu. „Außerdem kenn ich ja gar keinen Mr Pratt."

Mr Thurston hatte nicht übertrieben: Daisy Newland war wirklich eine erbärmliche Schauspielerin.

„Wenn Sie ihm bitte ausrichten würden, dass es um Mrs Kimball und den Stonewall-Jackson-Revolver geht", fuhr Will unbeirrt fort. „Wenn Mr Pratt aber derzeit nicht zu sprechen ist, würden wir uns an Mrs Pratt wenden. Vielleicht kann sie uns ja auch weiterhelfen."

Ungefähr eine halbe Minute verstrich, dann wurde die Tür von einer Blondine in einem spitzendurchwirkten Morgenmantel geöffnet, dessen Oberteil halb aufgeknöpft war, was ihre „gewissen Vorzüge" recht offensichtlich zur Schau stellte. Ihr Haar hing offen und zerzaust herab, ihre Haut war milchig weiß, ihre Lippen leuchtend rot. Sie war von jener unbedarft gefälligen Schönheit, wie sie manch jungen Mädchen zu eigen ist – wären da nicht ihre schwarz umrandeten, matt und verdrießlich blickenden Augen gewesen.

Daisy grüßte gar nicht erst, sondern wandte sich wortlos um und rauschte zurück durch den mit Liebe zum verspielten, wenngleich nicht unbedingt geschmackvollen, Detail eingerichteten Salon, wobei sie eine Wolke süßlichen Parfüms hinter sich herzog. Mit der Faust hieb sie gegen eine verschlossene Tür am Ende des Raums, die vermutlich ins Schlafzimmer führte, und rief: „Bist du bald fertig da drin?"

Undeutlich und gedämpft ließ sich eine Männerstimme vernehmen, die Nell indes nicht verstehen konnte. Die junge Frau trat an ein gut sortiertes Spirituosenkabinett, kippte sich den letzten Rest Whiskey aus einer Karaffe in ein Glas und machte es sich damit auf einer samtenen Chaiselongue gemütlich. Der Rock ihres Morgenmantels fiel auseinander und enthüllte ihre Beine von den Knien an abwärts; sollte sie es überhaupt bemerkt haben, so schien es sie nicht zu kümmern. Über den Rand ihres Glases hinweg musterte sie Will mit so abgeklärtem Blick, dass es Nell Schauder des Unbehagens über den Rücken jagte.

Etliche Minuten vergingen, bevor Orville Pratt sich zu ihnen gesellte, makellos gekleidet mit feinem schwarzen Frack und Fliege. Vom Scheitel bis zur Sohle war er das Inbild eines unbescholtenen und respektablen Geschäftsmannes der Bostoner Oberschicht – wenn man einmal von seinem blauen Auge absah, das sich langsam grünlich färbte, und seinen leicht geröteten Lippen. Er schien versucht zu haben, die Farbe abzuwischen, doch manche der intensiveren Töne hinterließen gern einen hartnäckigen Farbschimmer. Zunächst nahm Nell an, dass er wohl Daisys Lippenrot abgeküsst hatte – bis ihr auffiel, dass seine Lippen keineswegs die verblassten Spuren leuchtenden Kirschrots zeigten, wie sie es trug, sondern ein warmes, orange getöntes Zinnoberrot.

Finster sah Pratt seine ungebetenen Besucher an und ließ seinen ungnädigen Blick auf Will ruhen. „Was hat das zu bedeuten, Hewitt?"

„Fiona Gannons Onkel hat Miss Sweeney gebeten, den Mord an Mrs Kimball zu untersuchen", erklärte Will. „Wir haben allen Grund zu der Vermutung, dass Ihre Lefaucheux bei dem Mord eine Rolle spielte."

Pratt hob die Brauen, als habe er nicht recht gehört. „Nun, den Mord hat Fiona Gannon begangen und zwar mit Mrs Kimballs eigener Pistole. Das ist bewiesen. Dass Sie mich jetzt hier derart überfallen, ohne sich auch nur einen Deut um meine Privatsphäre oder um gesellschaftliche Gepflogenheiten guten Benehmens zu scheren, beweist indes nur, was Ihr werter Vater seit Jahren schon über Sie sagt. Ein Gentleman hätte so etwas nicht getan und wenn Sie noch einen letzten Rest Anstand in sich haben, verlassen Sie dieses Zimmer auf der Stelle und entschuldigen sich zudem bei Miss Sweeney dafür, sie hierher gebracht zu haben. Im Gegenzug wäre ich bereit, Ihren unwürdigen Fauxpas zu übersehen und so zu tun, als wäre dies nie geschehen."

„Alle Achtung, Sir", sagte Will. „Ich hätte in so kurzer Zeit keine so schöne Rede ersinnen können. Doch der Grund, weshalb wir hier sind, ist der: Wir haben erfahren, dass Sie Mrs Kimball gedroht haben, sie umzubringen – genau einen Tag, bevor sie dann tatsächlich umgebracht wurde. Gewiss verstehen Sie, dass dieser Umstand unsere Neugier geweckt hat."

„Vielleicht habe ich mich ja nicht deutlich genug ausgedrückt", hob Pratt erneut an. „Ich wünsche, dass Sie Miss Sweeney umgehend aus diesem ..."

„Oh nein, ich fürchte, dass ich es war, der sich missverständlich ausgedrückt hat", unterbrach ihn Will. „Miss Gannons Schuld ist keineswegs bewiesen und es besteht erheblicher Grund zu der Annahme, dass der Fall wieder aufgenommen wird. Sollte es dazu kommen, wird Ihr Name ganz oben auf der Liste der Verdächtigen stehen."

„Nur, weil irgendein verschrobener alter Dramatiker meint, er hätte mich eine Drohung äußern hören?"

„Ich nehme an, Sie sprechen von Mr Thurston", sagte Nell kühl. „Aber wie kommen Sie eigentlich darauf, dass er es war, der uns erzählt hat, was Sie Mrs Kimball gegenüber geäußert haben?"

„Was ich *angeblich* geäußert haben soll." Mit langen Schritten durchmaß der Anwalt den Salon und trat an das Spirituosenkabinett. „Himmel noch mal, Daisy", sagte er ungehalten, als er die leere Karaffe schüttelte. „Die war vor drei Tagen noch voll."

„Gin ist noch da", erwiderte sie und hob ihr Glas an ihre leuchtend roten Lippen.

Pratt goss sich recht großzügig ein und nahm einen tiefen Schluck Gin. Angewidert verzog er das Gesicht.

„Wir wissen über Ihre Affäre mit Mrs Kimball Bescheid", klärte Will ihn auf.

„Eine Unverschämtheit ist das!" Pratts Ohren erglühten in Scharlachrot. „Wer hat Ihnen das erzählt? Thurston etwa? Der hat mich ja schon von dem Tag an nicht ausstehen können, da Mrs Kimball meine Mandantin geworden war. Er war auf jeden eifersüchtig, den sie kannte."

„Wir wissen auch, dass sie Sie erpresst hat", sagte Nell.

„Sie hat dich *erpresst?*", rief Daisy in freudiger Verwunderung aus.

„Kommen Sie besser nicht auf dumme Gedanken", riet Will ihr. „Das ist nichts für Anfänger."

„Sie waren zu stolz, um ihren Forderungen nachzukommen", fuhr Nell fort, „weshalb Mrs Kimball beschloss, Ihnen auf Ihrem alljährlichen Frühjahrsball ordentlich die Hölle heiß zu machen, was ja auch zunächst ganz gut zu funktionieren schien – bis Sie dann Ihre Lefaucheux ... verlegten. Sie tranken sich eine ordentliche Wut an, schnappten sich einen der Dolche von der Wand Ihres Arbeitszimmers und gingen damit zu Mrs Kimball, um sie zu bezichtigen, Ihren Revolver gestohlen zu haben."

Daisy lachte lauthals auf.

„Eine amüsante Geschichte." Eine Ader stand auf Pratts mächtiger Stirn hervor, wie ein Wurm, der sich unter seiner rosig geröteten Haut verkrochen hatte. „Doch ich wage zu behaupten, dass sie ebenso weit hergeholt ist, wie diese lächerlichen Fantastereien von Thurston."

„Gleich wird es richtig spannend", versprach ihm Will.

„Mrs Kimball verlangte ihr Geld", fuhr Nell fort. „Sie verlangten Ihren Revolver. Doch vergebens. Unverrichteter Dinge brachten Vera und Emily Sie schließlich nach Hause. Aber einen Monat darauf kamen Sie wieder, diesmal mit einer recht abenteuerlichen Geschichte, dass Sie Fiona fünftausend Dollar gegeben hätten im Austausch gegen ..."

„Abenteuerliche Geschichte?" Pratt fuhr so geschwind zu Nell herum, dass er fast den noch in seinem Glas verbliebenen Gin auf den Teppich geschüttet hätte. „Diese verlogene kleine Torftreterin! Höchstpersönlich habe ich ihr das Geld ausgehändigt und dann erdreistet sich diese Person doch zu behaupten ..." Er schloss die Augen und brummelte Unverständliches.

Will lächelte Nell an, als sei er sehr beeindruckt, dass sie Pratt dieses Eingeständnis entlockt hatte. „Sie geben also zu", sagte er, „dass Mrs Kimball Ihnen ein Angebot gemacht hat – den Revolver gegen fünftausend Dollar."

„Ich gebe gar nichts zu und Ihnen gegenüber schon gar nicht", entgegnete Pratt mit kalter Verachtung. „Was glauben Sie eigentlich, wer Sie sind? Mich einfach so hier aufzusuchen, ausgerechnet hier, und ..."

„Wenn es Ihnen lieber ist", unterbrach ihn Will, „schicke ich Ihnen gern einen Detective vorbei, mit dem Sie sich dann ausführlich unterhalten können. Allerdings haben Sie ja selbst genügend Erfahrung mit Kriminalfällen, um zu wissen, dass dann auch gewisse pikante Details früher oder später ans Licht der Öffentlichkeit geraten dürften. Auch wenn man Ihnen im Fall Virginia Kimball kein Vergehen nachweisen könnte, wird ganz Boston – einschließlich Ihrer werten Gemahlin und Ihrer Mandanten – einige äußerst interessante Dinge über Sie erfahren. Wenn Sie hingegen uns gegenüber jetzt offen und ehrlich sind, leiten wir nur die Informationen weiter, derer es bedarf, um Gerechtigkeit walten zu lassen."

Will hielt inne, um seine Worte nachwirken zu lassen. Pratt ließ sich schwer in einen Sessel fallen und starrte blicklos auf den persischen Teppich zu seinen Füßen. Daisy betrachtete ihn mit unverhohlenem Interesse, aber sichtlich ungerührt – ganz so, als wäre er nur ein Schauspieler in einem tragischen Stück und nicht der Mann, mit dem sie während der letzten Monate das Bett geteilt hatte.

„Den Revolver gegen fünftausend Dollar", wiederholte Nell. „Hatte Mrs Kimball es so geschrieben?"

Pratt schüttelte den Kopf, ohne aufzublicken. „Eine solch maßlose Forderung hätte sie niemals schriftlich gestellt. Sie hatte Fiona vorbeigeschickt. Sowie ich die geforderten fünf Tausender übergeben hätte, würde mir am Tag darauf mein Revolver frei Haus zugestellt werden – und die Erpressungen sollten fortan ein Ende haben."

„Warum erst am Tag darauf?", wollte Nell wissen. „Ich könnte mir gut vorstellen, dass Sie darauf bestanden haben, den Revolver gleich bei der Geldübergabe ausgehändigt zu bekommen."

Pratt stieß ein freudloses Lachen aus. „Ach ja, das ... Mir wurde es so erklärt, dass Virginia glaubte, Fiona könne sich nicht angemessen gegen mich zur Wehr setzen, sollte ich auf einmal handgreiflich werden und versuchen, mich meines Revolvers zu bemächtigen, ohne ihr zuvor das Geld gegeben zu haben. Sie ließ nicht mit sich verhandeln und eines habe ich als Anwalt ganz gewiss gelernt: Wenn die gegnerische Partei sich einem Kompromiss rundheraus verweigert, bleibt einem nichts anderes übrig, als sich auf deren Bedingungen einzulassen oder die Sache ganz bleiben zu lassen."

„War es Ihnen denn so wichtig, den Revolver zurückzubekommen?", fragte Will.

Pratt seufzte schwer und trank seinen Gin aus.

„Sie haben also gezahlt", meinte Will, „aber der Revolver wurde Ihnen dennoch nicht gebracht."

„Ist Ihnen denn nie der Gedanke gekommen, dass sie ihn vielleicht gar nicht hat?", fragte Nell. „Immerhin hat sie doch am Anfang abgestritten, Ihren Revolver überhaupt entwendet zu haben. Und als sie dann auch noch meinte, erst das Geld haben zu wollen, bevor Sie Ihnen die Waffe aushändigen könne ... Kam Ihnen das nicht ziemlich seltsam vor?"

Mit zitternder Hand rieb Pratt sich seine kolossale Stirn, als könne er so die geschwollene Ader glatt streichen.

Als er schwieg, fuhr Nell fort: „Sie haben noch ein paar Tage abgewartet, doch dann sind Sie zu Mrs Kimball gegangen und haben ihr gedroht, sie umzubringen."

„Und sind sie bei dieser Gelegenheit zudem recht grob angegangen", fügte Will hinzu, „woraufhin Mr Thurston ihnen erstmal gezeigt hat, wo der Hammer hängt."

„Dieser Hieb kam gänzlich unerwartet – aus dem Nichts!", ereiferte sich Pratt und sprang auf, so puterrot im Gesicht, als werde ihn gleich der Schlag treffen. Wie demütigend es für ihn sein musste, ausgerechnet von jemand wie Maximilian Thurston besiegt worden zu sein. „Er hat sich hinterrücks an mich herangeschlichen. Heimtückisch war das, völlig unsportlich –

aber was will man von so jemand auch erwarten? Wäre es ein fairer Kampf gewesen, würde ich ..."

„Einem Gentleman steht ein fairer Kampf zu", sagte William ruhig. „Wer jedoch eine Dame schlägt, bekommt nur das, was er verdient."

„*Dame?*" Ein kurzes, gereiztes Lachen brach aus Pratt hervor. „Wie kommen Sie dazu, so ein hurendes Weibsbild eine ..."

Will hieb Pratt seine Faust ins Gesicht, sodass der mit voller Wucht zurück in seinen Sessel plumpste und fluchte wie ein Leichtmatrose. Daisys entsetzter Aufschrei wich unsäglichem Gekicher.

„Alle Achtung, Will", meinte Nell. „Du langst in letzter Zeit ja ganz schön zu. Hast du keine Angst, dir deine Hand zu verletzen?"

„Diesmal habe ich die Linke genommen. Damit kann ich zwar nicht so fest zuschlagen wie mit der Rechten, aber dafür hat er nun auch auf der anderen Seite ein blaues Auge. Der symmetrische Effekt erschien mir sehr reizvoll."

„Wie schlau von dir."

Pratt bedachte Will mit allerlei Beschimpfungen, die allesamt eigentlich unaussprechlich waren. Daisy prustete vor Lachen und bekam sich gar nicht mehr ein.

„Jetzt müssen Sie sich schon wieder eine Geschichte ausdenken, um zu erklären, was Ihnen diesmal zugestoßen ist", meinte Nell an Pratt gewandt.

„Übrigens ...", setzte Will nach, „.... warum haben Sie Ihrer Frau eigentlich erzählt, Sie wären von einem Straßenräuber überfallen worden, ihren Freunden hingegen, dass Sie auf der Treppe gestürzt seien?"

Pratt setzte sich auf und rieb sich sein geschundenes Gesicht. „Ich habe meiner Frau doch gar nicht erzählt, dass ... Oh. Das war bestimmt Vera. Sie kann es einfach nicht lassen, sich um mich zu kümmern. Verdammt lästig kann einem das werden."

„Sie leugnen also nicht länger, dass Sie Mrs Kimball am Tag vor dem Mord besucht und sie bedroht haben?", fragte Nell.

Pratt stützte sein Gesicht in die Hände und murmelte etwas vor sich hin. Lauter meinte er: „Ja. *Ja!* Es reichte mir so langsam. Ist das nicht verständlich? Sie hatte ihr Geld bekommen, aber ich nicht meinen Revolver. Ich bin zu ihr gegangen und ich ... ich habe wahrscheinlich ein paar Dinge gesagt, die ich besser nicht gesagt hätte, aber das war doch nur, weil ich wütend war! Das hatte gar nichts zu bedeuten."

„Das mag ja sein", sagte Will. „Aber am nächsten Tag fand man Virginia Kimball dann erschossen auf. Ihnen leuchtet gewiss ein, dass Sie in Anbetracht dieser Umstände einer der Hauptverdächtigen sind."

„Einverstanden", sagte Pratt seufzend. „Wie viel wollen Sie?"

„Wie bitte?", fragte Nell.

„Er bietet uns gerade Geld an, damit wir ihn nicht als Mörder in Betracht ziehen", klärte Will sie auf.

„Herrgott noch mal, ich bin kein Mörder!"

Will lächelte. „Bei allem Respekt, aber das sagen alle Mörder."

„Und um noch einmal auf Ihre Frage zurückzukommen", sagte Nell, „kein Geld der Welt könnte uns von unserem Vorhaben abbringen. Entlasten können

Sie sich einzig dadurch, dass Sie Ihre Unschuld beweisen."

„Oh, Himmel aber auch!", stieß Pratt grollend hervor. „Ich war an jenem Nachmittag nicht mal in der Nähe der Mount Vernon Street."

„Wo waren Sie denn?", fragte Nell.

„Das tut überhaupt nichts ..."

„Hier?", fragte Will.

Pratts Zögern sagte alles.

„Würden Sie das vor Gericht bezeugen, Miss Newland?", fragte Will sie.

„Hmm? Oh ... äh ..." Daisy zuckte die Schultern und gab ein leises *Pfff* von sich. „Klar. Ich denke schon."

„Nein." Pratt erhob sich, die Hände weit von sich gestreckt, als wolle er die bloße Vorstellung einer solchen Aussage von sich weisen. „Nein, nein, nein und nochmals nein! Das darf nicht geschehen. Nie – niemals! Verstehen Sie das denn nicht? Mein Ruf, meine Ehe ..."

„Aber wenn es Sie vor dem Galgen bewahrt?", wandte Will ganz pragmatisch ein.

Pratt straffte die Schultern. „Niemand kann allen Ernstes glauben, dass ich diese beiden Frauen erschossen habe. Das ist ... das ist doch völlig abstrus! Diese ganze Unterhaltung ist abstrus. Warum stehe ich eigentlich hier und höre mir das an?"

„Mrs Kimball und Miss Gannon wurden mit einem Revolver, Kaliber 44 oder 45, erschossen", sagte Will. „Woher sollen wir denn wissen, ob Sie nicht an dem Tag, nachdem Thurston Ihnen das blaue Auge verpasst hat, Mrs Kimball abermals wegen Ihrer Lefaucheux aufgesucht haben? Sie sind durch das stets unverschlossene Gartentor und die Hintertür ins Haus gelangt, haben den Revolver gefunden, doch dann ist Mrs Kimball nach Hause gekommen. Oder vielleicht hat auch Fiona Sie erwischt, wie Sie oben herumschlichen, und dann ...“

„Das ist doch wirklich absurd! Ich werde mir das nicht länger anhören.“ Pratt reckte das Kinn und blähte die Brust in dem kläglichen Versuch, das imposante Bild abzugeben, das er gern abgegeben hätte. „Ich bin eine bedeutende Persönlichkeit in dieser Stadt – nur für den Fall, dass Ihnen das bislang entgangen sein sollte. Die Menschen sehen in Ehrfurcht zu mir auf. Mein Wort hat Gewicht. Doch wer sind Sie beide? Ein Berufsspieler – oh ja, Hewitt, ich weiß sehr wohl, womit Sie sich Ihren Lebensunterhalt verdienen – und eine irische Gouvernante. Sollte mein Wort gegen das Ihre stehen, so hege ich nicht den geringsten Zweifel, wem man Glauben schenken wird. Und bis dahin wüsste ich es zu schätzen, wenn Sie diese Suite umgehend verließen.“

„Aber gern doch. Nichts lieber als das“, erwiderte Will, nahm Nell beim Arm und führte sie zur Tür.

„Und falls Sie glauben, Sie könnten sich in dieser Sache einen Vorteil verschaffen, indem Sie meine Reputation in Frage stellen“, fuhr Pratt fort, „so werde ich Ihre Verleumdungen nicht nur abstreiten, sondern gegen Sie verwenden. Ich bin seit Jahrzehnten darin geübt, mit schmutzigen Tricks zu arbeiten. Ich wette, dass ich mich da etwas besser auskenne als Sie beide.“

An der Tür blieb Will noch einmal stehen und meinte. „Ah ja. Aber wissen Sie, es ist nicht nur eine Frage der Übung, sondern auch eine der Munition. Wir wissen über das Rote Buch Bescheid, Mr Pratt. Wir wissen, was Mrs Kimball über Sie und Ihre besonderen ... Vorlieben geschrieben hat."

„Und da wir gerade davon sprechen", fügte Nell hinzu, „mit ein wenig Feuchtigkeitscreme sollte sich das restliche Lippenrot ganz einfach entfernen lassen."

Bevor sie die Tür hinter sich schlossen, sahen sie noch kurz, wie Pratt sich mit den Fingern an die Lippen fuhr. Alles Blut war ihm aus dem Gesicht gewichen. Daisys lautes Gelächter folgte ihnen noch ein ganzes Stück den Korridor hinab.

„Zwei Bürger, die sachdienliche Hinweise zu einem Kriminalfall haben", stellten Nell und Will sich später im Rathaus dem jungen Gehilfen vor, der vor Detective Skinners Büro saß.

Der Nachmittag war schon recht weit fortgeschritten, hatte Will Nell und seine Tochter zuvor doch noch zu einem gemütlichen, fast familiär anmutenden Mittagessen ins Revere House ausgeführt – sehr zur Freude von Gracie, die ansonsten an einem Samstag recht wenig von ihrer geliebten Miss Sweeney zu sehen bekam. In einem Restaurant zu essen war für die Kleine neu und sehr aufregend, sodass sie danach satt und schläfrig in den Armen von „Onkel Will" die Rückfahrt in die Colonnade Row verdöste. Will hatte sie ins Haus und bis hinauf in ihr Zimmer im zweiten Stock getragen und ihr dann, nachdem Nell sie zu Bett gebracht hatte, einen Kuss auf ihre vom Schlaf rosige Wange gegeben. Dieser liebevolle Kuss war Nell sehr zu Herzen gegangen.

Skinner erhob sich von seinem Schreibtisch, als Nell und Will in sein Büro traten, in dem es nach Fleisch und Zwiebeln roch; neben dem Papierkorb lag ein fettiges Einwickelpapier auf dem Boden, in dem wahrscheinlich Skinners Mittagessen gewesen war. Der Detective trug jene freundlich verwunderte Miene zur Schau, die man Besuchern gegenüber aufsetzt, von denen man zwar weiß, dass man ihnen kürzlich erst begegnet war, sie aber dennoch nicht einordnen kann.

„Mrs Kimballs Beerdigung", half Will ihm auf die Sprünge. „Miss Sweeney ist die Dame, die von der Hitze überwältigt wurde. Und ich bin der Arzt, der ..."

„Ja ... aber ja, natürlich. Natürlich. Dr. Hewitt."

Skinner forderte sie auf, in den beiden schon recht brüchigen Ledersesseln Platz zu nehmen, die vor seinem Schreibtisch standen, setzte sich dann selbst wieder und faltete die Hände über seiner karierten Weste. „Mir wurde gesagt, Sie hätten einen sachdienlichen Hinweis für mich."

„Mehrere sogar", sagte Nell und breitete die Skizze aus, die sie von Mrs Kimballs Schlafzimmer angefertigt hatte.

„Es geht um den Mord an Virginia Kimball", fügte Will erklärend hinzu.

„Ah. Ja nun, wissen Sie ... der Fall ist eigentlich schon abgeschlossen. Er ist gelöst, weshalb neue Hinweise nicht von wirklichem ..." Skinner starrte auf die Skizze vor sich und verstummte, als er erkannte, worum es sich handelte.

„Der Tatort", sagte Nell und zeigte auf die Zeichnung. „Hier ist Mrs Kimball nach dem Schuss zu Boden gestürzt. Fiona fiel in diese Richtung – das Blut aus ihrer Kopfwunde befindet sich hier. Weshalb der Mörder ungefähr dort gestanden haben muss ..."

„Wie sind Sie denn überhaupt in das Haus gelangt?", wollte Skinner wissen, seine Stimme nun kalt und hart, ganz der unerbittliche Detective.

„Die naheliegendere Frage scheint meines Erachtens", sagte Will, „warum Sie den Mord Fiona Gannon angelastet haben, obwohl Sie doch eigentlich dasselbe gesehen haben müssten wie wir."

Skinner bedachte sie mit einem feinen, herablassenden Lächeln. „Ich kann Ihnen versichern, dass der Schluss, zu dem ich in diesem Fall gelangt bin und zu dem auch der County Coroner und die Geschworenen gelangt sind – allesamt gelehrte Gentlemen –, das Ergebnis einer gründlichen und sorgfältigen Abwägung aller Fakten war."

„Vielleicht lagen den Geschworenen ja nicht alle Fakten vor", meinte Will.

„Vielleicht sollten Sie die Polizeiarbeit besser der Polizei überlassen", entgegnete Skinner.

„Ein durchaus bedenkenswerter Rat", befand Will, „wenn nur die Bostoner Polizei, statt lediglich die Hand aufzuhalten, die Fälle wirklich einmal lösen würde."

„Ich glaube, das reicht", entgegnete Skinner und stand auf. „Ich wäre Ihnen beiden sehr verbunden, wenn Sie jetzt Ihre kleine Zeichnung nähmen und sich mitsamt Ihrer Theorien ..."

„Wir haben Beweise dafür, dass Sie während der Anhörung unter Eid gelogen haben, Detective." Will sagte das so beiläufig, als plaudere er über das Wetter. „Welche Konsequenzen hat es eigentlich, wenn Polizisten einen Meineid schwören? Suspendierung vom Dienst?"

„Oh, gewiss Suspendierung plus Haftstrafe", meinte Nell.

Mit einem wenig überzeugenden blasierten Schmunzeln nahm der Detective wieder hinter seinem Schreibtisch Platz. „Und was lässt Sie glauben, dass ich gelogen hätte?" Sein Gleichmut wurde Lügen gestraft von der Anspannung in seiner Stimme und seinem ruhelosen Blick, der rasch hin und her flog und nach etwas suchte, auf das er ihn richten konnte.

Da holte Will ein Taschentuch aus seinem Gehrock hervor und wickelte das Geschoss aus, das er auf dem Boden in Mrs Kimballs Schlafzimmer gefunden hatte. „Das hier habe ich aus dem blutgetränkten Teppich geklaubt – dort, wo Fionas Kopf gelegen hat." Er hielt es so, dass Skinner es gut sehen konnte. „Sie ist mit diesem Geschoss getötet worden und gewiss stimmen Sie mit mir darin überein, dass dies keine Kugel Kaliber 31 ist."

Mit regloser Miene starrte Skinner das Projektil an. „Und?"

„Sie haben ausgesagt, dass in Mrs Kimballs Remington, einer fünfschüssigen Pistole, bereits drei Kugeln gefehlt hätten, als Sie sie am Tatort fanden. Wir wissen, dass an jenem Nachmittag tatsächlich drei Geschosse in diesem Zimmer abgefeuert wurden – eines in den Fensterrahmen, eines auf Mrs Kimball, das mit ihr begraben wurde, und dann noch eines, und zwar dieses hier ...", Will hielt das Geschoss gut sichtbar zwischen Daumen und Zeigefinger, „... auf Fiona Gannons Kopf. Die Kugel im Fensterrahmen stammte

tatsächlich aus der Remington. Dieses Geschoss allerdings nicht – und mit aller Wahrscheinlichkeit auch
jenes nicht, das Mrs Kimball getötet hat. Laut Maximilian Thurston hatte sie ihre Remington aber immer
vollgeladen. Wenn an jenem Nachmittag jedoch nur
einmal aus ihrer Pistole gefeuert wurde, wie kommt es
dann, dass dennoch drei Kugeln fehlten?"

„Es sei denn ...", meinte Nell, „... Sie hätten zwei der
Kugeln selbst abgefeuert, bevor Sie die Waffe Mr
Watts zur ballistischen Prüfung aushändigten. Da Sie
ausgesagt haben, dass Sie die Pistole bereits mit nur
noch zwei Kugeln vorgefunden hätten, bleibt es
selbstverständlich bei Ihrem Meineid. Und auch der
Coroner hat sich eines Meineides schuldig gemacht –
wahrscheinlich auf Ihr Geheiß hin – , als er aussagte,
dass das Geschoss in Fionas Schädel verblieben sei.
Aber Sie müssen von Anfang an gewusst haben, dass
das gar nicht sein konnte. Sie haben das Blut an der
Wand gesehen und Fionas Kopfwunde ..."

„Sie haben die Schmauchspuren auf ihrem Gesicht
und ihrer Haube gesehen", ergänzte Will. „Sie wussten, in welche Richtung sie gefallen war. Daher musste Ihnen klar sein, dass der Mörder direkt neben ihr
gestanden und ihr die Waffe an die Schläfe gesetzt
hatte. Mrs Kimball war tödlich verletzt. Sie hätte unmöglich aufstehen und den Mord an ihrer Dienerin
selbst begehen können. Die Beweise dafür, dass sich
eine dritte Person in dem Zimmer aufgehalten haben
musste, waren geradezu erdrückend, und dennoch
haben Sie – Sie und der Coroner, wohlgemerkt – es so
aussehen lassen, als sei Fiona Gannon der Tat schuldig, eine Diebin und Mörderin."

„Haben Sie Orville Pratt auch dazu geraten, Mrs Kimballs Haus so rasch wie möglich säubern und alle Beweise verschwinden zu lassen, die auf den eigentlichen Tathergang hindeuten", fragte Nell, „oder ist er von selbst auf diese Idee gekommen?"

Mit flacher, tonloser Stimme sagte Skinner: „Sie täuschen sich ganz gewaltig, *Miss Sweeney* ...", er schnaubte spöttisch, als er ihren Namen aussprach, „... wenn Sie glauben, dass ich mich von Leuten wie Ihnen einem Verhör unterziehen ließe."

Wütend, doch ruhig und verhalten, meinte daraufhin Will: „Sie haben von meiner Seite noch ganz anderes zu erwarten, Detective, wenn Sie es sich noch einmal anmaßen, in dieser Weise mit Miss Sweeney zu sprechen."

13. KAPITEL

Betont verächtlich sah Skinner beiseite, doch es war eine wenig überzeugende Darbietung; William Hewitt verstand es bestens, jene Kälte und Bedrohlichkeit auszustrahlen, die sein Gegenüber leicht einschüchterte.

„Weshalb interessiert Sie die Sache eigentlich so sehr?", fragte Skinner.

„Miss Gannons Onkel ist überzeugt davon, dass seine Nichte unschuldig ist. Miss Sweeney und ich teilen diese Auffassung."

„Herrje, das Mädel ist doch tot", stellte Skinner unwillig fest. „Ist es da denn wirklich noch wichtig, ob sie's nun war oder nicht?"

„Himmel noch mal, Sie sind Polizist!", fuhr Nell ungehalten auf. „Haben Sie denn überhaupt kein Interesse daran, den wahren Mörder ausfindig zu machen?"

„Den wahren Mörder – und wer sollte das bitteschön sein?", fragte der Detective.

„Ich habe da so meine Vermutungen", sagte sie. „Weiß ich doch, dass Orville Pratt und drei andere Männer Sie bestochen haben, damit Sie das Rote Buch unter Verschluss und ihre Namen aus den Ermittlungen heraushalten."

„Haben Sie das Buch am Tatort gefunden?", fragte Will.

„Selbst wenn, glauben Sie vielleicht, das würde ich Ihnen sagen? Und was die Sache mit den Bestechungen angeht, so weiß ich wirklich nicht, wovon Sie ..."

„Am Tag nach dem Mord", unterbrach ihn Nell, „suchten einige distinguierte Herren Sie in Ihrem Büro auf: Mr Pratt, Isaac Foster, Weyland Swann, Horace ..."

„Woher wollen Sie das denn wissen?", rief Skinner. „Das haben Sie von Cook, nicht wahr? Dieser gottverdammte, geschwätzige ..."

„Vorsicht", riet ihm Will drohend.

„Er hat es Ihnen gesagt, was? Die Iren hängen doch immer zusammen rum und tratschen und brüten irgendwas aus ..."

„Er war's nicht", log Nell.

„Wer dann?"

„Glauben Sie vielleicht, das würde ich Ihnen sagen?", wiederholte sie seine Worte.

„Sie sind da sowieso auf der falschen Spur", ließ Skinner sie wissen. „Diese Herren haben allesamt ein Alibi für die Tatzeit. Bacon war am Gericht, Swann auf einer Vorstandssitzung, Foster hat eine Vorlesung gehalten und Pratt ... Pratt hat einen Besuch gemacht."

„Er war bei seiner Geliebten", präzisierte Nell. „Die aussagen wird, was immer er von ihr verlangt, solange er ihr nur weiter die Miete zahlt."

Skinner grinste anzüglich. „Und woher weiß eine nette kleine Miss wie Sie solche Sachen?"

Will spannte sich an, als wolle er sogleich von seinem Stuhl springen; Nell beschwichtigte ihn, indem sie ihm sachte die Hand auf den Arm legte. „Zumindest ist das in meinen Augen kein überzeugendes Alibi", befand sie. „Und ich weiß auch, dass Mr Thurston Ihnen erzählt hat, dass Mr Pratt am Tag vor dem Mord gedroht hat, sie ..."

„Dieser jämmerliche Geißbock?", schnaubte Skinner. „Jetzt will ich Ihnen mal was sagen: Die alte Lady Thurston hat eine sehr rege Fantasie, was ja vielleicht ganz gut fürs Stückeschreiben sein mag, aber um ein glaubwürdiger Zeuge zu sein, ist das nicht ganz so gut. Und falls Sie es noch nicht wissen, Ihr guter Thurston behauptet, während der Tatzeit zu Hause gewesen zu sein – allein, in trauter Einsamkeit, niemand, der ihm ein Alibi geben könnte. So. Da können Sie jetzt mal drüber nachdenken." Skinner lehnte sich zurück und verschränkte die Arme vor der Brust. „Weshalb sind Sie beide eigentlich wirklich hier? Wenn Sie mich wegen Meineides belangen wollten, wären Sie doch gleich zu Kurtz gerannt oder besser noch zum Staatsanwalt. Dann wären Sie nicht hier."

„Sie werden Orville Pratt ausrichten, dass er das Haus noch nicht aufräumen lassen kann", sagte Nell.

„Warum? Nur weil Sie versuchen wollen, die Unschuld von dieser Gannon zu beweisen?"

„Weil wir Kurtz und dem Staatsanwalt sonst erzählen, dass Sie unter Eid gelogen haben", erwiderte Will.

Skinners Blick irrte umher und richtete sich auf alles Mögliche, nur nicht auf Nell und Will. „Und wie soll ich das Pratt erklären?", fragte er schließlich.

„Das bleibt ganz Ihnen überlassen", meinte Will. „Sorgen Sie einfach dafür, dass nichts im Haus verändert wird, bis Miss Sweeney und ich uns der Sache angenommen haben. Wenn Ihnen das gelingt, versprechen wir Ihnen, Ihre Tricksereien und Betrügereien als bloße Stümperei darzustellen. Das sollte Ihnen Ihre Stelle retten und eine Haftstrafe ersparen. Wenn das Haus aber von seiner Beweislast bereinigt werden sollte, bevor Miss Sweeney und ich die Sache zum Abschluss gebracht haben, dann versichere ich Ihnen, dass Sie für Ihre falsche Aussage werden geradestehen müssen."

Will und Nell standen auf, derweil Skinner noch immer nach einer Antwort rang.

„Einen schönen Tag noch, Detective", sagte Nell im Hinausgehen.

„Hier ist es." Will deutete auf ein grün und goldenes Schild, das über einem Laden am Dock Square hinter der Faneuil Hall hing.

Ein kleines Glöckchen bimmelte hell, als Will Nell die Tür aufhielt und ihr den Vortritt in den engen und schummrigen Laden ließ, in dem es aussah, als hätte ein wahres Sammelsurium den Staub von Jahrhunderten angesetzt. Feuerwaffen jeder nur erdenklichen Machart lagen in langen Reihen entlang der rußgeschwärzten Backsteinwände aus, daneben Regale voller Werkzeuge. Schraubstöcke, Drehbänke und Ambosse waren an wuchtigen Werktischen befestigt, auf deren vom Alter patinierter Arbeitsfläche allerlei Schrauben und Bohrer verstreut lagen, Hämmer und Schleifsteine, Revolvertrommeln und -läufe, Pistolenkolben und Unzähliges mehr. Ganz hinten im Laden glommen rot die Kohlen in einem steinernen Schmiedeofen.

„'N Abend."

Sie drehten sich um und entdeckten an einem der Werktische, halb verborgen inmitten des Durcheinanders, einen Mann, der im Lichtschein, der durch ein kleines Fenster von draußen hereinfiel, einen in seine Einzelteile zerlegten Revolver reinigte und nun lächelnd von seiner Arbeit aufsah. Er machte Anstalten aufzustehen, doch Nell bedeutete ihm sitzen zu bleiben, während sie sich ihren Weg durch den vollgestellten Laden bahnten. Bei jedem Schritt knirschten Sägemehl und feine Metallspäne unter ihren Füßen.

„Mr Watts?", vergewisserte sich Will und nahm seinen Hut ab.

„Wenn ich der nicht wär', würd' ich wohl seit dreißig Jahren hier fehl am Platze sein." Samuel Watts war ein korpulenter, liebenswert aussehender Mann in Hemdsärmeln und einer ölbefleckten Lederschürze. Eine Brille saß ihm tief auf der Nase und sein schwarz gelocktes Haar und der schon mit grauen Strähnen durchzogene Bart hätten dringend gestutzt gehört.

Will stellte sie beide vor, dann holte er das Geschoss hervor, das er in Mrs Kimballs Schlafzimmerteppich gefunden hatte, und die Patrone aus Orville Pratts im Schreibtisch verwahrten Munitionsvorrats. „Wir hatten gehofft, dass Sie uns sagen könnten, ob dieses abgefeuerte Geschoss wohl aus einer solchen Stiftfeuerpatrone stammen könnte."

Watts legte Rohrbürste und Revolvertrommel beiseite, nahm die beiden Projektile und besah sie sich über den Rand seiner Brille hinweg. „Aus einer *solchen* Patrone", fragte er, „oder aus *genau* so einer Patrone?"

„Aus genau so einer Patrone", sagte Will. „Wahrscheinlich sogar ein und dieselbe Lieferung."

„Durchaus möglich. Die könnten beide vom gleichen Kaliber sein."

„Das abgefeuerte Geschoss hat demnach auch fünfundvierzig Kaliber?", fragte Nell. „Sind Sie ganz sicher?"

„Vierundvierzig oder fünfundvierzig", erwiderte Watts. „Kleiner auf gar keinen Fall. Ob es ursprünglich aus einer Stiftfeuerpatrone stammt, kann ich jetzt zwar auch nicht mehr feststellen, aber auf jeden Fall steckte es mal in einer metallenen Patronenhülse."

„Ganz sicher?", fragte Nell.

Der Büchsenmacher lächelte nachsichtig. „Miss, ich mache das hier, seit ich als Junge bei meinem Großvater in die Lehre gegangen bin. Ja, ich bin mir ganz sicher. Aber natürlich kann ich nicht mit Gewissheit sagen, ob es aus einer *dieser* Patronen stammt – dazu müsste ich mit der Patrone einen Testschuss machen, und zwar aus derselben Waffe, aus der auch das hier abgefeuert wurde. Sie haben ihn nicht zufällig dabei – den Revolver, meine ich?"

Will schüttelte bedauernd den Kopf. „Leider nein."

„Was für ein Revolver ist es denn?", fragte Watts. „Vielleicht hab' ich ja einen hier rumliegen."

„Eine Lefaucheux Brevete", sagte Will.

Watts schaute Will kurz an und gab ihm dann die beiden Projektile zurück. „Nee, so was hab' ich leider nicht da. Sieht man auch nicht alle Tage. Eigentlich kenn ich überhaupt nur einen, der eine Lefaucheux Brevete hat, und das ist Orville Pratt." Er nahm sich seine Brille ab, hauchte auf die Gläser und rieb mit einem sauberen Lappen darüber. „Zumindest ist er der Einzige in Boston. Stonewall Jackson hatte auch so eine. Aber ich vermute mal, dass die noch immer irgendwo unten im Süden ist."

Da sie annahm, dass es wohl kaum mehr ein Geheimnis sein konnte, nachdem Mr Pratt damit vor der gesamten Bostoner Gesellschaft geprahlt hatte, sagte Nell: „Tatsächlich ist Mr Pratts Lefaucheux jene, die einst Stonewall Jackson gehörte."

„Tja, das dachte er, als er sie gekauft hat", erwiderte Watts und schob die Rohrbürste durch die Trommelkammern des Revolvers. „Doch da musste ich ihn leider enttäuschen. Ich will ja gar nicht wissen, was er für das Ding bezahlt hat. Irgendein Schwindler hat da auf jeden Fall ein Mordsgeschäft gemacht."

Nell und Will sahen sich an. „Der Revolver ist eine Fälschung?", fragte sie.

Und Will wollte wissen: „Wann hat Mr Pratt davon erfahren?"

Watts hielt die Trommel hoch ins Licht des Fensters und spähte mit einem Auge hindurch. „Vor ein paar Wochen. Ende April. Weiß ich noch genau, weil sie triefnass hereinkam und über das miese Wetter schimpfte, woraufhin ich meinte: ‚Tja, Aprilwetter.'"

„*Sie?*", fragten Nell und Will zugleich.

„Pratt hatte seine Tochter vorbeigeschickt, weil er selbst furchtbar viel Arbeit hatte oder sonst wie verhindert war", erwiderte Watts. „Sie sollte mir den Revolver vorbeibringen, damit ich seinen Wert schätzen kann und vielleicht auch einen Interessenten dafür finde, da er sich nämlich entschlossen hatte, ihn zu verkaufen."

„Welche Tochter?", fragte Nell.

Watts kratzte sich mit dem Stiel der Bürste am Kinn. „Den Namen hab' ich nicht verstanden. Sie war aber ganz hübsch, wenngleich sie so was Komisches anhatte ..." Er machte eine wallende Geste seinen massigen Körper hinab.

„Emily", sagte Nell.

„Kann sein. Sie meinte, das sei Stonewall Jacksons Lefaucheux, und da hab' ich ihr erzählt, dass mir grad gestern erst ein Kunde damit gekommen wär'. Er hat gesagt, am Abend vorher sei er auf so'ner tollen Feier bei den Pratts gewesen und da hätte er doch tatsächlich den Revolver in Händen gehalten, mit dem der General Jackson im Krieg gewesen war. Na ja, sie hat mir den Revolver dann gezeigt, und ich brauchte da nur einen Blick draufwerfen, um ihr sagen zu können, dass ihr Vater das Ding ebenso gut behalten könne, denn mehr als achtzig Dollar würde er dafür nicht bekommen. Es war eine gute Waffe, beste Arbeit und gut erhalten. Aber sie hat definitiv nie Stonewall Jackson gehört."

„Und dessen waren Sie sich ganz sicher?", fragte Will.

Watts tauschte die Bürste gegen einen weichen Lappen aus, mit dem er die Revolvertrommel abrieb.

„Jacksons Lefaucheux Brevete ist derzeit eine der berühmtesten Waffen der Welt. Ich habe einige Abbildungen davon gesehen und ausführliche Beschreibungen gelesen. Pratts Revolver ähnelt ihr nicht einmal annähernd und hat zudem noch eine völlig andere Seriennummer. Da hat Pratt sich mächtig übers Ohr hauen lassen."

„Wie hat Emily darauf reagiert?", wollte Nell wissen.

„Gar nicht glücklich war sie, die junge Dame", erwiderte Watts und setzte den Revolver wieder zusammen. „Als sie ging, kämpfte sie sogar mit den Tränen. Wusste wahrscheinlich nicht, wie sie ihrem alten Herrn die schlechte Nachricht überbringen sollte."

„Und haben Sie jemals mit Mr Pratt persönlich über die Sache gesprochen?", fragte Will.

„Ja, hab' ich, ist noch gar nicht lange her. Sie haben bestimmt von der Schauspielerin gehört, die drüben in Beacon Hill umgebracht worden ist. Virginia Kimball. Tja, und wie der Zufall es will, haben Pratt und ich beide bei der amtlichen Untersuchung ausgesagt – ich, weil ich Waffenexperte der Polizei bin, und Pratt, weil er Mrs Kimballs Anwalt ist. Während einer Pause bin ich dann mal zu ihm gegangen und hab' mich vorgestellt und ihm gesagt, wie leid mir das täte wegen seiner gefälschten Lefaucheux. Und wenn er erwäge, sich noch mehr Sammlerstücke zuzulegen, solle er damit ruhig zu mir kommen und sie mir vorher zeigen. Wenn er dazu zu beschäftigt wär', könnt' er ja auch wieder seine Tochter vorbeischicken, so wie letzten Monat, aber er solle auf jeden Fall mal einen Fachmann die Waffe begutachten lassen, bevor er sie kaufe – nicht, dass er wieder übers Ohr gehauen würde."

Will warf Nell einen kurzen Blick zu, rieb sich den Nacken und fragte dann, wieder an Watts gewandt: „Und wie hat Pratt darauf reagiert?"

Watts hielt in seiner Arbeit inne und dachte einen Augenblick über seine Antwort nach. „Er war ... kann ich schlecht sagen. Ganz ruhig irgendwie, als wär' er in Gedanken ganz woanders. Er starrte mich an, als ob ich Chinesisch gesprochen hätte. Auf einmal blinzelt er dann kurz, bedankt sich bei mir auf seine komisch steife Art und geht ohne ein weiteres Wort davon. Ich hab's damals darauf geschoben, dass er wirklich viel um die Ohren hatte, Sie wissen schon, die Untersuchung des Mordes an seiner Mandantin. Jemand wie er, dachte ich mir, ein bekannter und viel beschäftigter Anwalt, dem geht wahrscheinlich immer so einiges durch den Kopf."

„Ja, das denke ich auch", meinte Will, „dass ihm da so einiges durch den Kopf gegangen ist."

14. KAPITEL

„Guten Abend ... Merritt, nicht wahr?", grüßte Will, als ihnen gegen Ende des Tages die Tür von Nummer 82, Beacon Street geöffnet wurde. Es war recht spät geworden und dämmerte bereits.

„So ist es, Sir." Der stämmige, sehr gediegen gekleidete Butler verneigte sich, als er Wills Karte entgegennahm. „Guten Abend, Miss Sweeney ... Dr. Hewitt."

„Ist Miss Emily Pratt zufällig zu Hause?", fragte Nell.

„Nein, Miss, tut mir leid, aber Miss Emily verbringt den Abend außer Haus."

„Oh." Nell und Will waren nämlich allerhand Fragen eingefallen, die sie Emily stellen wollten, während sie vorhin beim Abendessen saßen, das eine sehr angenehme Erholung nach einem langen und anstrengenden Tag gewesen war. Eine einfache, aber ausgezeichnete Mahlzeit im Atwood & Bacon's, wo Will ihnen gegen ein dezent dem Oberkellner zugestecktes goldenes Fünfdollarstück einen der privaten Räume im oberen Geschoss gesichert hatte. Um dorthin zu gelangen, hatten sie erst einmal durch ein wahres Labyrinth aus knarzenden Treppen und schmalen Korridoren gehen müssen, bis sie schließlich zu einer kleinen Nische fanden, abgelegen und anheimelnd, mit schönen alten Gemälden an den holzgetäfelten Wänden. Es war wunderbar gewesen, mit Will allein zu sein und in Ruhe miteinander zu essen. Danach saß er zurückgelehnt da, die Füße auf die Bank neben sie gelegt, lächelte sie im Kerzenschein an und betrachtete sie auf diese verträumt gebannte Weise, wie er es manchmal tat ... Sie hatte sich gewünscht, es würde ewig andauern.

„Ist der Rest der Familie denn zu Hause?", fragte Will nun.

Merritt schüttelte den Kopf. „Nein, leider auch nicht. Sie sind bei Freunden zu Besuch. Oh, außer Miss Pratt – Miss Vera Pratt. Sie ist ... äh ... ich glaube, Sie ist im Garten."

„Was gäbe es Schöneres, an einem so milden Abend", meinte Nell. „Glauben Sie, sie hätte etwas dagegen, wenn wir kurz nach hinten gingen und sie begrüßten?"

Aus irgendeinem Grund zögerte Merritt, verneigte sich dann abermals und bat sie, ihm in den hinteren Teil des Hauses zu folgen. Nach ihm traten sie durch die Flügeltür auf die Terrasse hinaus, wo Vera Pratt mit geschlossenen Augen und weit ausgestreckten Armen stand und in einem unmelodischen Singsang vor sich hinsummte. Auch heute trug sie ein Kleid, das sichtlich abgeändert und von einem so unvorteilhaften Grün war, dass sie noch blasser wirkte, als sie es ohnehin war.

Beiderseits von ihr stand, umringt von Kerzen, je einer der runden gusseisernen Gartentische. Wunderliche Zeichen waren mit Kreide auf den Ziegelboden gekritzelt worden – das größte davon ein sechszackiger Stern von knapp einem halben Meter Durchmesser, in dessen Mitte Vera stand. Um das Hexagramm war eine Schlange gezeichnet, die ihren eigenen Schwanz verschluckte. Weitere Symbole waren ein griechisches Kreuz mit rechtwinkligen, gleich langen Balken, ein ägyptisches Kreuz, dessen oberster Balken durch einen kleinen Kreis ersetzt war, und orientalisch anmutende Schriftzüge.

Vera stand völlig reglos da, als merke sie überhaupt nicht, dass jemand auf die Terrasse getreten war.

Nell sah Will an.

Will sah Merritt an.

Aus der resigniert nachsichtigen Miene des an sich so unerschütterlichen Butlers schloss Nell, dass dies wohl nicht das erste Mal sein dürfte, dass die Schwester seines Dienstherrn, seit sie von ihrer Reise zurückgekehrt war, dieses befremdliche Abendritual beging.

Merritt räusperte sich.

Vera rührte sich nicht.

„Miss Pratt", sagte der Butler. „Sie haben Besuch."

Vera schlug die Augen auf, gewahrte Nell und Will und blinzelte. „Oh." Sie lächelte, ließ langsam die Arme sinken. „Oh ja, wie schön, Sie beide wiederzusehen."

Nell und Will nickten stumm, bis Will schließlich meinte: „Wir ... hmm ... waren nur gerade in der Nähe und da dachten wir, könnten wir doch mal kurz vorbeischauen."

„Ich freue mich ja sehr, dass Sie gekommen sind." Jäh schwand Veras Lächeln. „Aber wahrscheinlich wollten Sie ja den anderen einen Besuch abstatten, doch die sind heute auf einer Dinnerparty – auf der Yacht der Abbotts. Ein herrlicher Abend für eine kleine Seepartie, finden Sie nicht auch?"

„Allerdings", stimmte Nell ihr zu. Schade nur, dass Vera nicht mit eingeladen worden war.

„Ist Emily auch bei den Abbotts?", fragte Will.

„Oh nein, Emily kann solche eleganten Geselligkeiten doch nicht ausstehen. Sie ist mit Dr. Foster spazieren."

„Isaac Foster?", vergewisserte sich Will etwas verwundert.

„Aber ja. Er kam heute nach dem Abendessen vorbei und hat gefragt, ob sie mit ihm eine kleine Runde über den Common drehen möchte. Winnie wollte, dass ich sie begleite – wegen der Schicklichkeit, Sie wissen schon –, aber Emily meinte, dann würde sie eben gar nicht gehen, wenn sie eine Anstandsdame mitnehmen müsse. Und Winnie hat nicht darauf beharrt – natürlich nicht. Sie ist ja ganz aufgeregt, dass ein Gentleman wie Dr. Foster sich überhaupt für Emily interessiert. Ein sehr angenehmer Gentleman, wie ich finde."

„Ja, er macht einen sehr netten Eindruck." Will sah kurz zu Nell hinüber.

„Miss Pratt", ließ Merritt sich vernehmen, „wünschen Ihre Gäste vielleicht einen Kaffee?"

„Oh!" Vera schien völlig durcheinander, als sei sie es nicht gewohnt, Gäste zu haben. „Ja, ich denke schon …"

Sie wandte sich an Nell und Will und fragte: „Möchten Sie ... Würden Sie gern ...?"

„Das wäre wunderbar", erlöste sie Nell aus ihrer Verlegenheit.

„Ah ja, gut. Dann ja", rief Vera erfreut. „Danke. Danke, Merritt. Wunderbare Idee."

Der Butler entfernte sich. Nell, Will und Vera sahen einander auf der vom Kerzenschein erhellten Terrasse an. Als Nell den Blick senkte und die Kreidezeichen betrachtete, meinte Vera rasch: „Sie wundern sich gewiss, was ich hier mache."

„Mmh, nun ja ..." Nell wusste nicht so genau, ob sie besser nicken oder den Kopf schütteln sollte.

„Doch, eigentlich schon", sagte Will.

„Ich versuche, mit einer entschwundenen Seele in Verbindung zu treten", erklärte ihnen Vera mit derselben beiläufigen Selbstverständlichkeit, mit der man vielleicht eine Nachbarin zum Tee einladen mochte. „Ich habe es bei H.P.B. einige Male mit angesehen und sie hat auch versucht, es mich zu lehren, aber ich bin ... ich weiß auch nicht. Sie meinte, es mangele mir an der nötigen geistigen Disziplin. Es sagen ja alle, dass ich ein bisschen ..." Sie ließ ihre Finger um ihren Kopf herumflattern. „Aber nun bin ich fest entschlossen, es so lange zu versuchen, bis es mir gelingt. Hinsetzen?"

„Ich ... wie bitte?", fragte Nell verdattert.

„Würden Sie sich gern hinsetzen? Aber natürlich wollen Sie das, wenn wir doch gleich Kaffee bekommen." Vera sah sich um und fuchtelte hektisch mit den Händen. „Ich habe sie vorhin beiseite geschoben ..."

„Da sind sie." Will schob drei Stühle zu einem klei- nen Kreis zusammen und geleitete die beiden Damen an ihre Plätze. Merritt tauchte wieder auf und stellte einen kleinen Tabletttisch mit Kaffee und Portwein, Himbeeren und kandiertem Ingwer ab, verneigte sich und ging wieder.

Vera goss Kaffee ein, Will den Portwein, den Vera jedoch ablehnte. „Geistige Getränke greifen unsere Aura an und schwächen unsere Verbindung zur See- lenwelt."

„Seltsam, was man uns arglosen Studenten an der medizinischen Fakultät alles verschwiegen hat", be- fand Will und goss Nell und sich daraufhin ziemlich großzügig ein.

„Schade, dass Emily nicht hier ist", meinte Nell. „Wir hätten einiges mit ihr zu besprechen gehabt."

„Ah ja?", erwiderte Vera und blies in ihren Kaffee, den sie schwarz und ohne Zucker trank.

„Ich weiß nicht, ob Sie Ihnen erzählt hat, dass Fiona Gannons Onkel ein Freund von mir ist."

Vera keuchte leise und schlug sich die Hand auf die Brust. „Der arme Mann – eine Mörderin zur Nichte zu haben!"

„Darum geht es ja gerade", sagte Nell. „Er glaubt, dass sie unschuldig ist und nachdem wir uns den Fall mal ein wenig genauer angesehen haben, sind Dr. Hewitt und ich mittlerweile derselben Ansicht."

Vera sah zwischen ihnen hin und her. „Aber wenn Fiona es nicht war, wer dann?"

„Das wissen wir noch nicht", erwiderte Will. „Was wir allerdings mit absoluter Gewissheit sagen können, ist, dass eine dritte Person in die Tat verwickelt war.

Niemand, der sich den Tatort angesehen hat, kann daran Zweifel hegen. Wir wollen, dass der Fall wieder aufgenommen und Fiona Gannon öffentlich von aller Schuld freigesprochen wird."

„Ah ja." Vera schwieg und verdaute das Gehörte. „Aber ... äh ... aber was hat das mit Emily zu tun?"

Darauf bedacht, ihre Worte mit äußerster Sorgfalt zu wählen, sagte Nell: „Nun ja, es sind einige recht seltsame Umstände zutage getreten, die wir ganz gern mit ihr besprechen wollten."

Vera starrte Nell an, ihr Gesicht im Halbdunkel kreideweiß. „Sie glauben doch nicht etwa ..." Sie lachte gequält auf. „Sie können doch nicht ernstlich glauben, dass Emily auch nur irgendetwas damit zu tun haben könnte?"

„Wir sind uns dessen nicht so sicher", entgegnete Will. „Deshalb wollten wir ja mit ihr ..."

„Sie ist ein ganz wunderbares Mädchen", unterbrach ihn Vera so aufgebracht, dass ihre dünne Stimme sich fast überschlug. „Eigensinnig ist sie, aber von untadeligem Charakter."

Natürlich würde Vera ihre Nichte verteidigen, dachte Nell. Immerhin war Emily ihre einzige Verbündete hier in diesem Haus, vielleicht die einzige Freundin, die sie überhaupt hatte.

„Wussten Sie, dass sie die Lefaucheux ihres Vaters gestohlen hat?", fragte Will.

Vera sah beiseite und begann, einige der Sachen auf dem Tablett hin und her zu räumen. „Ich ... sie ..."

„Sie wussten es", sagte Nell.

„N...nein. Nein. Ich weiß überhaupt nicht, wovon Sie ..."

„Miss Pratt …", versuchte es Will und beugte sich vertraulich zu ihr vor. „Wir wissen mit absoluter Gewissheit, dass sie die Waffe Ende April einem Büchsenmacher zur Schätzung vorgelegt hat. Demnach wird sie es wohl auch gewesen sein, die sie gestohlen hat."

Vera biss sich auf die Lippen, ihre Augen glänzten. „Ich habe Orville versprochen, niemals jemandem davon zu erzählen …"

„Das müssen Sie auch nicht." Nell nahm Veras Hand in die ihre und drückte sie. „Wir erzählen es ja Ihnen. Wir wissen es bereits. Sie müssen nur noch … ein paar Einzelheiten ergänzen, uns beispielsweise sagen, weshalb sie den Revolver genommen hat. Wenn sie es nur aus einer Laune heraus getan hat, es also nichts mit dem Mord zu tun hatte, würden Sie ihr – und auch Ihrem Bruder – sogar einen großen Gefallen tun, die Sache aufzuklären."

Einen Augenblick schien Vera tief in Gedanken versunken, dann nickte sie. „Ja. Vielleicht … vielleicht haben Sie recht. Wahrscheinlich kann es Emily ohnehin nichts anhaben, wenn ich es Ihnen erzähle – ganz gleich, wer davon erfährt, Orville würde niemals Anzeige erstatten … wegen des Revolvers, meine ich. Einen solchen Skandal wollte er nicht riskieren."

„Ganz gewiss nicht", meinte Nell.

„Der Revolver … Das war nur so eine mädchenhafte Laune …" Vera wedelte mit den Händen herum, als helfe ihr das, die richtigen Worte zu finden. „Sie wissen schon – ihrem Vater eins auswischen, weil er ihr die finanziellen Zuwendungen gestrichen hatte und sie ihre Reise abbrechen musste. Natürlich war es ein waghalsiges Unterfangen und das habe ich ihr auch gesagt, aber sie hat eben ihren eigenen Kopf, und Orville ... na ja. Verstehen Sie mich bitte nicht falsch, er ist im Grunde ein herzensguter Mensch, aber manchmal kann er wirklich unerträglich sein."

„Mr Watts – das ist der Büchsenmacher, den Emily konsultiert hat – hat uns gesagt, dass sie die Lefaucheux verkaufen wollte."

Vera seufzte und nahm einen tiefen Schluck Kaffee. „Sie wollte Geld, um ihre Reisen fortsetzen zu können. Ich glaube, sie sah darin auch eine gewisse Ironie des Schicksals, dass sie ihr Vorhaben nun ausgerechnet mit Orvilles geschätztem Revolver finanzierte."

„Wussten Sie, dass der Revolver sich als eine recht wertlose Nachbildung herausgestellt hatte?"

Betrübt nickte Vera. „Emily war ganz außer sich."

„Am Tag zuvor waren Sie und Emily Ihrem Bruder ja zu Mrs Kimballs Haus in der Mount Vernon Street gefolgt", drängte Nell behutsam weiter.

„Emily war zu mir gekommen, ganz aufgeregt. Sie hatte zufällig mit angehört, wie ihr Vater sich in seinem Arbeitszimmer mit seinem Kammerdiener unterhalten hatte. Burns, der Kammerdiener, hat gesagt, er bräuchte ‚die Achthundert', weil es Zeit sei, sich mit jemandem namens Clara an irgendeiner Straßenecke zu treffen. Orville, na ja, der hatte schon den ganzen Nachmittag getrunken und fing jetzt lauthals an, über Virginia Kimball zu schimpfen, sagte, dass sie seine Lefaucheux hätte und er sie sich zurückholen würde. Emily hörte noch, wie Burns meinte, ob er es denn wirklich für angeraten halte, den Dolch mitzunehmen, aber Orville schenkte ihm gar keine Beachtung und stürmte aus dem Haus."

„Und sie sind ihm gefolgt, Sie und Emily", sagte Nell.

„Was hätten wir denn anderes tun sollen? Wir hatten furchtbare Angst, dass er sie wegen dieses Revolvers umbringen könnte. Stellen Sie sich nur vor, wie Emily zumute war! Immerhin war das alles ihre Schuld, weil sie den Revolver entwendet hatte, aber Orville ja dachte, dass es Mrs Kimball gewesen sei. Im strömenden Regen sind wir ihm hinterher gerannt und haben versucht, ihn davon abzuhalten, zu Mrs Kimball zu gehen, aber er ... nun, er hat einige sehr unschöne Dinge darüber gesagt, dass wir uns in seine Angelegenheiten einmischten, und hat uns befohlen, sofort wieder nach Hause zu gehen. Was wir aber nicht gemacht haben. Ich wollte ja, aber Emily ließ sich nicht dazu bewegen und so ... sind wir ihm gefolgt. Ganz leise sind wir hinter ihm her ins Haus – er hat gar nicht gemerkt, dass wir da waren. Und er hat Sachen zu Mrs Kimball und diesem Thurston gesagt ... also nein." Vera schüttelte den Kopf. „Ich dachte noch, wie furchtbar für Emily, dass sie das mitanhören und ihren Vater so sehen muss, dass sie diese ... schrecklichen Dinge über ihn erfährt."

„Und am nächsten Tag", fuhr Nell fort, „wollte Emily den Revolver dann verkaufen und musste zudem noch erfahren, dass es sich um ein fast wertloses Imitat handelte."

Vera nickte. Mittlerweile war es Nacht geworden, der Mond schien nur schwach; im flackernden Licht der Kerzen wirkten ihre hageren Züge weicher als gewöhnlich. „Ich sagte Emily, dass es doch keinen Zweck habe und dass sie den Revolver zurücklegen sollte in das Arbeitszimmer ihres Vaters. Aber sie meinte, sie hätte darüber nachgedacht und vielleicht sei die Waffe doch nicht gar so wertlos. Zwar wüsste sie, dass es nur ein Imitat war, aber ihr Vater wüsste es ja nicht."

„Was meinte sie damit?", fragte Will.

„Das hat sie mir nicht gesagt. Sie hat mir nicht ganz vertraut, glaube ich. Das hat mich zwar verletzt, aber es war gewiss zum Besten. Ich würde mir ja nur Sorgen gemacht haben, wenn ich davon gewusst hätte."

Nell lehnte sich gespannt vor. „Wenn Sie wovon gewusst hätten?"

„Was sie vorhatte." Bekümmert blickte Vera auf die Schale mit den Himbeeren, suchte sich eine aus und steckte sie sich in den Mund. Sie verzog leicht das Gesicht, während sie aß, und wischte sich dann die Fingerspitzen an einer Serviette ab. „Allerdings wusste ich selbst nichts davon bis ... ja, es ist ungefähr eine Woche her. Ja, genau eine Woche, letzten Samstag. Da habe ich in Emilys Zimmer eine Schiffsfahrkarte von Cunard auf ihrem Schreibtisch liegen sehen. Erste Klasse an Bord der *RMS Propontis*, die am 26. Juni nach Liverpool in See stechen sollte. Ich fragte sie, woher sie das Geld für die Reise habe, und da hat sie mir erzählt ..." Vera schloss die Augen und sackte auf ihrem Stuhl förmlich in sich zusammen.

„Da hat sie Ihnen was erzählt?", versuchte Nell es aus ihr herauszulocken.

Vera schlug die Augen wieder auf, doch sie sah müde aus, leer und erschöpft. „Sie wissen bestimmt, dass Fiona Gannon hier im Haus gearbeitet hat."

„Ja."

„Emily hat ihr die Stelle bei Virginia Kimball beschafft. Das wusste ich zwar, aber ich konnte ja nicht ahnen, weshalb – ich meine, den wahren Grund. Es war nicht nur deswegen, weil Mrs Kimball nicht so engstirnig und borniert und anspruchsvoll war wie Orville und Winnie, sondern weil Clara ... nun, sie war mehr als einfach nur eine Dienerin. Sie hat auch gewisse Briefe zugestellt und das gezahlte Geld entgegengenommen – gegen einen ordentlichen Aufschlag auf ihren regulären Lohn. Als wir an jenem Abend dort waren, haben wir sie es selbst sagen hören."

„Emily hat Fiona somit davon überzeugt, Mrs Kimball auch ihre Dienste als Botin anzubieten, da sie dadurch ihren Lohn gehörig erhöhen und dann umso eher ihren Kurzwarenladen aufmachen könnte", schloss Will.

„Ja, darauf lief es hinaus", meinte Vera. „Fiona hat also für Mrs Kimball zu arbeiten begonnen und ungefähr ... oh, es war gewiss keine zwei Wochen darauf, dass Emily sie überredete ... nun ja, sie zu dem überredete, was sie wohl schon die ganze Zeit im Sinn gehabt hatte."

„Ihrem Bruder die Lefaucheux gegen Zahlung von fünftausend Dollar anzubieten", sagte Nell, „wobei es allerdings so aussehen sollte, als käme das Angebot von Mrs Kimball."

Vera nickte. „Er glaubte ja ohnehin, dass sie den Revolver hätte. Fiona stimmte dem Plan zu – wenngleich laut Emily eher widerwillig, da es doch ein Betrug beträchtlichen Ausmaßes war und sie Mrs Kimball zwischenzeitlich sehr lieb gewonnen hatte. Aber sie wollte auch unbedingt ihren Laden und da sie und

Emily die fünftausend zu gleichen Teilen unter sich aufteilen wollten ... nun ja ..."

„Pratt hat gezahlt", fasste Will zusammen, „und Emily schmiedete Reisepläne."

„Ohne Sie", stellte Nell ruhig fest.

Selbst im Dunkeln konnte sie noch erkennen, wie Vera das Blut in die Wangen stieg.„Emily ... sie ... sie ist eine sehr unabhängige junge Frau, sehr ..." Sie nahm sich ein Stück kandierten Ingwer, betrachtete es stirnrunzelnd und legte es wieder zurück. „Sie ist noch jung und braucht ihre Freiheit. Das verstehe ich ... sie hat es mir erklärt. Und sie ... sie war sehr nett und bot mir einen Teil des Geldes an – nicht viel, denn eine gewisse Summe braucht sie ja, um ihre Reise finanzieren zu können, aber soviel sie eben entbehren konnte. Aber das habe ich abgelehnt, denn ich wusste, dass sie jeden Penny würde brauchen können. Und ich habe hier ja Orville und Winnie. Mir wird es nie an etwas mangeln."

Außer an Wertschätzung und netter Gesellschaft, dachte Nell.

„Warum hat Emily ihrem Vater den Revolver eigentlich nicht zurückgegeben, nachdem sie das Geld bekommen hatte?", wunderte sich Will.

Vera blickte himmelwärts und hob die Hände, als habe sie sich das auch schon unzählige Male gefragt. „Um ihn zu ärgern? Mit mir wollte sie darüber nicht sprechen, aber das ist der einzige Grund, der mir einfallen will. Stellen Sie sich nur vor, Sie hätten eine so schwierige Beziehung zu ihrem Vater ..."

Nell fing kurz Wills Blick auf. Das mussten sie sich gar nicht erst vorstellen – sie wussten beide nur allzu gut, wie das war.

„Er nahm also an, dass Virginia Kimball die Waffe noch immer in ihrem Besitz hatte", sagte Will, „dass sie sein Geld genommen und ihren Teil der Abmachung schuldig geblieben war."

„Deshalb habe ich ..." Vera zog unmerklich den Kopf zwischen die Schultern. „Oje, Emily wäre so wütend auf mich, wenn sie wüsste, was ich getan habe. Aber ich konnte Orville einfach nicht länger etwas so Schlechtes von Mrs Kimball denken lassen – nicht, nachdem ich sie dort in ihrem Sarg schweben gesehen hatte ... so tragisch und schön."

„Sie haben Orville seinen Revolver zurückgegeben?", fragte Nell.

Vera nickte beschämt. „Gleich nachdem wir von der Beerdigung nach Hause gekommen sind. Ich hatte es geheim halten wollen, wie ich an die Waffe gelangt bin, aber er sagte zu mir, er wisse bereits, dass Emily sie genommen hätte. Am Tag zuvor hätte er es herausgefunden. Ich bat ihn, ihr nicht zu sagen, dass ich es war, die sie ihm zurückgegeben hatte. Emily und ich ... wir stehen uns sehr nah und mir wäre es unerträglich, würde sie glauben, ich ... ich hätte sie hintergangen oder ..."

„Gewiss doch", pflichtete Nell ihr bei.

„Ihr Bruder wusste da ja bereits, dass der Revolver nur eine Nachbildung ist", stellte Will fest. „Hat er Ihnen das auch gesagt?"

„Oh ja. Er sagte, dass Emily ihn hatte verkaufen wollen, und es geschehe ihr ganz recht, dass die Waffe sich dann als wertlos herausgestellt habe. Das solle ihr eine Lehre sein, meinte er, nur wünsche er, es hätte ihn nicht siebzehntausend Dollar gekostet. Außerdem sagte er, dass er nicht gedenke, irgendjemand wissen zu lassen, dass der Revolver nicht der von Stonewall Jackson sei oder dass Emily es war, die ihn gestohlen hatte – es wäre eine Schande für die ganze Familie, wenn all das herauskäme. Aber ich ... ich glaube, er würde es gutheißen, dass ich Ihnen beiden davon erzählt habe. Ich habe es ja für Emily getan – um Ihnen zu erklären, dass sie es wirklich nur aus einer Laune ... aus jugendlichem Übermut getan hat. Mit dem Mord an Mrs Kimball hatte das nichts zu tun."

Nell und Will lehnten sich beide wieder zurück und sahen sich recht ernüchtert an.

Mit einem schweren Seufzer meinte Will: „Genau da liegt das Problem, Miss Pratt. Mrs Kimball und Miss Gannon wurden beide mit einem großkalibrigen Revolver erschossen – Kaliber 44 oder 45 –, der Metallpatronen als Munition verwendete. Allzu viele Waffen dieses Typs gibt es nicht. Und eine der wenigen ist nun mal leider Mr Pratts Lefaucheux."

Vera legte den Kopf schräg und runzelte die Stirn. „Nein, es war ... War nicht Mrs Kimballs eigene Pistole die Tatwaffe? Eine Remington irgendwa ..."

„Nein, ich fürchte nicht", sagte Nell beschwichtigend. „Es war zweifelsohne eine Lefaucheux oder ein Revolver ganz ähnlichen Typs."

„Und zu dem Zeitpunkt, da Mrs Kimball und Fiona Gannon ermordet wurden, war Emily im Besitz der Lefaucheux", fügte Will hinzu.

„Aber … warum?", fragte Vera. „Warum um alles in der Welt sollte sie das getan haben? Sie hatte doch überhaupt nichts gegen Mrs Kimball – in gewisser Weise bewunderte sie sie sogar. Und mit Fiona war sie befreundet."

„Meine einzige Vermutung ist", meinte Nell, „dass die Fünftausend, an die sie so leicht gelangt war, sie nach noch mehr verlangen ließen, weshalb sie zu Mrs Kimballs Haus ging, als sie meinte, niemand sei zu Hause, und sich auf die Suche nach weiteren Einkunftsquellen machte – den Schmuck oder vielleicht gar das Rote Buch."

Verständnislos sah Vera sie an. „Das Rote Buch?"

„Ein … eine Art Tagebuch, aus dem sie gewiss eine ordentliche Summe hätte schlagen können", erläuterte Will.

„Sie wusste, wie man sich unbemerkt Zutritt zum Haus verschaffen konnte", fuhr Nell fort, „hatte sie ihren Vater doch am Abend zuvor die Hintertür erwähnen hören. Dann schlich sie sich in den ersten Stock hinauf, aber wie sich herausstellen sollte, war Fiona doch zu Hause und von da an geriet ihr Plan außer Kontrolle."

Zunehmend verstört und zutiefst betroffen starrte Vera blicklos vor sich hin. „Oje", flüsterte sie mit bebender Stimme. „Emily, Emily …"

15. KAPITEL

Um vom Hause der Pratts zum Boston Common zu gelangen, mussten Nell und Will lediglich der Beacon Street in östlicher Richtung folgen und dann die Charles Street überqueren, die den Public Garden vom Common trennte. Nell war schon unzählige Male in dem weitläufigen, ländlich anmutenden Park gewesen – das Haus der Hewitts in der Colonnade Row ging auf den Common hinaus –, doch noch nie des Nachts. Trotz des lauschigen Lichtes, in das die Straßenlaternen die gepflasterten Wege tauchten, kam es ihr doch so vor, als würden sie Arm in Arm geradewegs in ein schwarzes Nichts hineinlaufen. Nell war sehr froh, dass Will bei ihr war.

Dennoch wollte sie nicht länger als unbedingt nötig ziellos durch die Nacht spazieren und so fragte sie Will: „Wenn du eine Dame zu einem Abendspaziergang in den Common ausführen würdest, wo würdest du mit ihr hingehen?"

„Wahrscheinlich zu dem neuen Brunnen, ganz hinten bei der Mauer, die an die Park Street grenzt", erwiderte er. „Der, den Gardner Brewer gestiftet hat. Plätscherndes Wasser hat ja so etwas ... Es schafft irgendwie eine Atmosphäre ruhiger Vertrautheit."

Der leise Klang sanft plätschernden Wassers wurde dann auch stetig lauter, doch keineswegs aufdringlich, je näher sie dem Brewer-Brunnen kamen – einer monumentalen, dreistufigen Bronzereplik eines für die Pariser Weltausstellung von 1855 geschaffenen Brunnens. Riesig ragte er vor ihnen auf; das klar und stetig herabströmende Wasser schimmerte bernsteingolden im Schein der Laternen, die entlang der Park Street standen.

Zunächst dachte Nell, dass doch niemand da sei, aber dann entdeckte sie durch den Wasserschleier hindurch eine dunkle Gestalt auf der anderen Seite des Brunnens – nein, es waren sogar zwei Gestalten, stellte sie fest, als sie mit Will das steinerne Bassin umrundete. Zwei dunkel gekleidete Personen saßen nebeneinander auf dem Beckenrand, den Rücken zum Wasser, doch selbst im Dunkeln erkannte sie den Umriss des flachen Chapeau Chinois wieder, den die Dame trug: Emily. Nell holte tief Luft.

Will tätschelte ihr beruhigend den Arm, als sie auf das Paar am Brunnen zugingen. „Einen schönen guten Abend", grüßte er launig.

Dr. Foster, der seltsam zerstreut wirkte, stand auf und zog seinen Hut vor Nell. „Miss Sweeney ... Hewitt." Will verneigte sich vor Emily, die gesenkten Hauptes dasaß und ein Taschentuch in den behandschuhten Händen wrang.

„Ihre Tante sagte uns, dass wir Sie hier finden könnten, Miss Pratt", begann Nell. „Ich hoffe, Sie haben nichts dagegen, wenn wir ... Geht es Ihnen nicht gut?"

Emily betupfte sich die Augen mit dem Taschentuch und sah auf. Ihre Augen glänzten, ihre Nase war gerötet. „Mir geht es gut." Sie lächelte wenig überzeugend. „Wie schön, Sie zu sehen, Miss Sweeney. Wollen Sie sich nicht zu mir setzen?", fragte sie und klopfte auf den Platz, von dem Foster sich soeben erhoben hatte.

Vorsichtig setzte Nell sich, während sie sorgsam ihre Röcke vor der sprühenden Gischt in Sicherheit brachte.

„Ein herrlicher Abend für einen Spaziergang", meinte Foster, doch auch sein Lächeln war recht bemüht.

„So ist es", erwiderte Will, „und ich wünschte, wir wären allein aus diesem Grund hier. Doch das ist leider nicht der Fall."

Nell wandte sich Emily zu und meinte: „Miss Pratt, erinnern Sie sich noch daran, wie ich Ihnen von Fiona Gannons Onkel Brady erzählt hatte und davon, dass er überzeugt ist, dass seine Nichte Virginia Kimball nicht umgebracht habe?"

Emily nickte, ihre Miene war auf einmal ganz wachsam.

„Wie sich nun herausgestellt hat, wurde Mrs Kimball mit einem Geschoss getötet, das aus einem großkalibrigen Revolver abgefeuert wurde – einer Waffe wie der Lefaucheux Ihres Vaters."

Emilys Augen weiteten sich unmerklich. Sie schaute zu Dr. Foster hinüber.

„Vielleicht wäre es Ihnen ja lieber, dies nur mit Miss Sweeney und mir zu besprechen", bot Will ihr an.

„Nein. Nein, das ist nicht nötig", entgegnete Emily. „Ich ... ich habe Isaac ... Dr. Foster soeben alles erzählt. Es gibt nichts mehr zu sagen, das er nicht bereits wüsste." Ihr Kinn bebte; Tränen stiegen ihr in die Augen, und sie vergrub ihr Gesicht in den Händen.

Foster setzte sich neben sie und legte ihr seine Hand auf den Rücken. „Muss das denn wirklich sein?", fragte er. „Sie sehen doch selbst, wie durcheinander sie ist."

„Ich fürchte", begann Will, „dass sie sich entweder mit uns oder gleich mit der Polizei wird unterhalten müssen. Miss Pratt, ich weiß, wie sehr Sie das alles mitgenommen hat, aber wenn Sie uns erzählen, was genau geschehen ist – und warum –, dann ... könnten wir Ihnen vielleicht rechtlichen Beistand besorgen und ... jegliche Hilfe, derer Sie bedürfen."

„R...rechtlichen Beistand?", stieß sie heiser hervor.

„Glauben Sie denn allen Ernstes, dass es so weit kommen wird?", fragte Foster. „Ich kann mir nicht vorstellen, dass ihr Vater auf einer Anklage bestehen wird."

Nell und Will sahen einander an.

„Warum erzählen Sie uns nicht einfach, was Sie eben Dr. Foster erzählt haben?", schlug Nell schließlich vor. „Von Anfang an. Wie sind Sie überhaupt darauf gekommen, ihm von dem Revolver zu erzählen?"

„Wir ... wir hatten uns zuvor schon eine ganze W...Weile unterhalten." Emily sah kurz zu Foster, der sie aufmunternd anlächelte. „Und ich ... ich dachte, es wäre nur fair, wenn ich ihm sage, dass ich Ende des Monats wieder auf Reisen gehen werde. Er ... hmm ... ich weiß nicht mehr genau, was er gesagt hat, aber ..."

„Ich hatte gesagt, dass ihr Vater ihr doch meines Wissens die finanzielle Unterstützung gestrichen hatte", sprang Foster ihr bei, „und äußerte meine Verwunderung darüber, wie sie denn dann ihre Reise zu finanzieren gedenke. Zweifelsohne eine recht anmaßende Bemerkung meinerseits, aber in Anbetracht dessen, dass ich Miss Pratts Gesellschaft so bald schon wieder würde entbehren müssen, kaum dass ich sie kennengelernt hatte, schien es mir durchaus angemessen, diese Frage zu stellen."

„Und ich ... ich bin dann einfach so mit der Wahrheit herausgeplatzt", sagte Emily. „Dass ich am A...abend des Balls gesehen hätte, wie mein Vater den Revolver herumgezeigt hat, und ... und wie ich dabei an die Unsumme denken musste, die er dafür gezahlt hat. Du meine Güte, zwölftausend Dollar ... Von dem Geld hätten Tante Vera und ich *Jahre* im Ausland verbringen können! Sie hat mir kürzlich erzählt, was er für Cecilias Hochzeit auszugeben gedenkt."

„Vera?", fragte Nell.

Emily nickte, das Taschentuch fest in ihrer Hand zusammengeballt. „Zehntausend Dollar. Plus fünf weitere für das Kleid und *achtzigtausend*, um dieses groteske Stadtschloss zu bauen. Und mir gönnt er nicht mal ein paar Tausend, um auf Reisen zu gehen, was mir nur zwei Möglichkeiten ließ: Heirat und Versklavung in der Ehe oder lebenslang als alte Jungfer unter dem Dach meiner Eltern – so wie die arme Vera."

Emily kramte in ihrem Handbeutel nach ihrem Zigarettenetui.

Foster seufzte schwer. „Nicht noch eine", sagte er.

„In Anbetracht der Umstände", meinte Will, holte Streichhölzer hervor und strich eines an, „können wir uns die Ermahnungen vielleicht für einen passenderen Zeitpunkt aufsparen."

Während sie zusah, wie Will sich vorbeugte, um E-mily Feuer zu geben, wurde Nell sich erst bewusst, dass sie ihn seit heute Morgen in Fosters Garten kein einziges Mal mehr hatte rauchen sehen.

Emilys Zigarette zitterte in ihrer Hand, als sie den ersten Zug tat. „Ich muss gestehen, dass ich mich ziemlich aufgeregt habe, als ich sah, wie er mit dem verdammten Revolver geprahlt hat. Vera brachte mir einen Brandy nach dem andern, um mich etwas zu beruhigen, doch je betrunkener ich wurde, desto ... übermütiger wurde ich. Und letztlich ..." Hilflos schüttelte sie den Kopf. „Ich habe es eben einfach getan. Sowie ich den Revolver in Händen hatte, versteckte ich ihn in meinem Rock und verschwand damit nach oben auf mein Zimmer. Es war seltsam – fast so, als würde ich jemand andern dabei beobachten. Am nächsten Tag wachte ich erst gegen Mittag auf, mir brummte der Schädel und ich war wirklich entsetzt über das, was ich da getan hatte. Zu dem Zeitpunkt tobte mein Vater jedoch schon wegen des verschwundenen Revolvers. Ich ging zu ihm, um ihm alles zu beichten, aber er fing gleich an, mich anzubrüllen, dass ich auch nur ein weiteres Problem sei, um das er sich sorgen müsse, und warum ich nicht ein wenig mehr so sein könnte wie Cecilia. Er hatte schon am Morgen zu trinken angefangen und ein paar Dinge gesagt ... er hat mich Sachen genannt, die er mich nicht hätte nennen dürfen. Da habe ich mich umgedreht, bin wieder nach oben gegangen und habe den Revolver unter meiner Matratze versteckt."

„Und noch am selben Abend sind Sie ihm zu Mrs Kimball gefolgt", sagte Nell.

Emily blies den Rauch aus und nickte. „Ich fühlte mich so furchtbar schuldig, als ich hörte, wie er sie bezichtigte, ihm den Revolver gestohlen zu haben. Fast hatte ich mich schon dazu durchgerungen, ihn doch zurückzugeben, doch spätabends saßen Vera und ich noch bei einer Flasche Sherry zusammen und sie hat mir ein paar Dinge über meinen Vater erzählt … von seinen Geliebten, die er schon hatte, als er und meine Mutter ganz frisch verheiratet waren, und wie er sich an seinen Mandanten bereichere – als ob er noch mehr Geld bräuchte! Derselbe Mann, der mich von Geburt an über Anstand und Verantwortung belehrt hat und mich stetig drängt, alles aufzugeben, was mir wichtig ist, um endlich eine anständige und langweilige Dame der Gesellschaft zu werden. Seine Scheinheiligkeit widert mich an."

„Und so entschieden Sie sich, den Revolver zu verkaufen", stellte Nell fest.

Emily klopfte die Zigarettenasche auf den Boden und nickte. „Ich ging zu einem Büchsenmachermeister, der einen guten Ruf hat. Doch der sagte mir, dass es gar nicht Stonewall Jacksons Revolver sei. Die Waffe wäre praktisch wertlos. Ich meinte zu Tante Vera, jetzt könne ich sie ihm auch zurückgeben, aber ich würde überall herumerzählen, dass es nur eine billige Nachbildung sei – da stünde mein Vater dann ganz schön dumm da. Aber da sagte Vera auf einmal etwas. Sie sagte: ‚Schade eigentlich, dass Mrs Kimball den Revolver tatsächlich nicht hat. Um ihn zurückzubekommen, würde Orville ihr gewiss mehr zahlen als läppische achthundert Dollar.' Sie sagte es ganz beiläufig, aber mich brachte das natürlich auf eine Idee."

„Ja, das kann ich mir gut vorstellen", murmelte Nell.

„Ich lag die ganze Nacht wach und dachte darüber nach", fuhr Emily fort. „Am nächsten Tag sagte ich zu Fiona, dass Mrs Kimballs Dienstmädchen gekündigt hätte, und ob sie sich nicht vielleicht dort vorstellen wolle. Ich erzählte ihr auch von den Erpressungen. Wenn sie die Stelle bekäme und auch diese Aufgabe von Clara übernähme, so sagte ich ihr, würde sie schon bald eine ganze Menge Geld für ihren Laden zusammengespart haben."

„Da wusste sie aber noch nichts von Ihrem Plan, Ihren Vater seine eigene Lefaucheux zurückkaufen zu lassen?", fragte Nell nach. Sie wusste die Antwort zwar, wollte sie aber ganz gern von Emily selbst hören.

Emily schüttelte den Kopf. „Nein, ich dachte mir, das könnte sie vielleicht abschrecken. Und tatsächlich zögerte sie zunächst, als ich ihr meinen Plan einige Wochen später vorschlug, aber sie wünschte sich ihren Laden so sehr, dass sie letztlich dann doch mitmachte. Ich wollte keinen Brief schicken, weil ich mir nicht sicher war, ob ich Mrs Kimballs Handschrift überzeugend genug würde fälschen können, und deshalb schickte ich Fiona direkt zu meinem Vater, um ihm den Handel zu unterbreiten. Den Tag darauf hatte er auch schon gezahlt. Fiona und ich haben uns das Geld geteilt."

„Und das Erste, was Sie danach taten", setzte Nell hinzu, „war eine Schiffspassage nach Liverpool zu buchen."

„Noch am selben Nachmittag", bestätigte Emily.

„Hat es Vera denn überhaupt nichts ausgemacht, dass sie diesmal nicht mit von der Partie sein würde?", fragte Nell.

„Ob es ihr nichts ausgemacht hat?", wiederholte E-mily und lachte ungläubig. „Sie ist völlig durchgedreht, als sie zufällig die Fahrkarte auf meinem Schreibtisch entdeckte und ihr aufging, was das bedeutete – völlig durchgedreht ist sie, wirklich. Sie hat geschrien und geschluchzt ... richtiggehend getobt. Fast hätte ich noch erwartet, dass ihr Schaum über die Lippen käme."

Nell und Will sahen einander an. Das klang ja nun gänzlich anders als Veras Darstellung.

„Ich habe sie nie zuvor so gänzlich die Fassung verlieren sehen." Kopfschüttelnd trat Emily ihre Zigarette aus. „Das hätte ich ihr eigentlich gar nicht zugetraut. In gewisser Weise war ich sogar beeindruckt. Endlich eine menschliche Gefühlsregung bei der lieben, netten Vera Pratt ... Aber etwas besorgniserregend war es natürlich auch. Sie schrie herum und sagte Dinge über Fiona und mich ... Dinge, die ich niemals von ihr zu hören geglaubt hätte. Am meisten ereiferte sie sich darüber, dass wir beide nun ‚das ganze Geld an uns reißen würden', obwohl wir – also Vera und ich – eine Abmachung gehabt hätten."

„Sie hatten ihr einen Teil des Geldes angeboten?", fragte Nell.

„Einen ziemlich beträchtlichen Teil sogar, aber sie meinte, das würde nicht genügen, um ihre Reisen mit H.P.B. zu finanzieren. Nur deshalb, weil sie eine mittellose alte Jungfer sei, wäre sie dazu verdammt, wie ein kleines Kind nach der Pfeife ihres Bruders zu tanzen und sie wisse genau, dass wir alle denken würden, sie wäre naiv und leichtgläubig, aber eigentlich sei sie viel cleverer, als sie sich den Anschein gebe. H.P.B. wäre die Einzige, die das erkannt hätte, die sie ernst genommen und respektiert hätte, so wie sie ist. Irgendwann war es mir dann endlich gelungen, sie zu beruhigen. Auch wenn sie selbst da anderer Ansicht sein mag, aber letztlich ist Vera eben doch immer lieb und gefügig."

Als nur mehr das silbrig helle Plätschern des Wassers zu vernehmen war, sannen Nell und Will über das Gehörte nach.

„Geht es Ihnen wieder etwas besser, Emily?", fragte Foster sie sanft.

Sie nickte. „Es war einfach nur ... Ich habe mich noch nie so für etwas geschämt." Leise schniefte sie und putzte sich die Nase. „So sehr ich das Geld auch brauchte und mich dabei im Recht fühlte, hätte ich doch niemals tun dürfen, was ich getan habe. Nun scheint es mir so unsinnig, und es ... war es nicht wert. Und dabei war ich mal so stolz darauf, Prinzipien und Ideale zu haben, aber jetzt ..."

„Jetzt haben Sie erfahren, was Demut ist", meinte Foster lächelnd. „Und das wird Sie zu einem noch besseren Menschen machen – glauben Sie mir."

Sie erwiderte sein Lächeln unter Tränen.

„Dürfte ich Sie noch fragen, Miss Pratt", sagte Will, „weshalb Sie Ihrem Vater die Lefaucheux nicht zurückgegeben haben, nachdem er Ihnen die Fünftausend doch gezahlt hatte?"

„Weil ich es nicht konnte", erwiderte sie schlicht. „Als ich den Revolver am nächsten Morgen holen wollte, war er nicht mehr unter meiner Matratze. Mein Verdacht galt dem Zimmermädchen – ich kann sie nicht leiden und das beruht durchaus auf Gegenseitigkeit –, aber ich konnte sie ja schlecht danach fragen, ohne damit einzugestehen, dass ich den Revolver überhaupt erst entwendet hatte. Vera und ich nahmen mein ganzes Zimmer auseinander und suchten dann auch den Rest des Hauses ab, aber es war, als hätte er sich in Luft aufgelöst. Und so verging der Tag und auch der nächste und der übernächste, ohne dass etwas geschah. Ich habe meinen Vater noch nie so verstimmt erlebt wie in jenen Tagen. Natürlich wusste ich genau, woher seine furchtbare Laune rührte. Er musste ja annehmen, dass Mrs Kimball seine fünftausend Dollar einkassiert hätte, ohne nun mit dem Revolver herauszurücken. Als er dann plötzlich mit diesem blauen Auge auftauchte, dachte ich mir schon, dass es wohl auch mit dieser ganzen unseligen Angelegenheit zu tun haben müsste."

„Wann hat er den Revolver denn wieder zurückbekommen?", fragte Nell. Sie wusste zwar auch die Antwort hierauf, war jedoch gespannt, wie Emily die Frage beantworten würde.

„Am Tag der Beerdigung. Aber da wusste er bereits, dass es nur eine wertlose Nachbildung war, und dass ich es war, die ihn genommen hatte. Einen Tag zuvor hatte er mir gesagt, dass der Büchsenmacher, den ich die Waffe hatte schätzen lassen, auch bei der amtlichen Untersuchung gewesen sei und ihm alles erzählt habe. Fünftausend Dollar hätte ich ihn gekostet, ließ er mich wissen, ganz zu schweigen von den Zwölftausend, die er einst für den Revolver ausgegeben hatte. Ich tat so, als wisse ich gar nicht, wovon er sprach, und sagte ihm, ich hätte ihm die Lefaucheux doch nur weggenommen, um ihn zu ärgern. Wissen Sie, was er jetzt vorhat? Er will die Fünftausend – plus eine kleine Entschädigung für ‚die ausgestandenen seelischen Qualen‘ – wieder einfahren, indem er sie sich aus dem Verkauf von Mrs Kimballs Anwesen einstreicht. Und mich hat er eine Lügnerin genannt, als ich ihm sagte, ich hätte den Revolver seit fünf Tagen nicht mehr gesehen, und als er ihn dann wiederhatte, war es ihm auf einmal egal. Die Waffe sei wertlos, sagte er ... fast so wertlos wie ich ...“ Emilys Stimme brach; ihre Schultern bebten.

Foster legte seinen Arm um sie, flüsterte ihr etwas ins Ohr. Sie nickte und betupfte sich die Augen mit dem recht zerknüllten Taschentuch. Als Will ihr ein frisches reichte, murmelte sie ein kaum vernehmliches Dankeschön.

Seinen Arm noch immer um Emily gelegt, sagte Foster: „Und hier nimmt die Geschichte dann eine etwas befremdliche Wendung. Denn an jenem Tag, nach der Beerdigung, zeigte Mr Pratt Emily den Revolver und sagte, den habe er in ihrem Zimmer gefunden.“

„Ich ... ich erwiderte ihm, dass er ihn ganz unmöglich da gefunden haben könnte“, fuhr Emily fort, „weil er von dort nämlich eine Woche zuvor verschwunden war, aber dass ich ihm widersprach, machte meinen Vater nur noch wütender. Er ... er beharrte darauf, ihn unter meiner Matratze gefunden zu haben, aber wie sollte das denn möglich sein, wenn der Revolver doch gar nicht mehr dort war?"

„Er hat ihn auch nicht gefunden", sagte Will. „Ihre Tante Vera hatte ihm den Revolver zurückgegeben und ihm gesagt, sie hätte ihn in Ihrem Zimmer gefunden."

Ungläubig sah Emily ihn an. „Nein ... Unmöglich! Warum sollte sie das denn gesagt haben?"

Nell nickte. „Doch. So hat sie es uns zumindest erzählt. Sie bat ihren Bruder allerdings auch darum, Sie nicht wissen zu lassen, dass sie es gewesen war, die ihm die Waffe zurückgegeben hätte."

Zutiefst verwirrt schüttelte Emily den Kopf. „Aber der Revolver *war* doch gar nicht mehr in meinem Zimmer. Er *war nicht mehr da!* Er war seit bald einer Woche verschwunden. Warum sollte sie ...?"

„Das sollten wir vielleicht versuchen herauszufinden", meinte Will.

„Tante Vera?" Emily klopfte zum dritten Mal an die Tür des Schlafzimmers ihrer Tante; noch immer kam keine Antwort.

„Wahrscheinlich ist sie noch unten im Garten", meinte Will. „Die Toten herbeirufen."

Als Emily dennoch nach dem Türknauf griff, hielt Foster sie zurück. „Lassen Sie uns Männer zuerst hineingehen."

„Er hat recht", befand Will. „Warum warten Sie und Nell nicht, bis wir uns kurz umgesehen haben?"

Vorsichtig machte Foster die Tür einen Spalt auf, hielt einen Moment inne, öffnete sie noch ein Stück. Dann betraten er und Will das Zimmer; wenige Sekunden später schon winkten sie die Damen herbei, ihnen zu folgen.

Das Zimmer war klein und, verglichen mit dem Rest des Hauses, spärlich möbliert. Ein schmales Bett, ein kleiner Teppich, die Wände kahl. Vor dem einzigen Fenster stand ein Schreibtisch, auf dem eine Öllampe ihren schwachen Schein auf ein Durcheinander aus Büchern und allerlei Papieren warf. Alles wirkte irgendwie unpersönlich und farblos – so, als betrachte man nur eine Bleistiftzeichnung eines einfachen kleinen Schlafzimmers, als tatsächlich in einem zu stehen.

Nells Blick fiel auf den einzigen Farbtupfer des ganzen Raumes: ein dickes rotes Buch, das aufgeschlagen und mit den Seiten nach unten auf dem Schreibtisch lag.

16. KAPITEL

„Schon gesehen", meinte Will, als Nell auf das Buch zeigte.

Er war zuerst am Schreibtisch angelangt und nahm das Buch hoch, wobei er mit dem Daumen die Stelle markierte, die Vera aufgeschlagen hatte. Es war in karminrotes Schlangenleder gebunden, die dünnen Blätter beidseitig mit winziger Schrift beschrieben. Manchmal war die Tinte durch die fein linierten Seiten gesickert, doch nie so sehr, als dass man das Geschriebene auf der anderen Seite nicht mehr hätte lesen können. Virginia Kimballs Handschrift war ordentlich und klar – sie hatte sichtlich in Muße geschrieben.

„Ich kann mich daran erinnern, dass mein Vater irgendetwas zu Mrs Kimball über das Rote Buch gesagt hatte", brach Emily das Schweigen, das sich über den Raum gesenkt hatte.

„Nun ... das dürfte es wohl sein", meinte Foster. „Es ist ein Bericht über ... ihre Männerbekanntschaften."

Kurz darauf fügte er hinzu: „Sie wird darin auch über mich geschrieben haben."

Emily schaute ihn an. Er hielt ihrem Blick stand und schien weniger peinlich berührt zu sein, als vielmehr besorgt, wie sie denn diese Offenbarung wohl aufnehmen würde.

Schließlich nickte sie und ihre starre Miene wich der Andeutung eines Lächelns. „Danke, dass Sie es mir gesagt haben."

Will öffnete das Buch an der Stelle, wo Vera es aufgeschlagen gehabt hatte; Nell las mit, während er den Eintrag überflog:

21. Nov. 1868

Eine halbe Stunde habe ich gebraucht, um Orville heute Nachmittag in mein rosa Korsett zu schnüren – das neue mit dem schwarzen Spitzenbesatz. Hinten am Rücken klaffte es zwei Handbreit auf und von vorn war der Anblick natürlich noch lächerlicher, aber das kümmerte ihn nicht. Er fand sich wunderschön. Seine Selbsttäuschung würde jämmerlich anmuten, wäre er dabei nicht so arrogant. Jämmerlich ist es aber trotzdem, verdammt noch mal! Und wenn er dann auch noch die Strümpfe angezogen und den Schmuck angelegt hat und geschminkt ist, muss ich mich jedes Mal sehr zusammenreißen, um nicht lauthals loszulachen.
Es ihm dann noch zu besorgen, wenn er sich so herausgeputzt hat, verlangt wirklich all meine Selbstbeherrschung. Ich schließe jedes Mal die Augen und stelle mir vor, ich wäre anderswo, mit einem anderen Mann – jemandem, der zumindest etwas Leidenschaft in mir zu

317

wecken vermag. Beispielsweise der leider eher einfältige
Adonis, der den Eiswagen fährt, oder Tommy Kimball
oben auf dem Heuboden, wo er mir die Jungfräulichkeit
nahm und mich anbettelte, ich möge ihn heiraten, oder
Doc, mein treuer Verehrer, wie er mich jedes Mal mit
feuriger Leidenschaft und köstlicher Zärtlichkeit liebt ...
denn nichts geht über die Vorzüge eines Liebhabers, des-
sen man sich stets nur in Gedanken erfreut hat ...

Mit düsterem Blick schloss Will das Buch.

„Ich habe da gerade den Namen meines Vaters gesehen", meinte Emily. „Dürfte ich es auch mal lesen?"

Will sah Nell an, die kaum merklich den Kopf schüttelte. „Dadurch wäre wahrlich nichts gewonnen, Miss
Pratt", sagte er. „Es genügt vollauf zu wissen, dass Mrs
Kimball reichlich Munition hatte, um ihn zu erpressen."

„Und nicht nur Ihren Vater", fügte Nell hinzu. Auf
dem Schreibtisch lag eine Liste mit den Namen etli-
cher Männer, neben jedem standen ein Datum und
einige hastig hingekritzelte Bemerkungen. „Dein Name steht auch darauf, Will, und Ihrer auch, Dr. Foster,
und der von Mr Pratt natürlich, und ... oje. Das müssen
allesamt Männer sein, über die Mrs Kimball im Roten
Buch geschrieben hat – doch es ist gar nicht ihre
Handschrift, wie mir scheint."

Emily, die Nell über die Schulter geschaut hatte,
meinte: „Nein, das ist Tante Veras Schrift. Sie muss
das ganze Buch gelesen und sich Notizen gemacht
haben."

„Hören Sie sich das an." Foster, der die Papiere auf
Veras Schreibtisch gesichtet hatte, zeigte ihnen einen

Brief, der auf den heutigen Tag datiert war. „Der ist an Helena Blavatsky. ,Meine verehrte Lehrerin, Priesterin und Herzensfreundin'", las er vor. „Bald, sehr bald schon, wird es mir endlich möglich sein, Ihnen wieder auf Ihrer Reise zu folgen – womit ich selbstverständlich nicht nur Ihre Reisen um die Welt meine, sondern auch Ihre Aufbrüche in die Welt des Geistes und der Seele. Die materiellen Hemmnisse, die mich bislang davon abhielten, werden bald überwunden sein. Und es wird Sie ganz besonders freuen zu erfahren, dass ich Fortschritte mache in meinem Bestreben, eine entschwundene Seele zurück in die irdische Dimension zu holen. Die Ereignisse der letzten Zeit scheinen meine Fähigkeiten auf diesem Gebiet einem Punkt zugeführt zu haben, an dem ich nun spüre, mich an der Schwelle einer erlösenden Aufnahme zu befinden, die der nicht unähnlich ist, die auch Sie erfahren haben.'" Foster überflog den Rest des Briefes. „Und so weiter und so fort. Da steht zwar noch einiges mehr, doch das will ich uns dann lieber ersparen, geht es im Prinzip doch in diesem Stil weiter."

„Vera war fleißig", stellte Nell fest und nahm ein Blatt zur Hand, auf dem oben mit roter Tinte *Mrs Virginia Kimball* eingeprägt war. Es war zu einem Brief gefaltet und mit Wachs versiegelt gewesen. „Ein Erpressungsschreiben von Mrs Kimball an Mr Pratt, datiert auf den 25. März. Ich vermute mal, dass Vera es aus dem Arbeitszimmer ihres Bruders entwendet hat. Wahrscheinlich hat sie es als Vorlage genommen, um Mrs Kimballs Handschrift zu üben." Nell deutete auf einige Blätter, auf denen Vera immer wieder und wieder Mrs Kimballs Unterschrift geübt und einzelne Passagen aus dem Erpresserbrief abgeschrieben hatte.

Schließlich fand sich auch noch ein angefangener Brief, den Vera an „Orville" geschrieben hatte und in dem sie binnen zweier Tage dreitausend Dollar verlangte, sonst „werde ich deine unterhaltsamsten Privatvorstellungen aus dem Roten Buch deiner Frau, deinen Freunden, deinen Mandanten, sämtlichen Mitgliedern des Somerset Club, deinen Kollegen – kurzum allen Leuten, die für dich von Bedeutung sind – zukommen lassen. Und versuche nicht, mich wieder reinzulegen wie beim ersten Mal, denn ich schwöre dir bei Gott, dass du für alle Zeiten ruiniert sein wirst, sollte ich das Geld nicht bis spätestens übermorgen haben."

„Was soll das denn?", wunderte sich Foster. „Vera konnte doch wohl kaum ernstlich glauben, dass Foster diesen Brief ernst nehmen würde. Virginia Kimball ist tot."

„Der Tod ist relativ", ließ sich eine Stimme hinter ihnen vernehmen – eine leicht rauchige Frauenstimme mit nur der Andeutung eines vornehmen Südstaatenakzentes.

Als sie sich umdrehten, sahen sie Vera Pratt in der Tür stehen. Sie trug einen offenen seidenen Morgenmantel, darunter ein dazu passendes Nachthemd, das Haar fiel ihr lang über die Schultern, in der Hand hielt sie ein gestieltes Glas, in dem sich ein rubinrotes Getränk mit einer Kirsche darin befand; selbst aus drei Metern Entfernung noch konnte Nell Gin und süßlichen roten Wermut riechen. Es war ein Martini.

„Doc." Gemächlichen Schrittes schlenderte Vera durch das Zimmer, schwang ihre Hüften, den Blick dabei einzig auf Will gerichtet. „Wie lange es doch schon her ist." Sie streckte die Hand aus, um ihm über die Wange zu streicheln. Ihre Augen glänzten. „Es gibt so viele Dinge, die ich dir sagen ... die ich dir schon immer mal erklären wollte ..."

Emily trat einen Schritt vor. „Tante Vera ..."

Geschwind hielt Nell sie am Arm fest und schüttelte den Kopf.

Will sah erst Nell an, dann blickte er Vera in die Augen. „Sie müssen mir nichts erklären, Mrs Kimball."

„Aber ich war so herzlos und grausam zu dir."

„Sie hatten Ihre Gründe dafür. Das verstehe ich gut – sehr gut sogar."

Vera schloss kurz die Augen. Als sie sie wieder aufschlug, schimmerten sie feucht von Tränen. „Wenn du nur wüsstest, wie viel es mir bedeutet, dass du mir das sagst."

Will nickte, sichtlich erschüttert.

Da fiel Veras Blick auf das Rote Buch in seiner Hand und auf die Briefe, die Nell und Foster noch immer in Händen hielten. „Ihr fragt euch sicher, was ich damit vorhatte", meinte sie mit einem leicht durchtriebenen Lächeln.

„Wahrscheinlich genau dasselbe wie vor Ihrem ... tragischen Ableben", vermutete Nell.

Vera lachte leise und hob ihr Glas an die Lippen. „Es braucht schon mehr als eine so winzige Kugel durch die Brust, um Virginia Kimball den Spaß zu verderben."

„Ja, das sehe ich", erwiderte Nell. „Allerdings wundere ich mich doch darüber, wie Sie das so gut hinbekommen haben."

„Sie meinen ... meine wundersame Auferstehung?" Mit beiläufiger Geste winkte sie ab und sagte: „Nichts leichter als das. Vera war auf der Suche nach einer entschwundenen Seele, die ‚sich ihrer irdischen Form annehmen würde', was durchaus eine ziemlich gute Idee war, fehlte dem armen Ding doch eine eigene Persönlichkeit. Ich hatte mich derweil mal auf der *anderen Seite* umsehen können und ein Blick genügte mir, um zu wissen, dass ich so schnell wie möglich wieder zurückwollte in einen schönen, warmen Körper. Was keineswegs heißen soll, dass ich mit diesem hier sonderlich zufrieden wäre", fügte sie hinzu und schaute verächtlich an sich hinab, „und ich freue mich *ganz gewiss* nicht darauf, allein in ihrem trostlosen Bett zu schlafen – aber in der Not frisst der Teufel eben Fliegen. Zudem hat es einen gewissen Reiz und entbehrt durchaus nicht der komischen Ironie, ausgerechnet den Körper der Person in Besitz zu nehmen, die einen umgebracht hat. Max sollte ein Stück darüber schreiben! Das wäre doch zu komisch."

Emily sog scharf den Atem ein; Foster legte den Arm um sie. „Du hast wirklich ... ich meine, Vera hat ... sie hat wirklich ...?"

„Deine Tante ist, was man gemeinhin eine ‚Killermaus' nennt." Vera klopfte das Kopfkissen auf, lehnte es an die Wand und machte es sich mit ihrem Cocktail in der Hand auf dem Bett gemütlich. Sie sah aus wie Kleopatra auf ihrem Diwan. „Eine Killermaus huscht immer nur an der Wand entlang und versucht nicht aufzufallen, kriecht und fiept, fiept und kriecht, bis sie dann eines Tages jäh zum Angriff übergeht."

„Und was hat den Angriff der Maus in diesem Fall ausgelöst?", fragte Will, der mit vor der Brust verschränkten Armen am Schreibtisch lehnte.

„Oh, ich hatte mir gerade den schönsten aller Hüte gekauft und werde ihn nun niemals tragen können! Und alles nur wegen dieser verdammten Vera Pratt. Als ich nach Hause kam, war sie schon da und stritt sich lautstark mit der armen Fee – oben in meinem Schlafzimmer. Ich hörte die beiden schon unten, als ich zur Tür hereinkam. Als ich nach oben ging, fand ich meine Schmuckschatulle geöffnet, und all meine Ketten lagen achtlos beiseite geworfen herum. Vera hatte eine Waffe in der Hand, doch da sie mir den Rücken zukehrte, bemerkte sie mich nicht gleich. Sie schrie Fee an, dass sie ihr das Rote Buch geben solle."

„Und da haben Sie sich Ihre Remington unter dem Kopfkissen hervorgeholt", vermutete Nell.

„Ja, aber dann drehte Vera sich jäh um und sah mich, packte Fee bei der Schürze und hielt ihr den Revolver an die Schläfe. Jetzt erst bemerkte ich, dass sie Orvilles geschätzten Stonewall-Jackson-Revolver hatte. Ich sagte zu ihr: ,*Sie* haben ihn also gestohlen – das ist ja allerhand.' Und da meinte sie, dass eigentlich du es gewesen warst, Emily. Sie hätte ihn lediglich unter der Matratze deines Bettes hervorgeholt, um dich dafür zu bestrafen, dass du ohne sie auf Reisen gehen wolltest. Nun hatte sie gehofft, mit dem Erlös aus dem Verkauf meiner Diamantketten ihre eigene Reise bezahlen zu können – bis sie dann bei genauerer Betrachtung feststellen musste, dass es lediglich Imitate waren. In weiser Voraussicht hatte sie allerdings einen alternativen Plan parat."

„Das Rote Buch", sagte Will.

„Damit sie ihren Bruder erpressen konnte?", fragte Nell.

Vera zuckte die Achseln. „Den und vielleicht einige der anderen. Wer weiß schon, was sich in dem Kopf dieser Person abspielte? Fee, die treue Seele, weigerte sich indes standhaft, ihr zu verraten, wo ich das Rote Buch verwahrte. Und sie sagte mir, ich solle es ihr ebenfalls nicht verraten. Vera würde sie schon nicht umbringen, meinte sie, dazu sei sie doch gar nicht fähig, aber ich war mir da keineswegs so sicher – zumal nicht, nachdem Vera mit leisem Klicken den Hahn des Revolvers spannte."

„Es gab also sozusagen ein Patt", stellte Will fest, „Sie zielten mit Ihrer Pistole auf Vera und Vera mit dem Revolver auf Fiona."

„Vera wiederholte, dass sie Fee erschießen würde, wenn ich das Buch nicht herausrückte. Mir schien es das nicht wert, dafür Fees Leben aufs Spiel zu setzen, und so sagte ich ihr, dass es in dem Tresor hinter dem Gemälde wäre. Ich warf ihr die Schlüssel zu und warnte sie, dass ich sie umbringen würde, wenn sie Fee auch nur ein Haar krümmte. Vera wies Fee an, das Bild von der Wand zu nehmen. Fee weigerte sich. Vera schrie sie an, drohte ihr ... Da versuchte Fee, ihr den Revolver aus der Hand zu schlagen. Und da ..." Vera schloss gequält die Augen, schüttelte den Kopf. „Etwas so Schreckliches habe ich noch nie gesehen. Es gab einen Knall, und ... und alles barst. Fees Kopf ..." Mit zittriger Hand hob sie das Glas an die Lippen und leerte es in einem Zug, Tränen rannen ihr über die Wangen.

„Und dann haben Sie versucht, Vera zu erschießen?", fragte Nell.

„Ja, aber ich habe sie nicht getroffen. Sie hat einen Schuss auf mich abgefeuert und ich fand mich rücklings auf dem Boden wieder. Ich muss kurz das Bewusstsein verloren haben und mir war, als wenn ein schwerer Sandsack auf meiner Brust läge. Als ich die Augen öffnete, sah ich, wie Vera meine Ketten zusammenraffte und sie Fee in die Hände drückte. Mir wurde bewusst, dass sie es wie einen Raubüberfall aussehen lassen wollte, aber ich konnte nichts tun. Ich konnte mich nicht mehr rühren, sie nicht davon abhalten."

„Heute Abend", meinte Will, „als Miss Sweeney und ich Vera sagten, dass es so aussehe, als würde der Fall noch einmal aufgenommen und Fiona von Schuld freigesprochen, hat sie versucht, Emily zum Sündenbock zu machen." Es war seltsam, ihn so zu Vera über sie selbst in der dritten Person sprechen zu hören, aber mutete nicht diese ganze Unterredung höchst bizarr an? „Sie ging sehr geschickt dabei vor, indem sie darauf beharrte, dass Emily den Mord unmöglich begangen haben könnte, uns die Umstände jedoch so schilderte, dass wir genau das Gegenteil glauben mussten."

„Andeutungen, Intrigen und Manipulationen", erwiderte Vera lakonisch. „Seit jeher die Waffen machtloser Frauen."

Foster sagte: „Vielleicht sollte ich ... äh ... mal rüber in die Joy Street gehen, oder?" Er meinte die Polizeiwache in der Joy Street.

Nell schüttelte den Kopf. „Rathaus, Kriminalpolizei. Colin Cook wird um diese Zeit Dienst haben. Am besten holen Sie ihn."

„Und jetzt?", fragte Vera, nachdem Foster gegangen war. „Wird man mir Handschellen anlegen und mir eine Schlinge knüpfen? Welch ein unwürdiges Ende für Vera Pratt – das werden zumindest alle denken. Niemand dürfte auf den Gedanken kommen, dass tatsächlich das Mordopfer gehängt wird." Sie lachte laut auf. „Wahrlich eine absurde Komödie."

„Ich bezweifle, dass man Sie hängen wird, Miss Pratt", sagte Nell und sprach sie ganz bewusst mit ihrem richtigen Namen an, in der Hoffnung, sie doch noch aus ihrem Wahn reißen zu können. „Aller Wahrscheinlichkeit nach – vorausgesetzt, der Richter wird dem Fall gerecht – wird man Sie aufgrund geistiger Verwirrung für nicht schuldfähig befinden."

„Aber ja, natürlich", sinnierte Vera. „Sie werden mich alle für verrückt halten. Niemand wird glauben, dass wirklich ich es bin. Auch *Sie* glauben es mir ja nicht und dabei reden Sie schon die ganze Zeit mit mir. Warum sollte es dann jemand anders glauben? Man wird einfach annehmen, dass die gute Vera verrückt geworden ist."

„Wir werden bezeugen, dass wir dich in diesem Zustand gesehen haben, Tante Vera", versicherte ihr Emily.

„Ja, das werden wir", bestätigte ihr Will. „Außerdem sind Dr. Foster und ich ja beide Ärzte und mit dieser speziellen Form psychischer Anomalie vertraut. Wenn Sie ... wenn Sie also wieder Vera sind und vor Gericht in Zweifel gezogen werden sollte, dass Sie jemals eine andere Persönlichkeit ..."

„Wenn ich wieder *Vera* bin?" Sie setzte sich kerzengerade auf und lachte ungläubig. „Was um alles in der Welt lässt dich bloß glauben, dass ich jemals wieder Vera sein wollte?

„Aber ..." Nell sah Hilfe suchend zu Will und Emily hinüber, die indes ebenso ratlos schienen wie sie selbst. „Ganz gewiss ... irgendwann ..."

„Wenn Sie ernstlich glauben, ich würde mich dieses Körpers entledigen – so armselig er auch ist, leider – und stattdessen lieber auf die *andere Seite* zurückkehren, dann sind Sie noch viel verrückter, als ich es jemals sein werde! Oh nein. Ich bleibe, wo ich bin, und gehe nirgends hin. Wenn Vera das nicht passt, kann ich nur sagen, dass sie ja selbst dran Schuld hat."

Lächelnd ließ sie sich in das Kissen zurücksinken. „Nein, ganz im Ernst – warum sollte sie denn auch wollen, dass ich sie jemals wieder verlasse?"

EPILOG

Juli 1869
Roxbury, Massachusetts

„Ist das dort nicht Max Thurston?", fragte Will, als er und Nell – Gracie hatte sich zwischen sie gekuschelt – in seinem Phaeton zum Eingang des Forest Hills Cemetery fuhren. Das Portal war ein majestätisch anmutendes, im gotischen Stil gehaltenes Bauwerk mit allerlei Bögen und Türmchen, das eher so aussah, als führe es zu einem mittelalterlichen Schloss, statt auf einen Friedhof, und sei er noch so nobel.

An diesem sonnigen Freitagmorgen herrschte hier recht reges Treiben, war der weitläufige idyllische Park doch auch ein beliebtes Ausflugsziel, um spazieren zu gehen oder zu picknicken. Einer dieser Spaziergänger – ein äußerst adrett gekleideter Gentleman mit kleinem Kinnbart – trat soeben langsamen Schrittes und auf einen Stock gestützt zum Hauptportal hinaus.

„Mr Thurston!", rief Nell, derweil Will die Zügel um den Bremshebel schlang.

Thurston schaute in ihre Richtung, hielt sich schützend die Hand über die Augen und winkte ihnen dann zu. Nell hatte sich insgeheim gefragt, ob sie ihn wohl hier treffen würden, denn wenngleich dies ihr und Wills erster Besuch von Virginia Kimballs letzter Ruhestätte war, so wusste sie doch, dass Thurston auch noch sechs Wochen nach der Beerdigung fast täglich an ihr Grab kam.

„Würdest du die wohl für mich tragen?", fragte Will Gracie, als er seine mitgebrachten Blumen aufhob, die während der Fahrt am Boden des Lakaiensitzes gelegen hatten.

Gracies Augen wurden ganz groß, als sie den Strauß entgegennahm, der wirklich riesig war und mit einem karminroten Band zusammengehalten wurde. „Oh, sind die schön!", rief sie. „Das ist das Schönste, was ich jemals gesehen habe!"

Sie trafen Thurston auf halber Höhe des Weges, der zum Hauptportal führte. Thurston zog seinen Hut vor Nell und Gracie und fragte: „Und wer ist denn diese reizende junge Dame?"

„Grace Elizabeth Lindleigh Hewitt", sagte Gracie.

„Sagtest du Hewitt? Eine Verwandte von Ihnen?", wandte er sich an Will.

„Sie ist meine ..." Will zögerte, hatte er es doch noch nie gemocht, die Unwahrheit zu sagen, zumal den Menschen gegenüber, denen er in aufrichtiger Freundschaft verbunden war. Und Thurstons Freundschaft mit Nell und Will war an jenem Tag besiegelt worden, da sie ihm das Rote Buch gegeben hatten – eine Geste der Zuneigung und des Vertrauens, die ihn zu Tränen gerührt hatte. Seitdem hatten sie einander regelmäßig gesehen.

„Gracie ist die Adoptivtochter seiner Mutter", erklärte nun Nell; es war die Wahrheit, wenngleich eine unbestimmte und lückenhafte Variante der Wahrheit. „Und ich bin ihre Gouvernante."

„Welch eine beneidenswerte Aufgabe", befand Thurston. Der Dramatiker beugte sich zu Gracie hinab und meinte: „Da haben Sie aber einen ganz schön großen Blumenstrauß, Miss Hewitt."

„Der ist für die Dame, die jetzt im Himmel ist", erwiderte Gracie.

Thurston presste sich die Hand auf den Steiß und richtete sich langsam wieder auf. Die kindlich unbekümmerte Äußerung entlockte ihm ein Lächeln. „Welch eine aufmerksame Geste." An Nell und Will gewandt meinte er: „Das Grabmal steht jetzt."

„Wie schön. Wir sind schon sehr gespannt darauf", sagte Nell. Thurston hatte Orville Pratt der Verantwortung enthoben, einen Gedenkstein für Mrs Kimball in Auftrag zu geben, und Mr Pratt hatte sich seiner Pflicht geradezu freudig entledigt.

„Ja, sagen Sie mal, Hewitt", rief Thurston nun aus. „Ein richtig flottes Halstuch haben Sie da – wirklich sehr flott. Wie schön, dass auch Sie mal ein wenig Stil zeigen."

„Äh ... danke", sagte Will und rückte das gelb und orange gestreifte Seidentuch zurecht, das er um den Hals gebunden trug.

„Das hab' ich ihm gemacht", verkündete Gracie stolz. „Zu seinem Geburtstag. Und Miss Sweeney hat ein Bild von mir gemalt und es in einen goldenen Rahmen getan und es ihm für sein neues Haus geschenkt."

„Sehr schön", lobte Thurston. „Ja, wann hatten Sie denn Geburtstag, alter Junge, und warum habe ich nichts davon erfahren?"

Nell antwortete für Will: „Gestern – aber er wollte kein Aufhebens darum machen."

„Und so kam es", meinte Will, „dass diese beiden unverschämten Damen sich meinen Wünschen widersetzt und sich einfach erdreistet haben, ein viel zu üppiges Geburtstagsessen in meiner nagelneuen Küche zuzubereiten."

„Wir mussten sogar unsere Töpfe und Pfannen mitbringen!", rief Gracie vergnügt. „Weil Onkel Will nämlich keine hat und wir haben auf einer Decke im Garten gegessen, weil er auch keinen Tisch im Speisezimmer hat und keine Stühle hat er auch nicht."

„Und auch keine Stühle hat", sagte Nell.

„Und auch keine Stühle hat. Aber wir haben Kerzen und Blumen auf die Decke gestellt, ganz so wie auf einen Tisch, und es sah ganz, *ganz* schön aus, als die Sonne untergegangen ist." Gracie hüpfte auf und ab, wie sie es meist machte, wenn sie aufgeregt war. „Miss Sweeney hat Austernsuppe und Blaubarsch gemacht und Rinderfleisch mit Pilzen und Apfelkrapfen – für mich, weil ich die ganz doll mag – und Tomatensalat, aber den musste ich nicht essen, weil ich Tomaten nämlich gar nicht leiden kann."

„Weil ich Tomaten nicht mag", sagte Nell leise.

„Weil ich Tomaten nicht mag. *Überhaupt nicht.* Und ich hab' aber das Porridge gemacht!"

Fragend legte Thurston den Kopf zur Seite. „Porridge?"

„Mit Honig und Rosinen."

„Gracies Spezialität", erklärte ihm Nell.

„Und zum Nachtisch hatten wir Schokoladenkuchen, aber Miss Sweeney hat gesagt, vierunddreißig Kerzen passen nicht auf den Kuchen, und deshalb hatten wir nur eine große und die hat den ganzen Kuchen vollgetropft, aber er hat trotzdem ganz gut geschmeckt."

„Welch wunderbare Weise, ein Picknick im Garten abzuschließen", meinte Thurston. „Es klingt herrlich. Wissen Sie was, ich habe eine Idee. Warum kommen Sie nicht alle drei morgen Abend vorbei und leisten mir bei einem kalten Abendessen in meinem Garten Gesellschaft?"

„Eine fabelhafte Idee", erwiderte Nell und fügte bedauernd hinzu, „nur leider brechen Gracie und ich morgen bereits nach Cape Cod auf."

„Oh nein, wie können Sie nur!", schalt Thurston sie mit gespielter Entrüstung. „Wann kommen Sie denn wieder zurück?"

„Ende August."

„Nun ja, dann werden wir eben Ende August mit einem aberwitzig üppigen Diner Ihre Rückkehr feiern – so richtig überkandidelt und unschicklich üppig. Und in der Zwischenzeit", meinte er dann ernst, „werde ich Sie sehr vermissen, Miss Sweeney. Ich kann mich wirklich glücklich schätzen, an einem so ... kritischen Punkt meines Lebens Freunde wie Sie und Dr. Hewitt gefunden zu haben. Nachdem ich Virginia verloren hatte ...“

Er sah kurz zu Gracie hinüber, die nun einige Meter entfernt stand und damit beschäftigt war, die Blumen in der anmutig ausgestreckten Hand, einen formvollendeten Knicks zu üben. „Ich war in Versuchung – wirklich sehr versucht –, ihr ins Jenseits nachzufolgen. Es schien mir unmöglich, dass ich jemals wieder etwas anderes als Kummer und Schmerz empfinden würde. Virginia hätte das natürlich verurteilt. Sie hätte über meine Schwäche gespottet und mir gewiss schwere Vorwürfe gemacht. Man kann ja sagen, was man will ... aber sie hat sich nie unterkriegen lassen, sie hat nie aus den Augen verloren, was sie im Leben erreichen wollte, was ihr wichtig war.“

„Und was wäre das gewesen?“, fragte Nell.

„Großartig zu sein“, erwiderte Thurston lächelnd. „Das Publikum glaubte, dass sie irgendeine verwöhnte Südstaatenschönheit sei, dass sie auf einer Plantage aufgewachsen wäre, wo es ihr an nichts gemangelt hätte, und sie ließ ihnen diesen Glauben gern. Die Wahrheit ist indes, dass ihr Vater ein Wanderprediger war, einer von den Feuer und Schwefel predigenden Typen, die meinen, sie könnten ihren Kindern die Gottesfurcht einprügeln.“

Wills Blick ruhte auf Gracie, sein Kinn war gespannt.

„Er tingelte kreuz und quer durch Tennessee und Kentucky, seine Familie immer im Schlepptau. Virginias Aufgabe war es, die milden Gaben einzusammeln. Sie hat mir erzählt, wie sie sich dabei immer vorstellte, dass alles, was sich während der Kollekte in ihrem Korb anhäufte, ganz allein ihr gehören würde. Und dann malte sie sich aus, was sie alles mit ihrem Leben anfangen wollte, wenn dieses Geld ihres wäre. Sie hat schon immer von etwas Besserem geträumt. Das war einer der Gründe, warum sie Fiona Gannon so sehr mochte – darin waren sie sich beide sehr ähnlich."

„Wie hat es sie dann nach Boston verschlagen?", wollte Will wissen.

„Es gab da diesen jungen Mann, den Sohn einer der Familien, bei der sie untergekommen waren – die Kimballs. Er war ihre erste Liebe. Als er sie fragte, ob sie ihn heiraten wolle, sagte sie ja. Doch am nächsten Tag ..." Thurston vergewisserte sich kurz, dass Gracie auch wirklich außer Hörweite war. „Am nächsten Tag fiel er auf ... ich weiß nicht mehr, wie sie das schreckliche Ding genannt hat – so ein von Pferden gezogenes Ackergerät mit eisernen Dornen ..."

Nell zuckte unwillkürlich zusammen. „Oh."

„Virginia war am Boden zerstört, verständlicherweise. Und dann stellte sie auch noch fest, dass sie ein Kind erwartete. Sie nahm an, dass ihr Vater sie gewiss zu Tode prügeln würde, wenn er davon erfuhr. Und so leerte sie eines Sonntags nach der Kollekte den Korb in ihre Geldbörse und kaufte sich eine Zugfahrkarte nach New York. Dort hat sie auch am Theater angefangen – na ja, billige Boulevardbühnen, aber es machte ihr Spaß, und sie war wirklich ein Naturtalent. Einmal bemerkte sie, stets ihren Vater auf der Kanzel grollen und geifern gesehen zu haben, müsse wohl eine gute Schule des Burlesken gewesen sein."

„Und das Kind?", fragte Nell.

Thurston schüttelte bedauernd den Kopf. „Ein Junge, aber die Cholera raffte ihn dahin, als er noch ganz klein war – jene schreckliche Epidemie damals, 1832."

„Oh nein, wie furchtbar!"

„Virginia gelang der Durchbruch ins seriöse Fach", fuhr Thurston fort. „Sie lernte ihr Handwerk und sie war sehr gut darin. Zu dem Zeitpunkt, da sie nach Boston kam, war sie bereits eine der Besten."

„Ich wünschte, du hättest sie jemals auf der Bühne sehen können", meinte Will zu Nell. „Sie war wirklich großartig."

„Einmal habe ich sie gefragt, ob sie mich heiraten wolle", sagte Thurston da.

Recht verdutzt sahen Nell und Will ihn an.

„Aber sie hat nur gelacht, natürlich, und ich habe so getan, als sei es nur ein Witz gewesen. Aber das war es nicht – keineswegs. Virginia Kimball war die einzige Frau, die ich je geliebt habe."

Darauf wusste Nell nun gar nichts zu sagen. Aus Wills ehrlich erstaunter Miene schloss sie, dass es ihm wohl ebenso erging.

„Miss Sweeney ..." Thurston zog seinen Hut und verneigte sich galant. „Ich meinte es ernst, als ich sagte, ich würde Sie vermissen. Hewitt ..." Er streckte Will die Hand entgegen. „Wir sind ja jetzt Nachbarn. Und natürlich erwarte ich, Sie nun häufiger zu Gesicht zu bekommen."

„Das werden Sie."

Thurston rief Gracie auf Wiedersehen zu, woraufhin sie angerannt kam und ihn zum Abschied umarmte. Er erwiderte die Umarmung, sichtlich von Gefühlen überwältigt, und gab ihr einen Kuss auf die Stirn, bevor er dann schließlich aufbrach.

„Das verstehe ich nicht ...", meinte Nell, als sie ihm hinterherschauten, wie er etwas beschwerlich zu seiner wartenden Kutsche hinüberging.

„Dass er Mrs Kimball heiraten wollte?"

„Ja. Er ... ich meine, Männer wie er ... fühlen sie sich denn nicht nur zu anderen Männern hingezogen?"

„Die Liebe kann ein sehr launisches Geschöpf sein. Sie fällt nicht immer dorthin, wo sie hinfallen sollte, und macht auch keineswegs nur das, was wir von ihr erwarten." Damit nahm er sie beim Arm und führte sie durch das Hauptportal, derweil Gracie vergnügt vor ihnen herhüpfte.

ICH BIN DIE AUFERSTEHUNG UND DAS LEBEN stand in goldenen Lettern auf dem Torbogen, was Nell an Vera denken ließ, wie sie in jener Nacht, da sie das Rote Buch in ihrem Zimmer gefunden hatten, von ihrer – oder besser gesagt von Virginia Kimballs – „wundersamen Auferstehung" gesprochen hatte. Seit sie verhaftet und des Doppelmordes angeklagt worden war, hatte Vera stur an ihrer Überzeugung festgehalten, Mrs Kimball zu sein, womit ihr ein Freispruch aufgrund geistiger Verwirrtheit gewiss sein dürfte – was indes nicht hieß, dass sie jemals wieder in Freiheit würde leben können. Zumindest nicht in einer Freiheit, wie die beiden von ihr ermordeten Frauen sie verstanden hatten. Die sechs Wochen, die sie bislang im Massachusetts General Hospital verbracht hatte, würden wohl nur der Anfang eines längeren, vielleicht gar lebenslangen Aufenthaltes in der Klinik sein. Doch laut Emily, die ihre Tante regelmäßig besuchte, war es eigentlich gar kein so schlechtes Leben. Die psychiatrische Abteilung des Krankenhauses war eine der fortschrittlichsten im ganzen Land und Orville Pratt scheute wahrlich keine Kosten: Seine Schwester hatte ein großes, schön ausgestattetes Zimmer samt eigener Pflegerin, bester Verpflegung, Büchern und Zeitschriften, Aquarellfarben, einem Schachspiel, einem Klavier – wonach immer ihr der Sinn stand, um sich zu vergnügen. Und seit Vera Pratt ihre neue glamouröse Persönlichkeit angenommen hatte, herrschte sie wie eine Königin über den Flügel, in dem sie untergebracht war – gar kein Vergleich zu ihrem alten Leben, in dem sie „immer nur an der Wand entlanggehuscht war und versucht hatte, nicht aufzufallen."

All das würde Nell gewiss noch weitaus bitterer gestimmt haben, wäre Fiona Gannon nicht in großen Lettern auf der Titelseite des *Daily Advertiser*, des *Massachusetts Spy* und allen anderen Zeitungen Bostons von jeglicher Schuld freigesprochen worden. Aber wahrscheinlich hatte die Angelegenheit es nur deshalb auf die Titelseite geschafft, weil eine viel bessere, größere Geschichte dahintersteckte – nämlich die des Abstiegs der hochwohlgeborenen Miss Vera Pratt zur Mörderin und Wahnsinnigen. Fees öffentliche Freisprechung von Schuld bringe sie ihm zwar nicht wieder zurück, hatte denn auch Brady gemeint, aber es lindere den Schmerz doch ein wenig.

Durch Forest Hills zu schlendern, war, als würde man über das weitläufige Anwesen eines englischen Landsitzes spazieren. Die leicht hügeligen Rasenflächen wurden hie und da von Gesteinsklüften und kleinen Waldungen durchbrochen; auf einem spiegelglatten See glitten still zwei Schwäne dahin. Über ihnen kreiste ein Habicht; Vögel zwitscherten. Gracie, die mit den Blumen in der Hand über den Rasen tanzte, sah aus wie ein Elfenkind, das den Sommer feierte.

„Das müsste es sein." Will zeigte auf die Spitzen eines weißen Flügelpaares, die eben hinter der nächsten Anhöhe sichtbar wurden.

Den Blick auf die weißen Flügel gerichtet, blieb er stehen und strich dabei gedankenverloren über die Brusttasche seines Fracks – eine altvertraute, wenngleich in letzter Zeit doch eher selten gewordene Geste.

„Tu dir keinen Zwang an", meinte Nell.

Er lächelte seinen stillen Dank, holte eine Dose *Salem Aleikums* hervor und zündete sich eine an. Es war seine erste Zigarette an diesem Tag – vielleicht die erste gar seit einigen Tagen. Ein und dieselbe Dose hielt nun bereits seit Wochen vor.

„Liegt es an Dr. Fosters Worten, dass du weniger rauchst?", hatte sie ihn gefragt, sowie sie merkte, dass er nur noch in besonders aufreibenden Situationen zur Zigarette griff.

„Ja", hatte er lächelnd erwidert. Und dieses Lächeln hatte sie ein wenig nachdenklich gestimmt, hatten Isaac Fosters Vorbehalte gegen das Rauchen sich doch nicht allein auf die gesundheitlichen Gefahren beschränkt. *Keine Dame lässt sich gern von einem Mann küssen, dessen Mund wie eine schlecht ausgekehrte Herdstelle schmeckt.*

Vielleicht war es diese unschöne Begleiterscheinung des Tabakkonsums, die Emily dazu veranlasst hatte, mit dem Rauchen aufzuhören, seit Isaac Foster sie kurz vor ihrer geplanten Abreise nach Liverpool mit ernsten Absichten zu hofieren begonnen hatte. Laut Emily hatte er sie eindringlich gebeten, nicht zu fahren, und hatte ihr versprochen, sie keineswegs versklaven zu wollen, sich ihr Vermögen nicht anzueignen oder sie ihrer Rechte zu berauben. Er wolle doch nichts weiter, als sie lieben und ihr geben, was immer sie sich wünsche, ob dies nun Reisen, die Möglichkeit zu Schreiben oder Kinder seien – oder alles drei. Das Angebot schien unwiderstehlich und verfehlte seine Wirkung nicht; einen Tag darauf ließ Emily sich ihre Schiffsfahrkarte bei Cunard auszahlen.

Während sie gemächlich die leichte Anhöhe hinauf zu Virginia Kimballs letzter Ruhestätte geschlendert waren, hatte Will seine Zigarette aufgeraucht. Das Grabmal, entworfen von Max Thurston und von einem verdienten Bostoner Bildhauer in makellos weißen Marmor geschlagen, zeigte einen überlebensgroßen, auf einem Sockel sich erhebenden Engel. Der Sockel ragte hoch und imposant auf, mit seltsam verspielt anmutenden Verzierungen am oberen Abschluss und einer Inschrift *en face:*

Und tatsächlich wuchsen Veilchen auf dem Grab, gar eine ganze Wiese von Veilchen – gewiss auch das Werk von Max Thurston.

Die majestätische Engelsgestalt, in ein Gewand gehüllt, das jenem ähnelte, in welchem Virginia Kimball zu Grabe getragen worden war, machte einen anmutigen Knicks, das Haar wallte in weichen Wellen, die Arme waren weit ausgestreckt, um die prächtigen Flügel zur Geltung kommen zu lassen. Was Nell zunächst für rein ornamentale Verzierungen am Abschluss des Sockels gehalten hatte, entpuppte sich bei näherer Betrachtung als Bühnenlichter. Das Lächeln des Engels war geheimnisvoll, und wenngleich die Gestalt den Kopf gesenkt hatte, blickten die Augen doch nach vorn – so, als sehe sie sich einem begeisterten Publikum gegenüber.

„Das ist ja Mrs Kimballs Gesicht", stellte Nell fest.

Will nickte schweigend.

Nell las abermals die Inschrift. „Achtundvierzig Jahre ... Das würde heißen ...“

„Ich weiß", sagte Will. „Wäre sie achtundvierzig gewesen, als sie starb, könnte sie während der Cholera-Epidemie 1832 erst elf Jahre alt gewesen sein. Wenn wir hingegen annehmen, dass sie vielleicht sechzehn war, als die Seuche in New York wütete und ihr Kind dahinraffte, müsste sie dreiundfünfzig gewesen sein, als sie starb.“

„Wenn du es nicht weitersagst, sage ich es auch nicht weiter.“

Will lächelte sie an. Es schien, als wolle er etwas sagen, überlegte es sich dann aber doch anders. Er sah eine Weile zu Gracie hinüber, die mit ihrem Blumenstrauß zwischen Gedenksteinen und Grabskulpturen herumhüpfte, dann sah er wieder Nell an.

Durch ihren Handschuh hindurch drückte er sanft ihre Hand und sagte leise: „Ich werde dich auch vermissen.“

Tja, dann weißt du mal, wie das ist, denn ich vermisse dich immer ganz entsetzlich, wenn du fort bist, und du bist viel öfter fort als ich. Das hätte sie am liebsten gesagt. Doch stattdessen meinte sie nur: „Wirst du in

Boston sein, wenn wir von Cape Cod zurückkommen?"

„Ja", erwiderte er zögernd. „Ich werde hier sein."

Nell erwiderte seinen Blick, bis sie es nicht länger ertragen konnte, sah dann zu Gracie hinüber und legte die Hände an den Mund und rief: „Lauf nicht zu weit, Butterblümchen. Bleib hier, wo wir dich sehen können."

„Du könntest mir jetzt die Blumen bringen!", rief Will.

Mit dem Strauß in beiden Händen kam Gracie herbeigerannt – es war ein so prächtiges Gebinde verschiedenster Orchideen, dass Nell meinte, er müsse bestimmt jedem Blumenhändler Bostons sämtliche dieser exotischen Gewächse abgekauft haben.

Will ließ sich auf einem Knie nieder und legte die Blumen zu Füßen des Grabmals. „Orchideen, Mrs Kimball. Diesmal habe ich daran gedacht."

– ENDE –